OUTRO TIPO DE felizes PARA sempre

LUCI ADAMS

OUTRO TIPO DE felizes PARA sempre

Tradução Fernando Silva

Diretor editorial **PEDRO ALMEIDA**
Coordenação editorial **CARLA SACRATO**
Assistente editorial **LETÍCIA CANEVER**
Tradução **FERNANDO SILVA**
Preparação **ADRIANE GOZZO**
Revisão **CRIS NEGRÃO** e **BARBARA PARENTE**
Ilustração de capa e miolo **@MACROVECTOR @ RAWPIXEL.COM @FREEPIK | FREEPIK**
Capa e diagramação **VANESSA S. MARINE**

Dados Internacionais de Catalogação na Publicação (CIP)
Jéssica de Oliveira Molinari CRB-8/9852

Adams, Luci
Outro tipo de felizes para sempre / Luci Adams ; tradução de Fernando Silva. — São Paulo : Faro Editorial, 2023.
288 p.

ISBN 978-65-5957-376-9
Título original: Not that kind of ever after

1. Ficção inglesa I. Título II. Silva, Fernando

23-1884 CDD 823

Índices para catálogo sistemático:
1. Ficção norte-americana

1ª edição brasileira: 2023
Direitos de edição em língua portuguesa, para o Brasil, adquiridos por FARO EDITORIAL.
Avenida Andrômeda, 885 - Sala 310
Alphaville — Barueri — SP — Brasil
CEP: 06473-000
www.faroeditorial.com.br

Para as fadas-madrinhas de Riley.
E para você também, mãe. Obviamente.

Parte 1

1

ENQUANTO CAVALGAVA DE COSTAS, DE REPENTE ME VEIO À MENTE O QUE, provavelmente, era o homem mais peludo de Londres.

Serei honesta com você: não foi meu melhor momento. Não estou falando do meu desempenho, é claro. Nessa área, eu me classificaria com um sólido seis e meio, talvez até sete, e juro que não digo isso de forma leviana. Estava dando todos os gritos e gemidos da lista mais talentosa de atrizes do *YouPorn*. No entanto, para ser sincera, meu coração não estava naquilo.

Ah, mas como queria que estivesse.

O encontro não havia sido bom. Tínhamos nos conhecido pelo *Mirror Mirror*, o mais recente da longa lista de aplicativos de namoro que assombravam minha tela inicial, e no iPhone ele era... bem, era homem, solteiro e convenientemente localizado em Londres, então cumpria todos os requisitos.

Nome: Charles Lobo.

Esse deveria ter sido meu primeiro sinal revelador. A parte do Charles, quero dizer — não a do Lobo, embora naquele momento seu sobrenome fosse um pouco infeliz, dada a relação desproporcional entre seu corpo e a quantidade de pelos.

Mas Charles. Não Charlie, ou Chip, nem mesmo Chaz, mas Charles. Como o rei da Inglaterra. Eu me perguntei se talvez fosse apenas a formalidade de escrever seu nome — ainda sou totalmente "Isabelle" em todos os meus e-mails de trabalho, apesar de ser apenas Bella. No entanto, quando me encontrou no barzinho bonitinho que eu sugerira, ele chegou direto com um beijo atrevido na bochecha e com a fala arrastada de quem já tomara cinco drinques:

— Belle? Charles. Encantado.

Então era Charles. Apenas Charles.

Ainda assim, não foi escolha dele ser chamado de Charles. Os pais o nomearam; o bom vigário o batizara. Ele era a vítima aqui, e, se nenhum dos professores da escola primária haviam dado uma chance a toda aquela "coisa do apelido", então quem era eu para culpá-lo por isso?

Nome: Charles Lobo.

Ocupação: gerente-assistente, GRM Investimentos.

Mais uma vez, eu disse a mim mesma. Não é culpa dele.

Nem todos os que trabalham para bancos de investimento são imbecis. Há apenas um número desproporcional de imbecis que trabalham para bancos de investimento.

Era provável que ele só fosse ótimo em Matemática ou em Economia na escola, e os professores o tivessem orientado para o gerenciamento de portfólio, da mesma forma que os meus me orientaram para a escrita criativa. Isso não é de todo verdade — meus professores me guiaram para um conjunto de notas médias, mas segui em direção à escrita criativa, e meus pais, como sempre, aceitaram minhas escolhas de vida, apesar da minha óbvia mediocridade.

Contudo, lembrei a mim mesma que o nome e o cargo de alguém não necessariamente o definem. Quero dizer, eles o definem, é claro, mas sei, de antemão, que sou muito maior que Isabelle Marble, recepcionista da *Porter Books Publishing Ltd.*

Sou Bella Marble: escritora e criadora; amante de cachorros e fantástica cantora de karaokê dos clássicos dos anos 2000; quatro vezes vencedora do prêmio anual da Porter Books de "maneiras mais corteses ao telefone" (uma conquista que ainda está no meu perfil do *LinkedIn*, apesar de ter ganhado pela última vez há mais de quatro anos); bebedora de vinho, *pale ales* e, se precisar de um estimulante, gim-tônica com infusão de morango; propaganda ambulante de roupas da H&M, rainha das recomendações de documentários sobre animais e dona de mais livros do que todo o restante de Londres combinado. Ruiva, como todos os Marble, com sardas iguais às estrelas, e corpo do tipo *mignon*. Isso significa que, em determinado momento, o resto do mundo se tornou mais alto, e eu, de alguma forma, não. Posso (meio que) fazer malabarismos, dar cambalhotas (mais ou menos) e nutrir um estranho amor por montar móveis.

E sou uma romântica verdadeira, incurável e desesperada. Acima de tudo, acima do desejo de ser escritora, acima de tudo e de qualquer coisa, quero amor.

Quero o que todas aquelas princesas da Disney tinham antes de produtores e escritores terem melhorado e encontrado histórias independentes, de orientação não masculina. Quero um homem bom e antiquado para me tirar do sério e me fazer sentir como a realeza. No entanto, vivo no século 21. Então, também quero um homem que me trate com respeito e admire minha força e meus talentos pelo que valho, enquanto ele me leva em direção ao pôr do sol, e talvez, apenas talvez, encontre isso em:

Nome: Charles Lobo.

Ocupação: gerente-assistente, GRM Investimentos.

Altura: um metro e noventa.
Idade: trinta e três.

2

O PUB, ESCONDIDO EM UMA PEQUENA RUA LATERAL AO NORTE DE CHINATOWN, é um antigo favorito meu. No coração do Soho, é fácil e conveniente para a maior parte de Londres, mas tem uma bela vibração de "casa longe de casa", não associada, de maneira nenhuma, ao centro da cidade. Saiu direto de uma velha fábula inglesa; é todo feito com madeiras escuras, mognos e o cheiro forte de verniz, com uma árvore de Natal entusiasticamente fora de época. Parece um pouco de região rural no código postal errado. Amo isso.

Tento deixar meus pares escolherem o lugar. Acho que isso me diz muito sobre eles, dependendo do tipo de lugar que escolherem. No entanto, com Charles, a conversa habitual de "aonde devemos ir" não foi do jeito que eu esperava.

Bella Marble
Aonde você gostaria de ir? 😉

Charles Lobo
O que fica perto da sua casa?

Bella Marble
Tenho certeza de que há um lugar bom para nós dois!
Soho, talvez? 🙂

Charles Lobo
Não conheço o Soho.

Bella Marble
Onde você trabalha, então?

Bella Marble
Ficarei feliz em ir até você, caso conheça algum lugar legal. 😊

Charles Lobo
Atrasado. Estarei lá em dez minutos.

Bella Marble
Estará onde?

Charles Lobo
Chat errado.

Outro sinal, talvez, de que não seria o "felizes para sempre" que eu esperava, mas também não era como se ele fosse o único cara com quem eu estava conversando. Bem, ele era, porém não era como se eu não estivesse aberta a conversar com vários outros homens. Aconteceu de não estar bem naquele momento.

Quando não tive notícias dele por mais de uma semana, pensei em cancelar tudo. No entanto, me ocorreu: eu tinha o poder. Sou uma mulher forte, criada em uma casa liderada por uma mulher forte, vivendo com outras mulheres fortes, assistindo a mulheres fortes na televisão com mais frequência do que gostaria de admitir. Além disso, ninguém aceitava um encontro comigo havia meses. Então, assumi a liderança.

Bella Marble
Livre na sexta?

Bella Marble
Tem um pub fofo na periferia de Chinatown.

Bella Marble
Talvez tipo 19h30?

Bella Marble
Acho que talvez venda sidra quente.

Bella Marble
Se você gosta disso. Ele também vende cerveja.

Bella Marble
Ou vinho, se é isso que você bebe.

Bella Marble
É como um pub normal; vende todas as bebidas, só para deixar claro. Não é como um lugar específico de sidra, ou algo assim, é o que estou dizendo.

Bella Marble
Acabei de ligar lá para checar, e eles não vendem sidra quente.

Bella Marble
Então, tipo, diga-me se gostou. Sem problemas se não, obviamente.

Bella Marble
Também poderíamos nos encontrar mais tarde, caso você tenha outros planos.

Esperei cinco horas depois de enviar essa última, e me arrependi de tudo. A interface estúpida do aplicativo não permite excluir mensagens, ou eu teria feito isso imediatamente. Estava a cerca de trinta minutos de excluir todo o meu perfil, mas — como um verdadeiro príncipe galopando no horizonte — ele respondeu.

Charles Lobo
Parece bom. Pode ser às 23h.

3

ONZE HORAS DA NOITE ERA UM HORÁRIO RUIM PARA UM PRIMEIRO ENCONTRO. No entanto, dado o esforço que fora garantir o compromisso, não queria correr o risco de pedir para mudá-lo apenas para ficar sozinha em uma sexta-feira à noite. Felizmente para mim, no Soho, 23h é basicamente o novo 19h... pelo menos foi o que disse a mim mesma.

Cheguei cedo, às 22h30, e chegar cedo em um encontro nunca é o ideal. Pensei em dar uma volta. Porém, como optei por botas de salto alto, meus pés doíam demais para andar mais do que já havia andado. Além disso, eu tinha optado por um visual "sexy, quase inapropriado para o trabalho", com uma camisa branca transparente sobre o jeans preto, e, tendo em vista que minha jaqueta de outono é quase uma relíquia comida por traças, estava frio demais para andar ao ar livre.

Escolhi um canto quase vazio do pub. Talvez fosse um pouco perto demais da árvore de Natal para tentar evitar que as pessoas olhassem para mim com aqueles olhos de piedade enquanto eu esperava completamente sozinha. O fato de o lugar estar quase vazio não ajudou. O tipo de vibração que o pub emitia, todo aconchegante e acolhedor, não é aquele com o qual as pessoas vêm ao Soho em uma noite de sexta-feira. A menos que você seja eu, é claro.

Quando as vinte e três horas chegaram e se foram, o sino dos últimos pedidos tocou. Charles já havia me enviado um pedido antecipado, com uma desculpa esfarrapada de atraso. Isso não foi um problema imediato, mas me lembrou de que, provavelmente, não fora uma boa ideia escolher um pub para um encontro às vinte e três horas. Por outro lado, quando eu sugeri o lugar, tinha previsto um horário, a princípio, um pouco mais cedo. No entanto, ele finalmente chegou, todo polido e se desculpando, e qualquer pensamento que eu tinha para terminar a noite mais cedo foi trocado, com bastante rapidez, pelas borboletas felizes do romance nascente.

— Então, fale-me um pouco sobre você — pedi.

— Já viu aquele filme do Leonardo? — O sotaque dele era de escola de elite, o que não era de todo inesperado. A camisa social branca estava desabotoada no colarinho, e uma infinidade de cabelos castanhos espessos projetava-se para fora do peito, como um cobertor de pele. Na realidade, era muito fácil seguir o zigue-zague de pelos, desde o peito até os lados das orelhas, dando a volta na barba indomável e terminando com uma mancha consistente de brotos marrons, que se torciam, sem ordem nenhuma, no topo da cabeça estranhamente quadrada. Eu estava tentando não olhar direto para ela, mantendo os olhos fixos nos dele.

— Da Vinci?

— Não, o ator.

— DiCaprio?

— O filme com a gostosa das produções de super-herói. A loira...

Tenho certeza de que esse diálogo teria desencorajado, de imediato, algumas mulheres. Contudo, o que algumas poderiam ter visto como desanimador, vi como um desafio. Curiosidades sobre filmes eram minha especialidade.

Eu estava no jogo.

— Margot Robbie? Está falando de Leonardo DiCaprio e Margot Robbie?

— Isso, eles.

— *Era uma vez em... Hollywood*?

— Não, aquele em que você vê a buceta dela.

Tentei não estremecer com a palavra. Pode me chamar de puritana, mas não gosto muito de terminologia baseada em vagina. Não em um primeiro encontro. Não em geral, na verdade. Porém, o jogo estava rolando, minha sidra cara e fria estava diante de mim, e a noite era (meio que) uma criança (já eram 23h30).

— Ah! *O Lobo de Wall Street*! O filme do Scorsese.

— Quem?

— O diretor. Não importa! O que tem ele?

— Sim, bem, é um pouco assim.

— O que é assim?

— Minha vida.

— Ah — eu disse toda sorrisos, porque, se este era o cara (se este era o meu Príncipe Encantado), então iria querer que ele se perdesse nos meus olhos azuis brilhantes e não visse a confusão e o arrependimento inicial contido neles. Queria que esta noite fosse perfeita; uma que pudéssemos contar às nossas futuras gerações. O "como nos conhecemos" que contaríamos às nossas versões ruivas em miniatura e, com sorte, menos peludas. Nossos pequenos Lobinhos.

— Ah, isso é realmente muito engraçado, não é? — percebi. — *O Lobo de Wall Street*... você é Charlie Lobo. Meio que combina.

— Charles Lobo.

Não é culpa dele.

— Charles. Desculpe.

— Sim, pode ser — concluiu ele, bebendo a cerveja artesanal de nove libras que eu tinha pedido com antecedência.

— Uau, que goles grandes você toma! — eu disse, vendo a coisa toda desaparecer dentro dele. Ele limpou a espuma da boca como um verdadeiro cavalheiro. Mais ou menos.

— Você é ruiva natural? — perguntou por fim, depois de um silêncio um pouco constrangedor.

Fazendo perguntas. Bem, é um bom sinal. Isso mostra, ao menos, que está interessado. Pode não ser a mais original das perguntas, mas é alguma coisa.

— Realmente sou — respondi, girando uma das minhas mechas no dedo indicador.

— Você é bonita — disse ele. Na mesma hora, minhas bochechas levemente coraram. Era o primeiro elogio que eu escutava de um cara em tipo... em meses. Talvez até em um ano. Não posso impedir meu coração de palpitar.

Não que eu ache que seja feia, de modo nenhum. Não acho. Sei que fico bem bonita quando faço um esforço. Mas hoje todas as garotas por aí fazem um esforço, e a maioria dos garotos não pensa que "baixinha com sardas" seja o "tipo" deles, por isso não acho que muitas pessoas realmente notem.

— Para uma ruiva — acrescentou ele. Porém, ignorei essa parte, por razões óbvias.

De repente, não me importava que ele não fosse naturalmente belo. De repente, não me importava que desse pra fazer uma trança com a sobrancelha dele. Eu era apenas uma garota sentada diante de um garoto, ouvindo-o chamá-la de bonita e adorando.

— Obrigada — eu disse, tirando um fio solto do rosto e olhando para baixo, timidamente. — Você sabe, eu…

— Vamos para minha casa? — ele interrompeu. Quer dizer, eu não ia dizer nada muito inovador, então, tipo, tanto faz.

Olhei para meu copo de sidra muito cheio.

— Talvez mais uma? — perguntei, com a voz soando leve e indiferente, como se tivesse trabalhado antes em uma centena de comédias românticas.

— O bar está fechado.

— Algum outro lugar?

— Meu lugar fica a, tipo, trinta minutos de Uber. Podemos dividir. Não será mais que 20 libras ou algo assim.

Este pode ser o pai dos meus filhos, pensei. Não é tão charmoso quanto eu esperava, mas talvez fosse apenas tímido. Muitos homens são apenas tímidos.

Além disso, ele havia acabado de dizer que eu era bonita. Eu não podia continuar fugindo dos homens ao primeiro sinal de problema. Quem ainda sobraria no mundo se eu rejeitasse todo homem logo de cara? Então, arrisquei.

— Sim, claro — eu disse, tentando soar toda empoderamento feminino, como se tudo tivesse sido ideia minha. Porque foi: foi escolha minha conhecê-lo; eu escolhi o local; fui eu que comprei as bebidas; e agora fui eu que disse sim.

Estava me saindo bem em ser uma mulher (meio que) moderna.

Só que, depois de duas horas e uma corrida de táxi de 36 libras, estou pulando em cima dele como um polichinelo, gritando seu nome e tentando desesperadamente não imaginar que o homem sob mim é o velho rei da Inglaterra.

Talvez não seja o início de um conto de fadas, mas algumas coisas, como uma boa infusão de chá, levam tempo.

Nem tudo estava perdido. Ainda.

4

Cavalgar de costas é ótimo para pessoas narigudas como eu. Enquanto estava lá em cima me mexendo conforme minha técnica usual de "finja até conseguir", gemendo em intervalos regulares, pude dar uma olhada bastante abrangente no quarto. Ele morava em um apartamento compartilhado, uma construção nova de três quartos, com cozinha universal e móveis genéricos que claramente não havia investido tempo em comprar. As paredes não tinham obras de arte, o quarto não tinha fotos — ele era, ao que tudo indicava, psicopata. Tinha uma prateleira repleta de todos os tipos de produtos, cujas marcas passei algumas cavalgadas tentando distinguir. Pelo menos, ao olhar para cima, o tempo não era gasto olhando para as pernas dele catastroficamente peludas. À certa altura, considerei como seria satisfatório despejar cera quente dourada e grossa sobre elas e, com uma puxada, arrancar punhados de cachos espessos.

No entanto, enquanto pensava nisso, me senti mal.

Não era culpa dele ser peludo.

Não era culpa dele nunca ter estado com alguém que tivesse sugerido um pouco mais de autocuidado.

Esse era um homem que claramente precisava de alguém para guiá-lo, e lá estava eu, pronta e aberta para ser a garota que mudaria sua vida para melhor, depois que tirássemos a estranha primeira relação sexual do caminho.

Porém, como subproduto dos pelos, ele devia ser imune ao clima, porque, mesmo fazendo esforço físico, eu ainda estava congelando no quarto. Tentei uma ou duas vezes agarrar a coberta sobre a qual ele estava deitado. Contudo, seus grunhidos de protesto me detiveram, antes que eu fosse longe demais. Tentei mudar de posição, pensando que, quanto mais perto estivesse dele, mais quente seria. Talvez ele até se parecesse com um bom casaco de inverno na posição papai e mamãe. No entanto, tentar me virar para cima também não estava sendo um bom negócio.

Meus olhos continuaram percorrendo o quarto, até que, bem no chão, em frente ao espelho de corpo inteiro, vi o que parecia ser um suéter. Quanto mais quicava, quanto mais olhava, mais tinha certeza.

Pensei em perguntar, mas ele parecia entretido com outra coisa. Então, tão casualmente quanto pude, inclinei-me para a frente, causando apenas um leve desconforto para mim mesma e um grunhido desajeitado do meu companheiro de cama. Peguei o suéter nos braços e o joguei sobre mim, em um movimento tão suave que até fiquei impressionada com minhas habilidades. Virei-me brevemente para olhar para trás, para ver se havia algum protesto, mas os olhos dele ainda estavam bem fechados. Portanto, continuei como estava, quicando.

O suéter era macio contra minha pele. Ele não se preocupara em tirar meu sutiã, mas o restante do meu torso estava se divertindo muito enquanto o feltro fazia cócegas nele. Era alguns tamanhos grande demais para mim, e vermelho brilhante, o tipo de ousadia que eu não esperaria de um homem como Charles Lobo. Porém, acho que ainda havia muito que precisávamos aprender um sobre o outro.

E haveria tempo para isso. Teríamos muito tempo.

Acidentalmente, avistei-nos no grande espelho. Eu, envolta em um moletom vermelho vibrante, cavalgando um homem oitenta e cinco por cento cabelo, cem por cento lobo. Parecia bizarro. Parecia um pouco trágico. Parecia...

Um pensamento me veio à mente. Um pensamento tão pequeno, tão ultrajante, que quase o eliminei por completo; mas, quanto mais olhava, mais percebia que...

— Não se mexa! — instruiu Charles.

Pude ouvir o gemido revelador de um homem prestes a...

E lá estava ele. O produto acabado, todo embrulhado no melhor preservativo, e o pensamento de ter meu próprio clímax naquela noite, assim como as esperanças, flutuou para muito, muito longe.

5

DESCI E DEITEI-ME AO SEU LADO TÃO DELICADAMENTE QUANTO PUDE, ENVOLvendo os braços em torno de sua grande barriga peluda e olhando para ele como se fosse meu mundo inteiro. Porque talvez, apenas talvez, ele fosse.

De qualquer forma, sempre acho que conversa de travesseiro é a melhor maneira de conhecer alguém. Em um bar, você está cauteloso; em um restaurante, exposto. Mas nu, na cama, pós-coito, não há nada a esconder. Você está em seu momento mais vulnerável, mais simples, mais íntimo.

Esperei para ver se ele diria alguma coisa primeiro. Até olhei com doçura para ele, piscando, mas um cheiro de cerveja dolorosamente rançosa e do que deve ter sido um almoço de comida mexicana saiu de sua boca e inundou minhas narinas. Então, virei a cabeça para evitar contato direto.

Ele se mexeu um pouco, e percebi que a timidez que vira nele antes estava voltando. Talvez meu desempenho tenha sido melhor do que eu imaginara. Talvez ele estivesse muito intimidado para falar e me fazer todas as perguntas que desejara fazer no bar.

Então, falei primeiro.

— Isso foi incrível — eu disse. Porque isso é o que se deve dizer, e tenho certeza de que, com um pouco de massagem no ego, ele vai se esforçar mais para me levar ao orgasmo da próxima vez.

— Sim — disse ele, com tom um pouco mais despreocupado do que eu esperava para ser honesta, mas pelo menos respondeu. Agora a porta estava aberta para a conversa mais estimulante, para as risadas desajeitadas e para o humilde começo de um romance relâmpago.

— Então, eu...

— Eu começo cedo amanhã — disse ele, rapidamente.

Ele estava brincando? Eu sabia o que aquela frase significava, mas ele? Senhor "tenho mais cabelo no dedão do que a maioria dos seres humanos tem na cabeça"? Senhor "faço zero esforço e espero que você me satisfaça"? Senhor Lobo Mau?

Aquele era meu sapo que se tornaria príncipe. Aquele era meu diamante bruto. Aquele era o início do meu "felizes para sempre", e lá estava ele, soltando um falso bocejo ao meu lado, como se fosse a primeira vez que um homem fora tão criativo e inteligente.

— Talvez fosse melhor se...

— Eu entendi — disse, furiosa.

Pulei da cama mais rápido do que ele jamais teria sido capaz de se mover.

Estava vestindo meu jeans antes mesmo de ele ter virado a cabeça, com o restante das roupas jogadas na bolsa, de raiva. Resolveria isso depois. Resolveria minha vida inteira depois. Resolveria minhas más escolhas de vida e minhas calcinhas limpas, assim que chegasse em casa. Por enquanto, só precisava sair daquele quarto, que tinha a personalidade de um psicopata. Quando comecei a sair e a voltar pelo corredor, ouvi-o gritar meu nome, atrás de mim.

Insegura, parei onde estava e esperei. Ele me encontrou na porta, com sua forma imensa ainda descaradamente nua elevando-se sobre mim. Inclinou-se e, por algum motivo, supondo que estivesse querendo me beijar, fechei os olhos, por instinto.

— Acho que está usando meu moletom — falou.

Foda-se ele.

Apertando o moletom em volta de mim, abri a porta com tanta violência que ela bateu em seu pé peludo. Enquanto gritava de dor, a cabeça dele torceu para trás, como se estivesse uivando para a grande lua cheia.

Não olhei para trás. Vestida com meu moletom vermelho novinho em folha, saltei para longe e para dentro da noite.

6

Assim que tive certeza de que ele não estava me seguindo, fiz uma verificação geral. Infelizmente, minha bolsa é tão sem fundo quanto a mala mágica da Mary Poppins. Porém, em vez de um prático cabide de chapéus, e de uma variedade de utensílios domésticos indubitavelmente úteis, como a mala dela contém, minha bolsa está cheia de porcarias diversas, das quais ninguém nunca precisa: pacotes vazios de salgadinhos que sempre esqueço de jogar fora; batons e rímel velhos, que provavelmente já secaram; canetas sem tampa; tampas sem canetas; e chiclete, que, é possível, passou muito da data de validade. Minha mão vasculhou tudo até encontrar o que estava procurando. Peguei meu iPhone surrado, suspirando de alívio por não tê-lo deixado para trás, no apartamento de Charles.

Primeiro, cliquei no Uber. Eram quatro da manhã de um sábado.

Sobretaxa: 1,6%.

Xinguei, rangendo os dentes no frio, enquanto verificava minha conta bancária. Comprar duas bebidas e incluir aquele táxi não compartilhado para a casa do Lobo me deixou com um total de 19 libras e 30 centavos para durar o restante do mês. Chequei a data: sábado, 26 de setembro. Poderia ser pior. Contudo, quando estou com frio e quero minha cama, e meus ganhos inventados de loteria ainda não apareceram magicamente na minha conta bancária, não penso nas minhas limitações de maneira prática. Estou apenas furiosa, porque minha bolsa mágica não contém uma Ferrari e/ou uma limusine com motorista.

Soltei um pequeno grito, grande o suficiente para acordar o gato sentado ao meu lado, em uma parede baixa, mas não o bastante para assustá-lo. Ele ergueu a sobrancelha para mim, sorrindo com expressão adoravelmente cínica, e me julgando por minhas terríveis decisões de vida.

— Não me julgue — disse a ele. — Ele poderia ter sido o "cara". Por baixo de todos os… pelos. Ele poderia ter sido o "cara" se tivéssemos tido tempo de nos conhecer. Então, foda-se você.

Estou irritada. Porém, bater os pés e me martirizar não estava me deixando mais perto de uma cama quente. Então, suspirei.

— Pra que lado devo ir? — perguntei, finalmente.

No entanto, ele não disse nada. Óbvio. Porque é um gato.

Assim, consultei o guru do aplicativo de transporte público e serviço de mapeamento e segui meu caminho.

7

Duas viagens de ônibus depois (uma exatamente na direção errada, por mais de trinta minutos, antes mesmo de eu perceber), voltamos ao presente, parados nos degraus do meu próprio palácio.

Uma construção vitoriana de três andares, dividida em dois apartamentos. A parte inferior abriga o que minha mãe certa vez descreveu como "a fraternidade mais esforçada do mundo", após ter passado a noite na cozinha ouvindo o som das atividades noturnas, das tábuas do piso abaixo. Reparem que não há barulho agora, pois mesmo aqueles que mantêm o vigor dos tempos de universidade, muito tempo depois dela, ainda precisam ir para a cama, mais cedo ou mais tarde. Passo pela porta deles e subo a escada marrom, com carpete verde-limão, até o primeiro andar. O cheiro de mofo do espaço compartilhado me recebe, não mais me afetando como acontecia anos atrás, mas me trazendo um sorriso ao rosto. O que antes me repelia diariamente, agora se tornou o aroma reconfortante de casa.

Enquanto giro a chave do meu apartamento, no topo do patamar, posso ouvir movimento. Checo o relógio: 5:55.

Deveria me preocupar?

Quando abro a porta, o rosto alegre de Annie Palmer galopa em minha direção, de rabo de cavalo alto e legging, com uma bolsa esportiva pendurada no ombro.

— Bom encontro? — pergunta ela enquanto passa, pegando a porta da frente ainda aberta, atrás de mim.

— Não.

— Que pena. Até logo.

Desse jeito, ela está voando para o vasto mundo e além.

— Annie? — eu a chamo baixinho, checando o relógio novamente.

— Sim?

Ela se vira, e o rabo de cavalo voa com ela, quase acertando-a no rosto. Annie é insuportavelmente linda, com pele lisa e impecável, direto de um anúncio de maquiagem. Só que os cílios longos, naturalmente espessos, não precisam de rímel que aumente o volume para brilhar. Pelo menos ela é o tipo de pessoa que sabe disso. Não há falsa modéstia quando se trata de Annie Palmer.

— É sábado. Seu corpo não precisa de... Não sei... sono? — pergunto, exausta, só de olhar para ela. — Dormir é tão bom.

— Não posso. Tenho aula de spin com as meninas — ela diz, ignorando alegremente meu olhar de horror enquanto fecha a porta da frente atrás dela e desaparece pelas escadas. Boquiaberta, olho para a porta com cansaço e confusão.

Annie é uma aberração. Quem gosta de qualquer forma de exercício? Quem gosta de ser humilhado publicamente por aspirantes a modelo, furiosas e pingando suor, antes mesmo de terem tomado o primeiro café com leite do dia? Quero dizer, provavelmente aquelas que têm mais sorte com os homens do que eu, mas mesmo assim... Fiz as contas: em termos de esforço/recompensa, não vale a pena. Prefiro meu próprio método de me sentar, bebericando um café com leite desnatado, esperar a fada-madrinha aparecer magicamente e me entregar meu Príncipe Encantado pronto para viagem.

Assim, volto para o apartamento e me pego olhando diretamente para o rosto de um homem tão bonito que meus olhos ardem. Ele fica parado ali, como se pertencesse a esse lugar, nu, exceto pelo que deve ser uma cueca *nude*, que tento não olhar de maneira direta. Pisco forte.

Puta merda!

Fada-madrinha?

8

Aí me lembro de que se as fadas-madrinhas existissem, provavelmente teriam um pouco mais de classe que apenas administrar um serviço de entrega de homem nu.

— Banheiro? — ele pergunta. Tem sotaque espanhol, e isso me deixa excitada e incomodada, de um jeito que Charles Lobo não conseguiu. Seus músculos são bem definidos, e sua cueca é mais apertada do que provavelmente deveria ser. Não devo objetificar esse homem, mas não consigo parar de pensar na minha língua correndo por seu caminho da felicidade perfeitamente depilado. Ele quase não tem pelos — bem diferente da minha catástrofe anterior.

Aponto para a porta ao lado da cozinha. Enquanto a porta do banheiro se fecha atrás dele, imediatamente alcanço o telefone.

Encontro o número de Annie e mando mensagem tão rápido que meu polegar dói.

Bella Marble: 26 Set, 05:58

Acho que você deixou alguém para trás! 😉

Annie Colega de Apartamento: 26 Set, 05:59

O meu foi embora ontem à noite. Tente novamente.

Não é dela?

A descarga soa, e a porta reabre. O belo homem ressurge e me olha de novo, um pouco confuso. Pisca na luz fraca do hall de entrada, e, de repente, percebo que não me movi um centímetro desde que ele entrou lá.

Ah, Deus! Estou sendo esquisita e assustadora.

O belo homem dá de ombros e caminha para o único outro quarto neste andar da casa.

— Simon? — sussurro baixinho, com orgulho. — Mandou bem!

Desde que moro com Simon, ele só recebeu um cara para passar a noite, e foi seu terrível ex, traidor, de quem parecia não conseguir se livrar. Essa foi uma grande melhora em relação àquele canalha.

Exceto pelo fato de que, quando o corredor volta a ficar silencioso, as lembranças da minha noite menos bem-sucedida voltam, e percebo que estou aqui, sozinha outra vez, em uma casa de pessoas muito mais sortudas que eu.

Subo mais um lance de escadas e, em vez de virar imediatamente à direita, em direção ao meu quarto, faço uma pausa. Olho para a porta no fim do corredor e, a contragosto, me viro, olho para minha própria porta solitária e deprimente e tomo uma decisão.

Quando abro a porta, o rangido da madeira envelhecida ecoa ao meu redor. O feixe de luz do corredor projeta-se como uma pintura sobre as duas figuras adormecidas. Ellie está deitada, quieta, virada para cima delicadamente, como uma verdadeira princesa, sob o edredom fofo azul-bebê, enquanto Mark está enrolado em torno dela, com a mão descansando com suavidade em sua barriga, para confortá-la.

Ela parece preocupada enquanto dorme, mas, por outro lado, ela sempre parece preocupada. É uma pessoa preocupada.

Eu os observo um pouco, perguntando-me se deveria apenas voltar, quando, da escuridão, ouço minha voz favorita em todo o mundo dizer:

— Bells?

Ellie está olhando para mim, com os olhos ainda semicerrados. Afasta a mão de Mark com cuidado, tira os lençóis do outro lado, e, mexendo-se o suficiente para entender o que está acontecendo, Mark resmunga algo baixinho, que escolho não ouvir ou reconhecer, porque não preciso de mais negatividade na vida. Fechando a porta atrás de mim, aceito o convite de bom grado e pulo direto na cama, ao lado dela.

Não percebo o quanto estava com frio até que a maciez do edredom quentinho está sobre mim e seus braços estão me mantendo segura e aquecida.

— Não era o cara, então? — ela sussurra sonolenta, enquanto cai de volta em um sono tranquilo.

— Você é o meu cara — respondo, aconchegando-me no calor da minha melhor amiga em todo o mundo.

9

Acordo com o cheiro glorioso de chá.

— Acorda, bela adormecida — diz Ellie, equilibrando precariamente duas canecas de chá com leite e sem açúcar, enquanto volta para a cama ao meu lado. Posso sentir o calor dos raios de sol através das cortinas abertas, conforme mantenho os olhos fechados, com o som de duas xícaras de porcelana tilintando acima de mim, trazendo um sorriso ao meu rosto.

— Muito obrigada — respondo alegremente, aproximando-me.

Deixo as mãos alcançarem a xícara que me espera, com os olhos ainda fechados, e o vapor da bebida abrir minhas pálpebras o suficiente para olhar ao redor, na dura luz do dia.

É uma visão trágica. Além de minha xícara de chá, há apenas uma sombra do que já foi o melhor quarto da Elmfield Road, número 13.

— Não, não, não — resmungo, como uma criança mimada, enquanto olho para as caixas de papelão marrom empilhadas pelo chão. Quase derramo nutrientes preciosos do meu chá conforme balanço a cabeça furiosamente.

— Se eu não fizer isso agora, vou entrar em pânico amanhã de manhã — responde Ellie, examinando seu território com tristeza.

O guarda-roupa está aberto, e as roupas estão empilhadas em alguma ordem em torno dele. As prateleiras ainda estão repletas de bugigangas e de coisas colhidas ao longo dos oito anos em que moramos juntos aqui, mas faltam peças-chave: Greg, o urso-polar de brinquedo, desistiu do trono, no topo da estante, em troca de uma mochila; a maioria dos porta-retratos foi removida, presumivelmente para o fundo de alguma caixa já meio embalada... Se eu não soubesse de tudo, teria pensado que houvera um assalto. E gostaria que tivesse havido.

Do outro lado do quarto, as caixas de Mark parecem fechadas e seladas, prontas para envio. Aposto que ele mal pode esperar para sair, o pequeno *troll*.

— Onde está Mark?

— Foi pegar as chaves do corretor imobiliário.

— Já? Pensei que você tivesse dito domingo!

— Domingo é amanhã.

— Exatamente! Domingo é amanhã.

— Não se preocupe. Ainda ficaremos aqui esta noite, depois do jantar. Vamos levar todo o fim de semana para fazer a mudança e temos que devolver as chaves.

Em parte por causa da minha privação de sono, em parte por causa da minha noite terrível, em parte por causa do cheiro incrivelmente reconfortante de chá flutuando em minhas narinas, mas sobretudo por causa do meu coração partido, posso sentir as lágrimas brotando com força total.

— Não, nada disso agora — tenta ela, mas é tarde demais. As comportas estão abertas. A choradeira é inevitável. Seu rosto, geralmente preocupado, fica ainda mais preocupado.

— Você não pode viver aqui por mais um ano? O que é mais um ano na ordem das coisas?

— Isso de novo, não.

— Vocês vão sentir nossa falta! Vocês dois não sabem viver sem nós. E se forem morar juntos e descobrirem que não têm mais nada em comum? E se você estiver entediada e solitária e sentir muita falta de nós?

Não consigo impedir que as lágrimas caiam agora. Pedaços de rímel preto da maquiagem, que eu havia esquecido de limpar ontem à noite, começam a estragar minha linda xícara de chá.

— Aí eu venho pra cá.

— E se vocês terminarem?

— Não vamos terminar.

— Mas e se terminarem?

— Pensava que eu fosse a preocupada, não você! — Ela está certa. Odeio quando está certa. — Aí voltarei e ficarei para sempre. Feliz? Agora me fale sobre esse grande Lobo Mau, antes que meu chá esfrie.

10

GOSTARIA DE DIZER QUE SOU BOA OUVINTE, MAS NÃO SOU NADA COMPARADA A Ellie. Essa é uma de suas qualidades mais fantásticas, mas até hoje não vi uma qualidade nela que não fosse fabulosa. Ela nasceu para ser psicoterapeuta, juro. Só que era uma mulher com talentos demais e acabou na pesquisa médica. Toda vez que pergunto sobre o trabalho dela, me perco. Então, parei de perguntar, mas ela é um gênio, não importa se consigo ou não articular isso.

Provavelmente, seu superpoder de escuta é um pouco auxiliado pelo fato de que a mãe dela foi minha professora do primário. Enquanto descrevo minha série de erros infelizes da noite anterior, sinto que tenho seis anos de novo, sentada de pernas cruzadas no chão da sala de aula da senhora Mathews, chorando porque Tom Anderson rabiscou meu estojo outra vez. Sinto uma sensação estranha e reconfortante quando seus olhos compreensivos, e de alguma forma ainda não condescendentes, piscam de volta para meu monólogo cada vez mais ultrajante.

— Bem, jogue-o no lixo e siga em frente. Existem muitos outros por aí.

— Existem? — gemo. Até me arrependo do gemido na voz, mas não consigo evitar. É a senhora Mathews mais jovem, e com menos cheiro de lavanda, diante de mim. Instintivamente, estou agindo como uma criança. — Por que, pelo que vejo, estou ficando sem opções.

— Ah, vamos lá! O cara perfeito está ali, virando a esquina.

— Nem sei mais o que é o homem perfeito. Dez anos atrás, sabia. Sabia exatamente o que estava procurando na época: alguém que amasse cachorros, quisesse filhos e se parecesse com Ryan Reynolds. Hoje? Hoje vou pegar quase qualquer um que me queira.

— Isso não é verdade! — A risada de Ellie é irritantemente contagiosa.

— É, sim! Estou dizendo a você! Neste momento, tenho uma década de rejeição. Cheguei a um ponto em que estou olhando para um homem do outro lado da mesa com mais cabelo no rosto do que na cabeça e agradeço aos céus que, em primeiro lugar, ele disse sim para me conhecer. E ainda, de alguma forma, me sentindo uma merda, quando o homem peludo fedorento não quer um segundo encontro comigo.

— De qualquer modo, você não iria querer um segundo encontro com ele.

— Quero meu final feliz, Ellie. Quero um grande casamento branco com um homem bonito que vai me tirar do sério. — Rápido, dou uma olhada de lado para ela, antes de mudar o tom. — Eu sei, eu sei. Você não precisa me dizer.

— Dizer o quê? — diz ela, parecendo genuinamente confusa.

— Sei que acha que casamentos são inúteis e caros, e que você não entende por que eu iria querer me preocupar com um.

Ela levanta uma sobrancelha.

— Quando eu já disse isso a você em toda sua vida? — diz ela.

Para ser justa, ela nunca disse isso em voz alta, mas sei que pensa assim. Sobre casamentos em geral, isto é, não especificamente sobre o meu. Como se quisesse terminar meu pensamento, ela balança a cabeça para mim.

— Só porque não quero um vestido grande e uma igreja fofa não significa que não entenda por que você quer. Sempre vou querer para você o que a faz feliz — diz ela. É a coisa mais parecida com Ellie que já ouvi. Ela é, mesmo, parte anjo.

— Eu sei — digo sorrindo. — E sei que não preciso de um homem para me fazer feliz, mas ainda quero um. É que, aparentemente, nenhum deles me quer!

— Haverá um. Um que não a trate como lixo e nem a ponha pra fora às quatro da manhã.

— Eles são o único tipo que me aparece hoje, pra começo de conversa!

— Isso é besteira. Ainda há bons por aí. Você só tem que beijar alguns sapos primeiro.

— Já beijei todos os sapos.

— Todos eles?

— Todos os sapos de Londres, sim.

— E aquele novo aplicativo que você baixou? O do espelho?

— É… é, tipo, bom. Mas o problema com os aplicativos de namoro em Londres é que são todas as mesmas pessoas. Um novo sai, e todos achamos ótimo, mas então todo mundo migra, e você se pega conversando com os mesmos homens que a rejeitaram nas outras quatro plataformas.

— Certo. Essa festa de autopiedade precisa acabar — diz Ellie, terminando seu chá de forma decisiva. Adoro quando Ellie assume essa posição. Sua habitual expressão preocupada é voltada para algo muito mais feroz e ardente. — Você merece alguém que a trate com respeito, e, considerando que existem quase nove milhões de pessoas em Londres, eu diria que é quase impossível que você tenha beijado todos os homens solteiros por aí. Você precisa de paciência.

— O que preciso é de você em forma masculina — digo, tentando não chorar outra vez.

— Marty? — ela brinca.

Meu rosto se volta naturalmente para sua estante. Sua foto de família ainda está lá, orgulhosa. Creio que Ellie deixará para empacotar isso no final. Provavelmente, será a primeira coisa que desempacotará do outro lado. Não que eu queira pensar nisso agora.

Sua mãe, Niamh, está no centro, sendo espremida pelos dois filhos: de um lado, Ellie; do outro, Marty, seu irmão mais velho, por cerca de dezesseis minutos e quarenta e cinco segundos. Na foto, ambos têm cerca de dezesseis anos, e eu sei disso por que fui eu que a tirei, dado que o fundo é o jardim dos meus pais.

— Eca! — respondo, virando o rosto dos cachos castanhos de Marty. — Deixe-me refazer a frase: o que preciso é de você no corpo do Ryan Reynolds.

— A tecnologia está evoluindo a cada dia. Daqui a alguns anos, isso poderá até ser possível, minha amiga.

Mantendo minha caneca bem equilibrada, dou-lhe um abraço, que não quero que acabe. Ellie tem sido minha outra metade durante tanto tempo que não sei como funcionar sem ela.

Ela sempre esteve ao meu lado, desde o berçário, passando pelo secundário. Quero dizer, apesar de nunca querer fazer o papel de noiva, ela foi minha dama de honra durante todas as 392 vezes em que fiz recepções de casamento na sala de estar dos meus pais. Ela estava lá toda vez que meu noivo imaginário e eu cortamos o bolo; quando meu amor e eu saíamos em direção ao pôr do sol, ela também estava lá, fosse como o coro de vozes angelicais nos guiando ou (em mais de uma ocasião) como o cavalo em que nos sentamos.

Seu cabelo tem o cheiro do meu xampu, e certamente não o do dela. No entanto, nem me importo o suficiente para mencionar isso agora. Hoje não é o dia. Ela acaricia minha juba emaranhada e sorri para mim, e eu apenas sei que as coisas vão ficar bem.

— Agora, mocinha — diz ela. Honestamente, é de novo igual à senhora Mathews. — Preciso fazer as malas, e você precisa escrever.

— Escrever! Não consigo escrever desse jeito!

— Você me prometeu que escreveria todos os dias, por pelo menos duas horas, e, como sei que perdeu as últimas duas semanas, tem muito tempo perdido para recuperar.

— Mas estou de ressaca!

— Isso não é desculpa.

— Mas estou triste. — Faço minha melhor cara de cachorro que caiu da mudança, porém ela só ri da minha desgraça.

— Deixe isso inspirá-la, então.

— Argh!

Giro os restos do meu chá e olho para ela, imaginando quanto tempo posso fazer isso durar.

— Você pode me ajudar a fazer as malas, se preferir — responde Ellie, de propósito.

Olho para as malas em torno dela. Posso gostar de construir móveis, mas odeio desmontar coisas. Além disso, guardar oito anos de nossa amizade em caixas de papelão parece ser tão reconfortante quanto galinhas bicando meus órgãos.

— Tá bom. Estou indo — digo a contragosto, levantando-me e andando na ponta dos pés em volta da destruição de anos de companheirismo ao redor.

— O jantar é às oito — ela me lembra. — Você faz o pudim.

Chuto uma das caixas de Mark para o lado enquanto me aproximo mais da porta. De alguma forma, isso me faz sentir um pouco melhor.

— Ei!

Merda, ela me pegou. Viro-me na porta, fazendo minha melhor cara inocente, tipo "quem, eu?", para a qual ela nem olha.

— Sim? — digo docemente.

— Você vai ficar com esse moletom, então? — pergunta ela.

Ah, bom.

Puxo o capuz vermelho da cabeça e fecho o zíper da coisa toda. Sorrio conforme faço isso, finalmente retomando o controle.

— Com certeza — respondo.

11

QUANDO ABRO A PORTA DO MEU QUARTO FRIO, VOU DIRETO PARA A ESCRIVANINHA. Vejo que minha cama não está feita. Isso não é nenhuma surpresa, pois sou a única que a faria, e eu, claramente, não consegui. Há uma quantidade ridícula de copos vazios em todas as superfícies. O chão é uma armadilha mortal, com mais roupas descartadas e saltos afiados projetando-se em ângulos estranhos que piso de verdade para andar. Juro que o arrumo o tempo todo, mas levo cerca de dez horas para limpá-lo e dez segundos para bagunçá-lo de novo. Então, não sei por que me preocupo. Eu o ignoro por enquanto, voltando-me para a mesa diante de mim.

Foi um presente dos meus pais de anos atrás, quando eu lhes disse, pela primeira vez, que queria ser escritora. Tinha cerca de catorze anos na época e ainda me apegava vagamente à ideia de que o coelhinho da Páscoa era, de alguma forma, real. Então, não sei por que me levaram a sério. No entanto, o fizeram. Eles me ouviram, me escutaram e me deram uma escrivaninha, porque "a primeira ferramenta de que um escritor precisa é de um bom lugar para escrever".

Isso só prova como sempre foram solidários. É incrível, é, e sei disso, mas também é um pouco irritante, da maneira menos irritante possível. Você ouve falar de todos esses escritores incríveis, que enfrentaram conflitos durante toda a vida, quando eu não tive uma discussão sequer com eles sobre minha carreira.

Quero dizer, quando tirei notas bem medianas, eles ficaram desapontados comigo? Não. Disseram-me para encontrar algo em que acreditasse e confiar no meu instinto. Quando chego em casa sem um homem ao lado, eles comentam? Dizem-me que falhei com eles? Contam-me tudo sobre quanto querem netos e me culpam por minha falha em conseguir um homem permanente na vida? Não. Eles me dizem que há força em minha independência e me saúdam por não me conformar.

Deus, eles são ótimos! Por um segundo, pergunto-me se deveria enviar uma mensagem a eles, só por mandar. Contudo, rapidamente, decido não fazê-lo. Mandarei uma mensagem mais tarde, porque Ellie está certa. Eu disse, em janeiro deste ano, que escreveria duas horas por dia, todos os dias. Como estamos em setembro, acho que estou cerca de oito meses e meio atrasada em relação a essa meta.

Meu notebook está esperando por mim. Abro a tampa, digito a senha e abro o Word, pronto.

Olho para o quadro em branco que é minha tela.

Amo escrever. Amo. No entanto, o que estou fazendo agora não é escrever; é pensar em escrever, e isso é um saco.

Assim que tenho um lampejo de ideia, ela se torna a coisa mais importante para mim. Quando estou no cerne do drama, reunindo profundidade e sabor, estou mais feliz do que nunca. Agora, no entanto, estou completamente perdida em relação ao que de fato escrever.

De acordo com Ellie, "preciso de uma rotina".

— Foi assim que concluí meu doutorado — disse ela. Isso me inspirou muito, porque, se ela pôde escrever, sem perder a fé, oitenta mil palavras sobre Epidemiologia e Consequências da Artrite Psoriásica, não vejo razão para não poder escrever o próximo *Bridget Jones.*

Ela disse que o bloqueio de escritor era somente uma mentalidade a ser superada e que, para mim, escrever não poderia ser apenas um impulso momentâneo, mas algo que fizesse todos os dias, como ioga. Não que eu faça ioga todos os dias. Ou dia nenhum, na verdade. No entanto, entendi o argumento, então prometi a ela.

Maldita inspiração! Cadê? O que é isso? Como faço para obtê-la? Tive tantas ideias ao longo dos anos, por que todas elas desapareceram no vazio enquanto olho fixamente para o documento Word em branco diante de mim? Tenho um mundo inteiro para explorar, personagens novos para conceber e um enredo totalmente novo no qual mergulhar. Neste momento, contudo, ele se parece muito com um cursor piscando.

Em busca de um lampejo, olho para a foto dos meus pais, encostada na lombada de um livro, no canto da mesa.

Ambos são tão ruivos quanto eu, o que diverte muito as pessoas quando estamos juntos. Meus antigos professores costumavam nos chamar de "Weasleys", o que minha mãe nunca entendeu, uma vez que não era grande fã de Harry Potter. Ela nunca acreditou realmente na coisa toda, o que faz sentido quando você descobre que ela é uma completa Sonserina. Meu pai é mais um Lufa-Lufa, o que acho que deveria fazer de mim uma híbrida de Sonserina e Lufa-Lufa. E talvez eu seja, mas depende muito do meu humor.

Talvez eu devesse escrever sobre eles?

Olho mais uma vez para a tela, com os dedos no teclado.

Um Bolo de Limão para Uma Vida de Felicidade, escrevo.

Sento-me, tentando descobrir que rota tomar. Para ser justa, não é preciso muita dramatização — já é uma espécie de conto de fadas, mesmo sem embelezamento.

Meus pais se conheceram na escola — na escola! É inacreditável que aqueles que se conheceram aos doze anos ainda possam ser tão felizes e perfeitos quanto eles, mas é verdade. Aos dezesseis, eram namorados, unindo-se nas aulas de Química e nos artigos de Inglês. Até que, em um Natal perfeito, em seus vinte e poucos anos, minha mãe reuniu todos os amigos e familiares, assou o bolo de limão favorito do meu pai (isso é importante; é o detalhe que nunca faltou em nenhum relato, pois é, até hoje, o único alimento que minha mãe já fez que não queimou nem causou intoxicação alimentar a alguém) e se ajoelhou sobre um joelho.

— Um bolo de limão para uma vida inteira de felicidade — é o que dizem. É a coisa mais romântica em que posso pensar, e essa tem sido a história romântica com a qual tive que competir durante toda a vida.

Ao longo de todo o ensino médio, eu estava apenas esperando ter um encontro épico na biblioteca que mudaria minha vida para sempre. Acontece que só beijei um garoto durante meus anos escolares, na festa de aniversário de treze anos de Sarah Bevan. Porém, a intolerância dele ao glúten e a saída do armário (logo depois) significavam que, tanto o bolo de limão quanto o pedido de casamento estavam fora dos planos para nós.

Então, a escola veio e foi. A universidade passou por mim. Um ou dois namorados passaram pelos meus primeiros anos de vida em Londres, mas desapareceram rapidamente, em sua insignificância irreal. Até chegarmos a hoje, época em que toda a capital da Inglaterra parece estar em um relacionamento, comigo segurando vela para todos os seus (segundo Ellie) nove milhões de pessoas.

Na realidade, pensando bem, não estou com vontade de escrever nenhuma história de amor, muito menos a deles. Não quando a minha é tão terrível.

Depressa, pressiono Ctrl + A e apago tudo.

Não é um romance, com certeza. OK, tudo bem. Então, o que mais devo escrever… o que mais…

12

DEPOIS DE UM TEMPO, OLHAR PARA A TELA EM BRANCO APENAS QUEIMA MEUS olhos. Então, em vez disso, pego o telefone e faço as rondas habituais. Martha e a esposa nariguda estão de férias em Dubai. Quando ela não está de férias? Vejo um *post* de Rachel, que ela não consegue parar de postar, sobre uma nova promoção no trabalho (Caramba, é tão pouco profissional usar o *Instagram* para atualizações de emprego!). Ela não tem vida? Ou *LinkedIn*? Algumas fotos irritantes de bebê, de Rich e Lucy; uma cena no campo, deprimentemente adorável, de Ricky; e assentos na primeira fila para ver uma estrela indie, que não sou descolada o suficiente para reconhecer, de Freddie e da atual namorada. Ele escolheu o Direito, e agora é milionário. Ela é uma empresária bem-sucedida. Nos *stories*, vejo algumas refeições preparadas por algum blogueiro *fitness* que comecei a seguir no Ano-Novo. Ele nunca me inspirou de fato, além de simplesmente me dar fome. Ronnie ficou em casa na noite passada. Cara saiu à noite. Percorro o perfil de todos eles sem pensar, tomando meu chá devagar. Até que um vídeo de cachorro me faz rir o bastante para vê-lo de novo. Checo o usuário: Marty Mathews.

Claro que é Marty.

Passo para as mensagens.

Bella Marble 26 Set, 10:17
Você vem esta noite?

Espero alguns minutos. Verifico a hora. É cedo ainda. Não há como ele estar acordado, a menos que esteja de plantão.

Volto para o *Instagram*, mas fico entediada depressa e procuro meus aplicativos em busca de alguma inspiração. Meu dedo sabe o que estou fazendo antes que meu cérebro entre em ação. Observo, incapaz de pará-lo, enquanto *Mirror Mirror* carrega a tela inicial, com uma mística nuvem de fumaça.

Só para constar, gosto do que eles estão tentando fazer, mais do que os sites de namoro genéricos usuais.

Porque a mais bela delas deve ser a certa também — dizem as palavras na tela, em uma fonte de contos de fada.

Tudo bem que o texto de marketing deles é um pouco ruim e tendenciosamente voltado ao feminino. É uma completa surpresa que alguém se inscreva em algo tão juvenil, quanto mais qualquer homem decente de Londres. Acho que estão contando com garotas iguais a mim, criadas com uma dieta à base de Disney. E, se um aplicativo puder conseguir garotas suficientes para se inscrever, os caras vão segui-las, mais cedo ou mais tarde. Ainda assim, o *slogan* é fraco demais. Eu poderia fazer melhor, mas isso é porque sou escritora. Se fosse a responsável pelo *slogan*, seria algo como:

A melhor de todas deveria...

Não, já está uma porcaria.

OK, de fato não trabalho na *Mirror Mirror*, então não preciso criar um *slogan*. Porém, se eu fizesse, seria melhor do que o deles.

Minha foto de perfil aparece para me cumprimentar. É um sapatinho de cristal, uma imitação barata da versão da Disney, talvez por questões de direitos autorais.

A foto de perfil de todos é assim: um personagem ou item de contos de fada anônimos e o nome deles. Isso é tudo o que você vê por um tempo. Ele supostamente faz um *match* com você, usando algum algoritmo de caixa-preta, com base em um conjunto de perguntas que você respondeu para se inscrever. Porém, acho que todos sabemos que é um código para "completamente aleatório". Ele combina você com três pessoas de cada vez, e, quanto mais você conversa, mais vê os perfis dos outros. Para cada mensagem que escreve, um pouco mais da sua foto real de perfil é revelada, até que, após cerca de cem mensagens, você possa ver quase o rosto deles inteiro.

Gosto disso. Você dedica mais tempo a conhecer alguém. As pessoas não conseguem tomar decisões rápidas, a menos que você seja Charles Lobo. Ele parecia não se incomodar com o fato de não termos conversado o bastante para nem sequer ver o contorno de uma foto de perfil.

Talvez, se tivesse visto seu rosto muito, muito peludo, antes de nos conhecermos, poderia ter cancelado em vez de ir.

A quem estou enganando? Não teria essa ousadia.

Charles Lobo já deve ter me deletado, porque, onde costumava estar sua foto parecida com Gaston, um novo *match* foi adicionado. Tento não sentir o "ai" no estômago enquanto clico no novo perfil.

A imagem é um pouco bizarra. A maioria dos caras escolhe os dragões ou os príncipes (alguns dos mais voltados para a comédia escolhem os peixes ou as lagostas), mas este é um gnomo um pouco velho. Tento descobrir quem é, mas realmente não o reconheço de nenhum lugar.

Nome: Homem Misterioso.

Levanto uma sobrancelha, depois percebo que não há ninguém para testemunhá-la. Então, rapidamente, coloco-a de volta na posição normal.

Homem Misterioso. Isso é tudo que consigo?

Preciso de mais algumas mensagens até mesmo para revelar sua ocupação. Vale mesmo a pena?

Ah, por que não?

Começo a digitar.

Bella Marble
Bem, você não é misterioso?

Orgulho-me de nunca abrir com o habitual "oi, sumido" já que nunca sei para onde ir a partir daí.

Homem Misterioso
A vida é curta demais para ser chata.

Resposta imediata. Interessado. Talvez estivesse até mesmo prestes a me mandar uma mensagem primeiro?

Bella Marble
Vai me dizer seu nome verdadeiro, homem misterioso?

Arrepio-me com minhas próprias palavras. Odeio não poder excluir coisas depois de enviá-las. É como assistir a um *replay* de acidente de carro em tempo real.

Homem Misterioso
Isso seria muito fácil

Bella Marble
Aposto que é algo sem graça, como Paul ou Mark

Sorrio com minha própria piada. Mark, sem graça. Bem, isso seria lisonjeiro para ele.

Homem Misterioso
Vou dizer uma coisa: se adivinhar, vou te levar no melhor encontro que já teve

Um jogo? Isso aumentou um pouco as apostas. Em geral, tenho sorte de receber um "oi" de volta. Ao menos isso é alguma coisa, embora um pouco assustador.

Bella Marble
De que tipo de encontro estamos falando?

Bella Marble
Preciso saber se vale a pena o esforço

Homem Misterioso
Você é uma garota festeira? Ou gosta de um pouco de cultura?

Bella Marble
Cultura

Bella Marble
Sempre

Sento-me e sorrio. Ele não responde de imediato, e meu sorriso desaparece um pouco. Ó céus, já estraguei tudo? Como?

Era uma pegadinha?

Ah, eu me fiz parecer tão chata, não foi? Quem escolhe cultura? Sério.

Homem Misterioso
Visita ao Museu de História depois do expediente. Bebidas e Dinossauros. A combinação vencedora

Não estou sendo engraçada, mas isso realmente soa incrível. Sou uma grande nerd e adoro museus. Quando me mudei para Londres, lembro-me de pensar que provavelmente os visitaria o tempo todo. Porém, a vida acontece, e isso, de alguma forma, não aconteceu.

Bella Marble
Quantas tentativas tenho?

Homem Misterioso
Quantas quiser

Verifico o perfil dele para ver quanto mais foi revelado com base em nosso pequeno bate-papo.

Nome: Homem Misterioso
Ocupação: Empreendedor
Altura: Não importa
Idade: É só um número

Bem, isso não ajuda.

Bella Marble
George?

Homem Misterioso
Não

Bella Marble
Michael?

Homem Misterioso
Tente novamente

Bella Marble
Nigel?

Homem Misterioso
Não sou um homem de oitenta anos

Bella Marble
Pensei que tivesse dito que a idade era só um número

Meu telefone vibra e isso me choca, puxando-me para fora da minha tangente do *Mirror Mirror*. É uma mensagem de texto: Marty. Então ele está acordado.

Eu: 26 Set, 10:17
Você vem hoje à noite?

Marty: 26 Set, 10:36
Aniversário do Jack. Estou fora.

Eu: 26 Set, 10:36
Mas é a última noite de Ellie!

Marty: 26 Set, 10:36
Ela está morrendo?

Eu: 26 Set, 10:37
Se estivesse, você viria hoje à noite?

Marty: 26 Set, 10:37
Não. Ainda é o aniversário do Jack

Eu: 26 Set, 10:37
Você é um irmão terrível

Marty: 26 Set, 10:38
Se ela morrer, herdarei mais. Ganha-ganha

Marty geralmente é figura frequente na Elmfield Road, número 13. Apesar de ser gêmeo de Ellie, as diferenças entre eles são bastante substanciais. Ellie é um pássaro doméstico; Marty gosta de ficar na rua. Ellie é monogâmica; Marty segue uma política diária de entra uma, sai outra. Ellie é preocupada; Marty não se importa. Ellie é adorável; Marty é um babaca autoproclamado.

Na realidade, eles não são tão diferentes quanto gostam de pensar. Com esse clã, família vem sempre em primeiro lugar. Pelo menos tem sido assim desde que o pai idiota os deixou para perseguir seus sonhos de viver como um garoto de dezoito anos, ignorando os deveres paternos e viajando pelo mundo ao lado de garotas de, literalmente, dezoito anos. Eu diria que é por isso que o restante da família é tão próximo. No entanto, eles sempre foram unidos, mesmo antes de o pai ir embora.

Eu: 26 Set, 10:37
Que seja. Estou encarregada da sobremesa
Você vai perder minha linda torta caseira

Marty: 26 Set, 10:38
O caralho que está cozinhando uma torta

É um bom argumento. O que posso falar?

Eu: 26 Set, 10:38
Tá bom. Você vai perder meu lindo sorvete comprado na loja.

Isso me lembra uma coisa. Rapidamente, passo para os textos de Annie.

Eu: 26 Set, 10:38
Ei, você pode pegar um sorvete no caminho de volta da academia? Bj

Annie Colega de Apartamento: 26 Set, 10:38
Não estarei de volta até as 17h bjo

Eu: 26 Set, 10:38
Tudo bem. Você pode pegá-lo, de qualquer maneira? Bjo

Annie Colega de Apartamento: 26 Set, 10:38
Sim, claro

Volto para Marty.

Marty: 26 Set, 10:38
Você pode comprar sorvete para mim quando quiser. Jack só faz trinta anos uma vez

Eu: 26 Set, 10:39
Não posso acreditar que esteja escolhendo Jack em vez de Ellie

Eu: 26 Set, 10:39
O que Jack tem que Ellie não tem?

Marty: 26 Set, 10:39
Amigas em forma ;)

Marty: 26 Set, 10:39
Se você for sair mais tarde, mande uma mensagem pra mim. Estamos indo para Brixton

Eu: 26 Set, 10:39
Tá bom, otário

Quando coloco o celular na mesa, olho para a xícara de chá. Ainda há uma pequena quantidade no fundo do recipiente. Giro a caneca em círculos, matando o tempo.

Olho para a tela do notebook. Ele entrou em modo de espera. Passo o dedo no *trackpad* e observo o documento em branco do Word acender novamente, zombando de mim em sua crueza. Clico no *Mirror Mirror* mais uma vez.

Mando uma mensagem para o Homem Misterioso.

Bella Marble
Marty?

Na verdade, não é Marty. Marty não é inteligente o bastante para esse tipo de façanha. Vi alguns dos textos que envia para as meninas, e não são tão elaborados. Em geral, são só:

Ela: O que você faz?
Ele: Sou veterinário

Ela: OK, estou indo aí agora

Ainda assim, Marty é outro nome masculino, embora um pouco estúpido.

Homem Misterioso
Continue

Bella Marble
Este vai ser um jogo muito longo

Homem Misterioso
As melhores coisas da vida valem a espera

Desligo o *Mirror Mirror*, bebo o restante do chá e sento-me direito, trazendo o notebook um pouco mais para perto.

Talvez você esteja certo, Homem Misterioso. Ou talvez seja um canalha bizarro, de quem eu deveria ficar bem longe.

De qualquer forma, agora eu deveria começar a escrever algo, definitivamente.

No entanto, aqui está o velho problema: o que eu deveria escrever?

13

Acordo, e estou um pouco confusa.

Não estou confusa sobre ter adormecido. Eu meio que percebi isso como inevitável assim que deitei a cabeça no travesseiro. Estou confusa por estar tão escuro lá fora. Checo o relógio. 19h.

Dezenove horas? Como assim são dezenove horas? Também estou confusa que meu quarto não esteja tão arrumado. Passei mais de uma hora tentando vasculhar as pilhas de bagunça, quando decidi que trabalharia melhor sabendo que todas as minhas tarefas estavam concluídas, mas parece que mal fiz um arranhão no caos. A soneca foi um subproduto da exaustão decorrente da limpeza, porém a recompensa parece bastante desproporcional em relação ao sucesso da tarefa.

Verifico o telefone novamente para ter certeza do horário, também um pouco desapontada por ter cochilado pelas últimas oito horas e, naquele período, não ter recebido nenhuma notificação. Nem mesmo da operadora de celular. Ou da minha mãe.

No momento em que tomo um banho e me visto com roupas limpas, colocando com cuidado o moletom vermelho sobre a porta do armário, posso ouvir o barulho de vozes se agitando na cozinha.

Annie é incrível quando se trata de visual. Só voltou às 17h e, ainda assim, está vestida com esmero, em um macacão creme lindamente ajustado, e a cozinha, de alguma forma, parece uma sala de jantar digna de reis.

As velas estão acesas, o cheiro de comida caseira quente está borbulhando no fogão, e alguém tem uma playlist em andamento, de faixas dos anos 2000, que agradam demais.

— Uaaau! — grito, balançando os quadris como um bambolê. — *I got a feeling. That tonight's gonna be a good night. That tonight's gonna be a good night. That tonight's gonna be a good, good night...*

— Que a festa comece! — Simon ri, da mesa da cozinha.

— Ei, ei!

Quando me viro, Simon já está abrindo uma garrafa de vinho, e sou rápida em preparar minha caneca favorita para isso. Seu cabelo loiro ainda está varrido pelo vento, das atividades extenuantes do dia. No entanto, seus pequenos olhos circulares, escondidos sob lentes dramaticamente grandes, ainda se parecem com os de uma corça e são inocentes, como sempre. Seu habitual *look* de suéter e jeans foi trocado por uma combinação igualmente elegante de camisa e calça chino para a ocasião, envergonhando meu vestidinho preto.

— Sim-oné, meu amor, como foi o show? — pergunto a ele, timidamente.

— Melhor que o esperado.

— Concordo. Você dormiu com o homem mais bonito do mundo na noite passada. — Eu me aproximo, pronta para a fofoca.

— Eu aceito — responde um belo sotaque espanhol.

Lá na porta, está o homem inebriantemente bonito, agora totalmente vestido, da noite anterior. No frescor da luz do dia (no meio da tarde), ele é todo bronzeado e com cabelo de praia, como um James Dean novo e melhorado. Suas calças de couro apertadas descrevem a todos, com clareza, o que vi ontem à noite, e tento ao máximo impedir meus olhos de olhar na direção da sua virilha. Ele estende a mão com a confiança de um herói de TV, e, ao pegá-la, sinto os joelhos fraquejarem.

— Diego — diz ele.

Honestamente, não achava que tivesse uma queda por sotaque espanhol, mas Diego faz soar como manteiga derretendo na língua. Quero lambê-lo como um gatinho.

— Você também gostou da banda, Diego? — pergunto, esperando parecer legal e calma, mas sabendo que pareço um esquilo excitável.

— Ele é a banda — diz Simon, orgulhoso, sorrindo para Diego com olhar de quem sabe.

Ah, claro que é. Claro que este belo homem espanhol é uma estrela do rock, por profissão. Olhe o cabelo dele, pelo amor de Deus! Parecem fios de seda pura. Está vestindo um moletom que provavelmente custa mais que todo meu guarda-roupa. Um ano inteiro de nada e Simon enfim encontrou ouro.

— Como foi a escrita? — pergunta Ellie, entrando por trás deles. O longo cabelo loiro está volumoso, provavelmente como subproduto dos fabulosos poderes de aumento de volume do meu xampu, que ela pegou. Ainda não digo nada. Também não digo nada sobre o vestido floral verde e azul que ela está usando e que, definitivamente, viveu no meu guarda-roupa nos últimos anos e do qual ela deve ter pego (embora eu não me lembre se o roubei dela, para começar).

— Está indo — respondo depressa. — Ellie, você conheceu o Diego? Ele está em uma banda.

— Diego é a banda — corrige Simon.

— Diego me ajudou a carregar caixas a tarde toda — diz Ellie. Ela se vira para Diego. Parecendo, de fato, totalmente confortável por estar na presença hipnótica dele, ela aperta seu braço, como um velho amigo. — Obrigada mais uma vez. Ter por perto um par extra de mãos foi uma dádiva de Deus!

— Por que não me pediu? — pergunto, levemente irritada, por não ter sido a primeira escolha.

— Não queria atrapalhar sua escrita! — responde Ellie, parecendo preocupada com essa ideia.

Minha escrita. Da qual não tenho nada para mostrar.

Engulo em seco, acenando com a cabeça para aceitar a desculpa muito atenciosa, tentando rapidamente sair do assunto.

— O cheiro está delicioso, Annie! — digo, tomando um grande gole de Merlot. — O que tem para o jantar?

— É o meu favorito! — responde Ellie, olhando para o prato.

— Você tem muitos favoritos. Qual é este, especificamente?

— É um *tagine* de cordeiro, abóbora e damasco — responde ela, animada. E parece mesmo delicioso.

Os outros iniciam uma conversa nova sobre as alegrias da culinária marroquina. Porém, em segundos, paro de me concentrar. Estou distraída com a mão de Diego passando pelo cabelo de Simon. Estamos chegando às vinte horas do dia depois que eles ficaram, e Diego ainda está no apartamento.

Mais que isso, está conhecendo os amigos de Simon. Passara o dia ajudando Ellie a se mudar.

Simon não expulsou esse homem às quatro da manhã. Simon não chegou atrasado e ficou para apenas uma bebida. Simon não fez nenhuma das coisas que Charles Lobo fez comigo, porque Diego é lindo (o que provavelmente é irrelevante, mas muito verdadeiro), e Simon não é um tremendo idiota.

Isso é o que estou procurando. Isso aqui, diante de mim, é exatamente o que tenho procurado. E talvez, apenas talvez, ver Simon ter tanta sorte, depois de todo esse tempo, signifique que Ellie esteja certa: que há alguém lá fora para mim também. Alguém que vá acariciar meu cabelo em um jantar, se eu puder ser paciente o bastante para esperar que ele o faça. Mas é mais fácil falar que fazer: não sou uma pessoa muito paciente.

— Bella?

Eu me viro. Meu devaneio foi pego, e os grandes olhos castanhos de Annie estão olhando para mim.

— Desculpe. Sim?

— Eu disse que peguei aquele sorvete que você pediu — repete Annie, voltando para a panela para mexer o generoso *tagine*. — Tudo bem ser de baunilha?

— Perfeito.

— O que tem de sobremesa, então? — pergunta Simon.

Olho ao redor, procurando reforços. Dado o que Annie acabou de dizer, é uma pergunta meio idiota. No entanto, é uma pergunta para a qual, confusamente, todos parecem estar olhando para mim em busca de resposta.

— Sorvete — respondo.

— Com o quê? — pergunta Annie.

Faço uma pausa de novo.

Ah, meu Deus! Acaba de me ocorrer: Annie se dedicou por completo; o vinho de Simon parece caro; e eu só comprei sorvete.

— Mais... sorvete? — digo, e minhas bochechas coram.

— Espere. Só sorvete? — Simon se junta à conversa.

— Não apenas sorvete. Sorvete — tento, mas até eu mesma sinto meu argumento falhando.

— Só sorvete de baunilha? — pergunta Annie de novo.

— Isso não é justo! A parte da baunilha foi escolha sua.

— Pensei que seria um condimento!

— Desde quando sorvete é condimento? Geleia é condimento.

— Geleia não é condimento — Simon murmura, inutilmente.

— Caramba, Bella! Você só tinha uma coisa! — grita Annie.

— Eu trouxe bolo! — diz Mark alegremente, passando pela porta.

A sala inteira se vira para olhar para ele, como se fosse o salvador. Se fosse qualquer outra pessoa (literalmente, qualquer outra pessoa), eu ficaria muito feliz agora. Já posso sentir o calor das bochechas esfriando com a ideia de que outra pessoa trouxe uma alternativa para o sorvete — só que é Mark. Então, não fico.

É como se, no minuto em que ele entrou, a sala toda esfriasse para mim. Ele é, literalmente, um desmancha-prazeres, absorvendo a atmosfera e sugando toda alegria que tenho.

Mark é um cara grande, então é difícil não vê-lo. Ainda assim, ele tem um rosto tão esquecível que luto com frequência para me lembrar dele. Olho para ele agora, examinando o inimigo, e minha confusão habitual sobre por qual razão Ellie ainda está com ele retorna.

O nariz dele é arredondado nas bordas para combinar com o arredondamento do rostinho bobo, que não é tão feio, por assim dizer. É que as maçãs do rosto de Ellie são dignas de Oscar e completamente fora da categoria dele. A compleição de Mark é "boa", acho, com olhos arregalados de um cinza profundo, para combinar com sua alma chata. Ele quase sempre parece desarrumado e desleixado, o que é bizarro, porque, mesmo sem maquiagem, Ellie é arrumada como uma *superstar*. Ela é magra e da minha altura; este homem é um urso humano. Ela é 9,9. Ele é 5,7, na melhor das hipóteses.

OK, talvez isso seja um pouco exagerado. Não é como se Ellie fosse perfeita ou algo assim. Sei que ela parece frequentemente mais preocupada, o que enruga sua testa de forma quase permanente. O narizinho trêmulo é um pouco pequeno, e as orelhas são um pouco grandes. O cabelo loiro é um pouco achatado e sem vida, a menos que ganhe volume com meu xampu (não vou falar sobre isso). Ainda assim, Mark é tão completamente bege. Por que ela está com ele? Por que está indo morar com ele?

— Brilhante, Mark! — dizem várias vozes ao redor da sala.

— Desculpe, Bella. Sei que estava encarregada da sobremesa, mas passei por uma confeitaria no caminho e pensei: é uma festa, afinal. Não resisti.

Reviro os olhos. Típico. Aqui está ele, entrando, tomando meu lugar e fazendo de tudo para me ofuscar. Não comprou vinho superchique para superar a contribuição de Simon para a festa. Não preparou um prato principal alternativo para competir com Annie. Claro que trouxe sobremesa extra. Claro que presumiu que eu falharia. Quero dizer, falhei, nesse caso em particular. Ainda assim, mordo o lábio em aborrecimento com tanta força que quase sangra.

Se ao menos eu tivesse feito uma farofa caseira de frutas de verão, isso teria mostrado a ele.

No entanto, não fiz.

Jamais fiquei tão desapontada com meu pré-planejamento e minhas habilidades culinárias básicas.

14

Tudo que posso dizer é que não escolhi a playlist. Então, não é minha culpa quando o clássico atemporal *Tragedy*, do Steps, atinge os alto-falantes e acidentalmente me lembro de todos os passinhos e tenho que demonstrá-los.

— ELLIE! ELLIE, VOCÊ PRECISA SE JUNTAR A MIM! — grito, porque é importante gritar essas coisas, às vezes.

— Bella — ela está se matando de rir —, meu Deus, não sei se lembro...

— VOCÊ LEMBRA! VOCÊ LEMBRA! *TRAGEDY*! — Palmas das mãos planas nas orelhas, de maneira uniforme. — VAMOS! *When the feeling's gone and you can't go on it's...*

— *TRAGEDY*!

— SIM, SIMON! — Simon está bem ao meu lado, com as mãos nas orelhas, não sobre elas. Vamos perdoar isso. Em geral, ele é um pouco tímido para esse tipo de exibição, mas está claramente um tanto bêbado também. Viva o vinho, é tudo que posso dizer.

— *When the morning cries and you don't know why!* — cantamos em uníssono desajeitado.

De repente, percebo que é um movimento ousado, já que ele tem um novo namorado assistindo a tudo. Por um momento, sinto-me um pouco mal, pois isso é, com certeza, superbrega, e Diego é, literalmente, uma estrela do rock. No entanto, assim que a culpa começa a crescer, Diego se levanta, com quadris que se movem como Elvis, e, embora claramente não saiba o que está fazendo, todos nós bebemos o suficiente para ele copiar os movimentos de braço muito desajeitados que estamos fazendo.

Sim, Diego! É esse tipo de noite.

Ellie costumava ser a primeira a se levantar. Porém, essa não é a especialidade de Mark (e qual é?), então ela está sendo toda tímida. Annie está aquecendo o *tagine* para o segundo prato, mas até ela está dançando.

— Vamos, Els! — Eu a atraio com o segundo verso, dançando em sua direção. Ela não pode resistir a uma dança, com certeza. Ninguém resiste.

— *It's hard to bear, with no one beside you, you're going nowhere.*

Estamos chegando ao último refrão. Annie afastou-se do *tagine*, em especial para o final ao lado de Simon, em nossa pista de dança restrita ao tamanho da cozinha. Nosso tempo está se esgotando, e Ellie ainda está sentada.

Vamos, Ellie! Você consegue!, penso desesperada. Nem sei por que isso importa para mim. Talvez seja o vinho, mas, estranhamente, importa.

Apenas quando acho que toda esperança está perdida, escuto:

— *TRAGEDY*! — E ela está de pé! Afinação perfeita! Aí está minha menina!

E aí está a coreografia de muitas festas de aniversário voltando para nós, como se o tempo não tivesse passado. Ellie e Simon de um lado, Diego e Annie do outro, talvez a banda pop menos provável que você possa imaginar. Porém, atingimos um uníssono perfeito, enquanto nossas mãos voam para nossos ouvidos, esquerda para cima, direita para cima, comece novamente. Gire para a esquerda, gire para a direita. Pare agora, sacuda o ombro. Batida após batida gloriosa. Gesto após gesto sincronizado. Estamos em chamas. Estamos no topo do mundo.

Meu Deus, amo meus amigos!

Meu Deus, vou sentir falta disso.

— *TRAGEDY*! — Todos nós choramos quando a música chega à conclusão perfeita.

Todos nós, exceto Mark, que está fingindo não conhecer a letra.

— Quem está pronto para o prato principal? — pergunta Mark em tom totalmente normal, como se nada tivesse acontecido, trazendo nossa alegria a um fim surpreendente.

Sério, Mark, por que a cara fechada?

Viva um pouco.

15

QUANDO A REFEIÇÃO FINALMENTE TERMINA, MARK SE LEVANTA E BATE NA taça (uma de vinho de verdade, como um adulto, não minha caneca de vinho cheia de diversão; que cara chato!).

Porque estou bêbada (porque estou bêbada!), também me levanto.

Esta não é a noite de Mark. Sei que ele também morava aqui, e entendo isso, mas esta é a noite de Ellie. Esta é a minha noite e a de Ellie. Se há alguém que vai fazer um discurso sobre o fim de uma era, sou eu.

— Obrigada, Mark — digo com uma piscadela, como se tivéssemos planejado. Graciosamente, ele se senta de novo, indicando que está mais que feliz por eu falar primeiro. Que cretino!

— Ellie, você é minha melhor amiga — digo, segurando minha caneca.

Olho para todos os rostos ao redor. Eles estão me achando um pouco hilária, mas provavelmente é só porque sou uma boa oradora pública.

— Eu te amo — digo, falando sério.

Olho para ela, batendo a quinta ou sexta caneca de vinho no lado direito do peito, antes de me lembrar rapidamente e movê-la para o lado esquerdo, sobre o coração. Apenas um pequeno contratempo. Aposto que ninguém percebeu.

Neste momento, percebo que todas as palavras foram ditas. Não há mais nada que eu possa dizer, que possa resumir oito anos felizes morando juntas e vinte e nove anos de amizade perfeita.

As Spice Girls estão tocando ao fundo, e me ocorre que não poderia ser mais adequado. Enquanto crescia, sempre quis ser a Baby, é claro, porque ela era aquela que todos queriam ser. Porém, Ellie era loira, e eu, a única ruiva, como a Ginger, em toda nossa classe. Passei anos acompanhando do banco de reservas Ellie imitando minhas falas favoritas e usando vestidinhos cor-de-rosa que eu sempre quis usar. Então, um dia, quando estava particularmente triste com a coisa toda, ela me perguntou o que estava errado, e eu lhe disse. Depois disso, ela nunca mais me deixou ser a Ginger outra vez, convencida de que não queria ser a Baby, de qualquer maneira. Lá estava ela, sempre colocando uma peruca e vestindo uma roupa da Union Jack, tudo porque sabia que isso me faria feliz, e sendo a maior Ginger de todo o mundo. É o tipo de garota que ela é: colocando os amigos em primeiro lugar, sempre. Colocando-me em primeiro lugar, sempre.

— O que quero... — começo, com as lembranças de nossas horríveis coreografias de infância na mente: é voltar àquele tempo e começar tudo de novo.

Não, diz minha sobriedade, não diga isso.

— O que quero... — é que Mark vá embora e você fique comigo.

Não, vamos, Bella. Segura a onda.

— O que quero... *What I really, really want is a zig-a-zig-ah* — digo, finalmente, terminando com um soluço não intencional. Puta merda, elas são gênios líricos! Obrigada, Scary Spice, eu mesma não poderia ter dito melhor.

— Isso é tudo — concluo, imaginando vagamente quanto tempo meu discurso sincero deve ter levado.

— Te amo, Bells! — Ellie sussurra baixinho para mim enquanto a música desaparece e entra a próxima.

— Lindo, Bella — diz Mark, ficando de pé.

Ninguém mandou o memorando para ele. Não estávamos fazendo discursos. Fiz o meu porque ela é minha melhor amiga, mas esse era o único permitido. Ainda assim, Mark começa a falar, sem ninguém ter pedido. Busco outro refil, enquanto *Reach for the Stars*, do S Club 7, começa a bombar. Então, pelo menos não tenho que ouvi-lo falar. Os anos 2000 foram uma era fabulosa para o pop. Que melodia.

— Só queria agradecer imensamente a todos por me aceitarem em sua família, aqui, em Elmfield Road. Morei em muitos apartamentos compartilhados durante minha época em Londres. Antes desse, nenhum deles parecia um lar. Diego, nem sei como agradecer a você pela ajuda hoje. Annie, não sei o que faremos sem sua comida. Simon, bem, vejo você de qualquer maneira na próxima semana, para a liga de squash. E, Bella, obrigado por sempre estar presente para minha Ellie.

Sua Ellie? Idiota presunçoso.

— Ellie, este é um verdadeiro fim de uma era para você, e sei que este é um momento triste. Mas também é uma nova página para o próximo capítulo da nossa vida, e eu não poderia estar mais animado por fazer parte disso com você.

Olho para Annie e, sorrateiramente, finjo estar vomitando na mesa. Annie não ri comigo, como acho que deveria. Ela balança a cabeça e se vira para o orador.

— Agora sei que este é um período de transição em nossa vida, mas acho que, se vamos dar um passo para essa nova era, por que não dar logo um salto inteiro?

Mark olha ao redor da mesa, e sorrio de volta para ele, como se estivesse ouvindo direito. No entanto, a música é cativante demais para isso, e agora só posso me concentrar em uma coisa por vez. Tenho prioridades. Pergunto-me se mais alguém está tão entediado quanto eu.

— Ellie, você se lembra do aniversário de Kate e Millie?

Caramba, ele está assumindo o controle da noite!

— Sim — diz Ellie, um pouco nervosa. Provavelmente porque está envergonhada por ele estar falando por tanto tempo. Sei que já estou, por ela. Sou impaciente nos melhores momentos, mas atinjo um patamar novo quando estou bêbada.

— Entramos no assunto dos pedidos de casamento à mesa, e você contou a história dos pais da Bella.

Meus pais? Por que ele está envolvendo meus pais nisso?

— Você disse que nunca tinha ouvido nada tão romântico. Que não era grande coisa; não era no topo da Torre Eiffel ou em um restaurante chique. Não era essa grande música ou dança nem em um lugar aberto. Era em casa, cercado de pessoas que eles amavam. Você disse que a mãe de Bella preparou sua refeição favorita...

Errado. Mamãe não sabe cozinhar. Papai cozinhou.

— ... tocou sua música favorita...

Errado de novo. Minha mãe não suporta Abba, mas tocou mesmo assim, porque sempre foi o prazer culpado do meu pai.

— ... e, assim que o bolo de limão foi servido, o pai de Bella trouxe o anel e surpreendeu a todos por lá.

Caramba, Mark, um tanto misógino? Minha mãe pediu meu pai em casamento, não o contrário. Elemento-chave perdido. De alguma forma, ele ainda está falando.

— Você disse que, se alguma vez fosse pedida em casamento, era exatamente o que gostaria. Um bolo de limão para uma vida inteira de casamento, cercada pela família, na noite mais perfeita.

A frase nem é essa. É: um bolo de limão para uma vida inteira de felicidade. Ele não consegue nem acertar a porra da frase.

Mas espere. Ai, Deus, o que ele está fazendo? De repente, percebo que a música dos anos 2000 ainda está tocando. Essa sempre foi a década preferida de Ellie. Eu deveria saber: tenho dançado em cozinhas com ela, ao som de músicas dos anos 2000, desde os anos 2000.

— Bem, aqui estamos. Pedi a Annie que cozinhasse sua refeição favorita, tenho tocado suas músicas favoritas, e estamos cercados de pessoas que amamos. A única coisa que falta é o bolo de limão.

Ele segue rapidamente em direção ao balcão e traz de volta a grande caixa branca para bolos que trouxera mais cedo. Ele a abre, deixando o papelão cair naturalmente, revelando um bolo de limão em forma de coração, com pequenos redemoinhos de raspas de limão salpicando o topo e enchendo a sala com cítricos intoxicantes, como um aromatizador de carro recém-aberto.

Bem no meio do bolo estúpido há um quadrado, cuidadosamente removido. Aninhado na massa, como se estivesse sentado no próprio trono, há uma pequena caixa de veludo preto, manchada com glacê nas bordas.

Ah, merda! Não! Isso não está acontecendo!

Ellie está chorando, mas ele continua, alcançando o coração do bolo e removendo, com delicadeza, o pequeno quadrado do trono.

Coloque de volta, Mark. Coloque de volta agora, antes que isso fique fora de controle.

— Eu te amei, desde o primeiro dia em que te conheci. Eu te amei todos os dias, cada vez mais.

Ah, meu Deus, isso é real! Isso está realmente acontecendo perante meus olhos! Isso é um descarrilamento de trem, um estouro de suflê, um ovo quebrando! Ela não quer o grande casamento com vestido branco. Ela não quer nada disso. Se ele a conhecesse como eu, saberia. Quero, mais que tudo, que a visão diante de mim pare.

— Você é o amor da minha vida.

Não, Mark, pare com isso. Pare agora mesmo.

— Você é minha melhor amiga no mundo inteiro.

Não, ela é minha melhor amiga. Somos os melhores amigos aqui.

— Ellie — diz ele. Ah, Deus, não. Por favor, não. Porém, é tarde demais. Está acontecendo. Está realmente acontecendo. — Ellie, você quer se casar comigo?

Parte 2

16

— À Ellie! — Simon e Diego cantam juntos. Meu copo estava perto o bastante para brindar sem fazer muito esforço.

Eu não queria sair, mas foi aqui que a noite me levou. Então, é aqui que estou seguindo o casal mais novo da casa, até algum bar escondido onde Diego, aparentemente, "conhece pessoas". Claro que conhece. Ao entrar no bar lotado, ele parecia conhecer quase todo mundo e está constantemente descansando o braço no joelho de Simon, como se o exibisse para velhos amigos. Diego é um amor completo, um verdadeiro partidão. Após uma noite, eles estão agindo como se estivessem em lua de mel. Por que Ellie não conseguiu encontrar alguém assim? Por que eu não consigo?

Depois das lágrimas, dos aplausos e dos abraços na cozinha, Ellie e Mark haviam se retirado para o quarto. Mark até se atrevera a falar em um tom de voz ainda alegre, mas claramente sério pra caralho, sugerindo que "talvez esta noite fosse melhor se eu não viesse me juntar a eles na cama". Annie também havia ido dormir. Tinha Pilates de manhã e, quando dizia *manhã*, falava sério.

Restaram apenas Diego e Simon e, dadas as opções, decidi que o melhor para mim era segui-los.

— Mas por quê? — digo, mal-humorada. — Por que devemos aplaudir o fato de que ela foi coagida a usar uma corrente no dedo?

— Ah, vamos, dificilmente ela foi coagida — diz Simon, com desdém.

— Mas foi! Ela jamais quis se casar. Jamais! E, no entanto, lá vem Mark, envergonhando-a na frente de todos os amigos e forçando-a a um casamento que ela nem quer.

— Ele não a forçou a nada.

— Por que ela não iria querer? — pergunta Diego.

— Questões com o pai — responde Simon, com rapidez.

— Mais de como assuntos de "homens são babacas" — murmuro.

— Bem, talvez ela tenha mudado de ideia? — diz Diego, inutilmente.

— Claro que ela mudou de ideia — confirma Simon. — Vamos, Bells. Você é a melhor amiga dela. Deveria estar feliz por ela!

— Eu estou! Eu estou! — digo, mal-humorada. — Mas... mas ele é tão... tão Mark. Por que ela não poderia ter encontrado alguém digno dela?

— Ele me parece legal — tenta Diego.

— Oh, esta noite ele estava até bem, mas... Ellie é como uma *superstar*, e ele é... ele é simplesmente tão normal.

— Talvez normal seja o que ela quer.

— Mas ela merece muito mais!

— Isso não é justo — sugere Simon. — Aquele menino a trata como uma princesa.

— Ela é uma princesa.

— E encontrou alguém que a trata como tal. Você sabe como isso é raro?

— Sei. Eu sei.

Lentamente, bebo meu gim-tônica com infusão de morango, pelo qual Diego nem precisou pagar. Ele piscou para o barman, e a bebida apareceu como mágica.

— Você também vai encontrar alguém que a trate como princesa — diz Simon, com docilidade.

— Não sou princesa.

— Ah, sim, você é.

— Honestamente, não sou. Li todos aqueles contos de fadas e não demonstrei qualidades de princesa nenhuma vez. Quero ser Cinderela, mas sou mais como... Não sei, a meia-irmã feia, eu acho.

— Sabe, é tão engraçado você falar sobre contos de fada — diz Diego, de repente. — Quando a vi entrar esta manhã, com a bolsa em um braço e aquele moletom vermelho brilhante, achei você parecida com... Ah, qual é o nome dela... a *Caperucita Roja*.

— Quem?

— Chapeuzinho Vermelho! — traduz Simon. Espere, Simon fala espanhol?

— Ha! — rio. — Bem, o homem com quem estava era muito parecido com um lobo. Quero dizer, o nome dele era, literalmente, Charles Lobo.

— Charles? — replica Simon, incrédulo.

— Eu sei, não comece — rio de volta, em resposta. Confio que Simon esteja na mesma sintonia que eu em relação a isso.

— Bom, talvez seja isso! — afirma Diego. — Talvez você esteja apenas no conto de fadas errado!

— Ah, sim, talvez seja por isso que os homens não querem me namorar a longo prazo. Porque estou na história errada. É aí que venho errando — digo, com sarcasmo.

— Pelo que me lembro, Chapeuzinho Vermelho não termina muito com o "felizes para sempre" — reflete Simon, ao meu lado, bebendo o próprio coquetel luminoso. — Talvez Diego tenha descoberto algo; é possível que você esteja apenas na história errada.

Essa conversa está ecoando em minha mente. Em parte, porque estou bêbada, mas, sobretudo, porque é estranhamente um pensamento que eu mesma tive, não muito tempo atrás.

Na noite passada, enquanto cavalgava Charles Lobo, envolta em seu moletom vermelho com capuz, olhei-me no espelho e pensei em como a história era semelhante.

Mais ou menos. Quer dizer, na história de Chapeuzinho Vermelho, ela não acaba praticando zoofilia. E tenho certeza de que há uma avó envolvida. Mesmo assim.

Se fosse verdade, se o que Diego está dizendo é, de alguma forma, real, como vou sair desses outros contos de fada e voltar para o certo?

Em algum lugar entre as células cerebrais, um pensamento genial borbulha dentro de mim.

— Alguém tem uma caneta? — pergunto, animada.

Diego dá de ombros. Simon tem a decência de verificar, antes de balançar a cabeça.

— Alguém? — pergunto ao grupo ao redor. É um bar movimentado, mas a maioria das pessoas está reunida em volta de nós, provavelmente por causa de Diego. Ele é muito bonito. Não tenho certeza se já mencionei isso. — Alguém tem uma caneta?

De repente, um marcador de textos chega até minha mão. Por que alguém trouxe consigo um marcador está além da minha compreensão, mas não estou reclamando.

Tiro um dos meus saltos — uma plataforma vermelho-brilhante que coloquei na esperança de que, se usasse sapatos incríveis, o homem dos meus sonhos finalmente sairia do esconderijo e me pediria para ter seus bebês. Na sola do calcanhar, uso o marcador para rabiscar meu nome e número de telefone e entrego a Diego. Lanço a caneta de volta à multidão. Porém, se ela chegar ao dono, será uma espécie de milagre.

— Coloque isso em algum lugar no meio do bar — instruo. — Talvez no meio da pista de dança.

— Por quê?

— Se estou no conto de fadas errado, então vou mudar para o certo. Não quero ser a meia-irmã feia nem a Chapeuzinho Vermelho. Quero ser a porra da Cinderela e, para isso, preciso reescrever minha história. Então, aqui está meu sapatinho de cristal, e a hora é quase meia-noite. Com alguma sorte, meu Príncipe Encantado vai encontrá-lo e trazê-lo de volta para mim, ou ao menos ligar.

— Isso aí, rainha! — diz um completo estranho à minha direita. Sinto-me completa e totalmente empoderada, até perceber que eles não estavam, de fato, falando comigo ou sobre mim. Ainda assim, aceito.

Quando Diego volta sem o calçado, sinto que o mundo está aos meus pés de um sapato só.

— Sinto que isso poderia ser o início de algum romance épico — aplaude Simon. — É muito excitante!

17

Quando Diego e Simon foram embora, ofereceram-se para me levar com eles. No entanto, minha noite ainda não havia terminado, por isso fiquei. Eu estava descalça, girando no centro da pista de dança, e vencendo na porra da vida.

Quatro gins haviam me lembrado de que tudo era possível. O drinque cinco me lembrou de que a confiança era a chave para o sucesso. O drinque seis, indiscutivelmente desnecessário, levou-me além de sentir qualquer coisa nos pés descalços.

Quase duas horas depois, ainda estou aqui. O cenário perfeito para o encontro fofo entre mim e meu único e verdadeiro amor. Quando cheguei ao chão quadriculado da pista pela primeira vez, vi meu sapato perdido, colocado em um degrau baixo, que levava aos banheiros do andar de cima. No entanto, resisti à vontade de voltar e pegá-lo. A noite era uma criança, e cheia de possibilidades tão excitantes. Cada sorriso que vinha em minha direção poderia muito bem ter sido dele. Cada roçada em meu braço, enquanto eu girava em círculos felizes, poderia ser o primeiro toque de muitos. Tentei parar de olhar para ele a cada poucos minutos, e, para ser justa, houve um período de quatro ou cinco músicas em que me esqueci dele por completo. Até que, de repente, com uma excitação inacreditável, percebi que não podia mais vê-lo.

Agora, com o efeito do álcool começando a passar, percebo quanto meus pés doem por serem regularmente esmagados por outros e por rodopiar sozinha. Então, finalmente me afasto da luz e deslizo para a mesa mais próxima disponível. Coloco meu salto vermelho na mesa diante de mim e me pergunto qual dos homens bonitos que restam na pista de dança virá em meu socorro.

Mal posso esperar para ver quem é.

18

Dois minutos na minha própria companhia e já estou com o telefone, posicionando meu salto solo no centro da mesa, com a pista de dança como pano de fundo, para a foto perfeita do *Instagram*. Hesito por um tempo, depois de colocar o filtro, imaginando que legenda rápida e espirituosa deveria acompanhá-lo. Porém, aparentemente, meu bloqueio de escritor também parece se estender a textos básicos do Insta. Bem, isso é um saco!

Não quero desperdiçar a foto. Então, passo pelas mensagens do telefone, prestes a enviá-la a Simon, quando vejo a última mensagem de Marty.

Marty: 26 Set, 10:39
Se você for sair mais tarde, mande uma mensagem pra mim. Estamos indo para Brixton

Eu: 26 Set, 10:39
Tá bom, otário

Melhor ainda. Mando a foto para ele.

Eu: 27 Set, 02:28
Estou em Brixton!

Eu: 27 Set, 02:28
Onde você está?

Mudo para Ellie enquanto espero, prestes a enviar a foto a ela também, quando meu telefone vibra e meu coração dispara. Príncipe Encantado?

Meu coração desaba. Marty Mathews. Ainda assim, é alguma coisa.

Marty: 27 Set, 02:31
Em casa. Me dei bem

Marty: 27 Set, 02:31
De quem é o sapato?

Eu: 27 Set, 02:31
Ahhh, que chato

Eu: 27 Set, 02:31
E é meeeeeeu

Como prova, envio a ele uma foto dos meus pés descalços.

Marty: 27 Set, 02:32
Coloque-o de volta, sua idiota

Marty: 27 Set, 02:32
Você não pode andar por Brixton sem sapatos

Eu: 27 Set, 02:32
Obrigado, Capitão Õbvio

Eu: 27 Set, 02:33
Ainda não posso

Eu: 27 Set, 02:33
Tenho que esperar até que o outro volte

Marty: 27 Set, 02:33
Você perdeu um sapato?

Eu: 27 Set, 02:34
Sou a Cinderela!

Marty: 27 Set, 02:34
Você está me dizendo que perdeu um sapato?

Eu: 27 Set, 02:34
CINENDERELA

Eu: 27 Set, 02:34
*Cinderela

Marty: 27 Set, 02:35
Onde está seu outro sapato, Bells?

Eu: 27 Set, 02:35
Está em algum lugar

Eu: 27 Set, 02:36
Meu príncipe virá

Marty: 27 Set, 02:36
Você pode ficar esperando tempo pra caralho pra isso acontecer

Como ele é rude.

Marty: 27 Set, 02:38
Com quem você está?

Eu: 27 Set, 02:38
Com todo mundo

Marty: 27 Set, 02:38
Você está descalça e sem ninguém em Brixton?

Eu: 27 Set, 02:38
[...]

Eu: 27 Set, 02:38
[...]

Eu: 27 Set, 02:38
Sou a Cinderela...

Marty: 27 Set, 02:38
Meu deus, você é um perigo

Marty: 27 Set, 02:38
Mande sua localização pra mim

Marty: 27 Set, 02:38
E, pelo amor de Deus, não vá a lugar nenhum até eu chegar aí. Não quero você pisando em vidro

19

— Deixe-me adivinhar, o Príncipe Encantado deu uma olhada em você e sumiu? — Marty ri, enquanto desliza para sentar-se à mesa, ao meu lado. Nem o vi entrar no bar. Porém, isso não é muito surpreendente, já que ele interrompeu um belo e vívido devaneio meu sobre ser sufocada em um mar de nuggets do McDonald's.

Ele desliza um copo de cerveja para mim com tanta força que parte do líquido derrama sobre a mesa. Eu o alcanço, para instintivamente salvar meu sapato, antes de perceber que é só água.

Faço o melhor para esconder quão feliz estou em vê-lo, porque ele não precisa desse tipo de inflada no ego. Na realidade, porém, fiquei sóbria pelo menos três músicas atrás e estava começando a me sentir um pouco solitária.

— Ele ainda pode aparecer — respondo de maneira incisiva, recolocando o sapato no centro da mesa entre nós, com cuidado.

— Bem, vou te dizer uma coisa: vou ficar aqui sentado, até que ele apareça, certo?

Ele se recosta, tirando o topete dos olhos, enquanto observa a cena com um sorriso gigante nas bochechas com covinhas estúpidas. Ele parece tão presunçoso agora. Está com aquele olhar que me diz que não vai me deixar esquecer isso.

Vejo que sua camisa xadrez está quase toda aberta, revelando uma camiseta branca ridiculamente justa por baixo, que não impressiona ninguém. Honestamente, ele costumava ser uma coisinha tão magra quando criança, sempre de moletom largo com capuz e coletes grandes, e, quando começou a encorpar, decidiu (incorretamente, devo adicionar) que o mundo inteiro precisava ver seu progresso físico. O cabelo provavelmente estava com gel, para trás, quando ele saiu, mas os cachos já se libertaram do confinamento. Tão relaxado quanto qualquer coisa, ele deixa a música penetrar na pele, com um bíceps envolvendo quase metade do sofá, enquanto, com o outro, leva a cerveja aos lábios. Espere, o quê?

— É sério que me trouxe água quando pegou uma cerveja pra você? — pergunto.

— Trouxe — diz ele, com orgulho. — E beba tudo. Preciso de garantias de que não vai vomitar no Uber.

— Tá brincando comigo?

— Tenho uma classificação de 4,9 estrelas hoje, é o caralho que você vai arruinar isso com... o que quer que seja. — Ele usa a mão livre como varinha, apontando na minha direção, tentando conter um sorriso. Encantador. Simplesmente adorável. Ele é, de verdade, a pior fada-madrinha de todos os tempos.

Ainda assim, pelo menos apareceu.

Viro de costas para ele enquanto bebo a água. Na realidade, não é ruim. É, de fato, exatamente do que eu precisava. Não percebi o quanto estava com sede até ela tocar meus lábios.

A maioria das pessoas pensa que Marty é um babaca, e elas não estão erradas, mas ele sempre foi legal comigo.

Não, para ser honesta, desde que éramos crianças, ele sempre foi um pouco idiota. Com frequência era suspenso da escola por matar aula ou responder aos professores. Houve um período, depois que seu pai os deixou, em que os professores fizeram vistas grossas. No entanto, até eu me lembro da aula de inglês, na qual ele disse ao senhor Knot que ele era um "cara de merda", e isso foi anos depois da partida do pai dele. Marty teria sido expulso. Porém, para irritação dos docentes, ele era o primeiro da classe na maioria das disciplinas, e Ellie, que era uma garota de ouro, era a primeira nas demais. Se a mãe tirasse os dois da escola, como tantas vezes ameaçava fazer, a média de notas da instituição teria caído bastante. Dado que Marty nunca foi fisicamente prejudicial a ninguém, cumpria detenções diárias e entrava em "licença antecipada de estudos".

O "ser um babaca" continuou na vida pessoal dele também, é claro. Houve uma vez em que perdeu a formatura da "namorada" porque estava muito ocupado dormindo com a melhor amiga dela (acho que até hoje ele afirma que "eles" não colocaram um rótulo nisso, embora ela o tenha feito, claramente). Todos os dias, ele deixa garotas sem resposta e dá telefones falsos a outras — na realidade, Ellie é quase a única garota no mundo por quem ele tem algum respeito, e, dado que sou praticamente da família, ele estende isso a mim, na maioria dos dias.

— Então, o que é isso, afinal? — pergunta Marty. Seus olhos estão vasculhando a pista de dança, provavelmente procurando quaisquer garotas com as quais possa deixar seu número. Ele é tão previsível. Para ele, cada saída é uma nova oportunidade. — O outro calcanhar quebrou ou algo assim? — Ele empurra o sapato entre nós para o lado, com o mais leve toque do dedo mindinho. — Eles me parecem bem baratos.

— Ei! — digo, inclinando-me para a frente e estalando os dedos no abdômen dele. Não há dúvida de que isso machucou mais meus dedos do que amassou o peito dele. — Só pra você saber, eles custaram vinte e duas libras. E estavam em liquidação. De, tipo, trinta libras ou algo assim.

Ele levanta as mãos na defensiva.

— Minhas sinceras desculpas — responde ele, com sarcasmo. — Por esse preço, devem ser feitos de prata pura.

— Não, eles não quebraram — respondo.

O sorriso dele é um pouco contagiante. Porém, posso sentir as bochechas corando, porque acabei de perceber que tenho que justificar tudo isso de alguma forma e, agora que estou um pouco mais sóbria, não tenho certeza se é tão justificável. Quero dizer, Simon e Diego pareciam de acordo com todo esse plano, mas algo me diz que Marty pode ter opinião um pouco diferente.

Às vezes, ficar sóbria é uma merda! O que foi que eu fiz?

— E aí? Alguém roubou ele do seu pé? Quem rouba um sapato?

Devo mentir e apenas dizer sim? É vagamente plausível, acho. Só que é Marty. Não posso mentir para ele. Nunca minto para ele.

— Promete que não vai rir? — pergunto.

— Não faço promessas que não posso cumprir.

— Então promete que não vai julgar?

— Já estou julgando. — Ele me olha de cima a baixo, com um olhar que me faz arrepiar toda. O arrependimento toma conta de mim, forte e rápido, enquanto Marty passa a mão por suas mechas escuras e bagunçadas. — Sabia que valeria a pena sair da cama pra isso.

Tomo outro gole de água para me dar coragem, antes de embarcar na trágica história, que são minhas últimas quarenta e oito horas. Não poupo detalhes para o Marty. Talvez ele não seja a melhor pessoa quando preciso de compreensão. Porém, no fim das contas, quanto mais ele ri de mim, mais rio de mim mesma. Em poucos segundos, minha triste história do lobo mau torna-se uma pérola de comédia.

Por mais estranho que pareça, isso é exatamente do que eu precisava.

Marty engole o restante da cerveja, enquanto as luzes ao redor se acendem. Parece que, por fim, o lugar está fechando, bem no instante em que minha história me encontra, em tempo real.

— Fique aqui — instrui Marty, levantando-se e me deixando. Ele some por cinco minutos, antes de voltar à minha linha de visão, vagando pela agora vazia pista de dança. Pergunto-me, por um segundo, se ele apenas se esqueceu de onde me deixou, até que, logo depois, ele aparece de volta ao meu lado, digitando algo em seu telefone.

— Bem, Cinderela, parece que a meia-noite já passou, e seu sapato está longe de ser encontrado. Ninguém entregou nada no bar, e o calçado não está em nenhum lugar onde eu possa encontrar.

— Talvez o Príncipe Encantado o tenha encontrado, afinal? — digo, esperançosa.

— Sim, ou alguém já o jogou na lixeira de recicláveis. De qualquer modo, é hora de ir para casa. — Ele me mostra, na tela do telefone, que um Uber está a dois minutos de distância.

Olho para meu sapato solitário, um pouco molhado e agora bem pegajoso. Em seguida, olho para o chão. Posso ver manchas molhadas em todos os lugares. Olho para meus pobres pés descalços, e o arrependimento me penetra com força.

— Não acredito que perdi meu sapato — digo, por fim.

— Não acredito que você perdeu seu sapato — concorda ele —, o que é mais surpreendente, porque minhas expectativas para você já são superbaixas.

— Desnecessário — murmuro, ficando em pé na cadeira, para ter uma linha de visão melhor do caminho à frente. As luzes são quase cegantes, mas pelo menos posso ter uma visão mais clara de todos os obstáculos no chão. Marty espera, impaciente.

— Você quer me carregar? — pergunto.

— Não — responde ele.

Já esperava por isso.

— Você é uma idiota, sabia disso?

— Sou uma romântica — insisto.

— Na minha opinião, são a mesma coisa.

De repente e sem aviso, sou jogada de cabeça para baixo, quando Marty lança seu ombro em minha cintura e me enrola sobre ele. Ele me carrega no ombro, como um bombeiro, quase me tirando o fôlego.

— Que porra, Marty? — grito, mexendo as mãos, para ter certeza de que minha saia não subiu e minha bunda não está sendo mostrada ao mundo. Sério, estou rindo de novo. Talvez ele seja uma fada-madrinha melhor do que eu imaginava.

— Vamos, princesa — responde Marty, enquanto salta comigo, desajeitadamente, até a saída —, sua carruagem a espera.

20

O PLANO ERA ME DEIXAR EM CASA PRIMEIRO. NO ENTANTO, NO INSTANTE EM que atingimos o primeiro semáforo, a parte da história que propositalmente deixei de fora (o noivado de Ellie), ao recontar a Marty, volta à minha mente. Tudo o que posso ouvir é o pequeno comentário sarcástico de Mark sobre deixá-los à vontade durante a noite. Instantaneamente, não quero ir para casa.

Marty não se importa. A casa dele costumava ser o lar de todas as melhores festas, quando todos nos mudamos para cá. Então, passei muitas noites dormindo em seu sofá, em vez de voltar para minha própria cama. Uma palavrinha rápida com o motorista e estamos indo para lá.

Baixamos a voz enquanto subimos a escada para a cozinha que virou sala de estar. Aparentemente, ele mora com um colega de apartamento chamado Ollie. No entanto, após ter passado muitas noites aqui ao longo dos últimos oito anos, ainda não conheci o suposto segundo inquilino. Então, a essa altura, só posso supor que ele seja um vampiro e/ou imaginário.

Se você não soubesse que Marty e o colega de apartamento não comprovado moravam aqui, teria presumido que o local fora decorado por uma mulher de meia-idade dos anos cinquenta. Porém, apesar da personalidade de *playboy* com a qual a maioria das pessoas o associa, Marty sempre gostou de coisas que parecem "pitorescas", desde que o conheço. Ele é lento e calculista. Gosta de pouca luz e se delicia em comprar toalhas de mesa. Tem cerca de cem animais de porcelana que se sentam em partes aleatórias da sala e o encaram enquanto você assiste à TV. Ele também tem uma coleção bastante extensa de livros, sobretudo de não ficção, ao contrário da minha. Todos estão em ordem alfabética e divididos por categoria em uma das cinco estantes da sala de estar. Acho que ele acredita que isso o faz parecer intelectual. Acho que isso o faz parecer esforçado, mas, para ser justa, ele realmente lê muito e ainda não deixou de impressionar as mulheres que traz para casa. Para completar, tem cheiro de velas apagadas.

Enquanto estava no banheiro tirando a maquiagem com a ajuda de alguns lenços para o rosto encontrados na prateleira do "pacote de cuidados de uma noite" de Marty, ele arrumou uma cama para mim no pequeno sofá fofo. Quando saio para me juntar a ele, Marty já tem duas xícaras de chá prontas para um último bate-papo pré-sono.

Isso é algo da família deles: muito orientada para o chá. Não há nada que não possa ser consertado com uma boa xícara de chá. É um princípio pelo qual todos os Mathews vivem, e Marty não é exceção. Ele me deu uma calça e um grande moletom com capuz para dormir. É atencioso o bastante para ter um copo com água e um pouco de aspirina já preparados para minha inevitável ressaca matinal. Sempre um cuidador, Marty. Um babaca, mas um babaca atencioso.

— Acho que você ouviu as notícias de Ellie... — digo, enquanto me enrolo debaixo dos cobertores, puxando o moletom.

— *FaceTime* de família — responde ele. — Minha mãe chorou demais.

— Não a culpo. Eu choraria muito se minha filha estivesse se casando com Mark.

Ele ri, entregando minha caneca. O cheiro glorioso do chá aquece o fundo da minha garganta.

— Ele não é tão ruim.

— Ele é tão entediante.

— Ela é entediante. Eles combinam.

— Ela é fantástica. — Eu o chuto com meu pé congelado. De alguma forma, ele, como mágica, não derrama uma única gota do seu chá. Apenas ri, recostando-se no sofá.

— É inveja que vejo diante de mim?

— Não.

— Mesmo?

— Como posso ter inveja de Ellie por ela ter um Mark? Ele é tão esquecível que realmente acho difícil me lembrar de sua aparência.

— OK, então.

— Inveja? De quê? Ele tem a personalidade de um molusco e está sempre usando jeans que nem lhe servem direito!

— Entendi.

— Inveja? Como posso sentir... ah, porra, eu sinto! É claro que sinto. Realmente, realmente sinto.

— Diga-me o porquê — diz ele, com a voz suave e baixa, e o rosto finalmente livre do julgamento anterior.

— Por quê? Porque ela vai se casar! Ela vai morar no campo, ter filhos e um cachorro, enquanto vou ser rejeitada para sempre por homens lobos feios.

— Chiswick dificilmente é rural.

— Ela nem queria se casar!

— Então, mudou de ideia. As pessoas mudam.

— Eu não! Aparentemente.

— Claro que muda.

— Mudo?

— Você está mais chorona e ridícula a cada vez que a vejo. — A voz dele ainda é tão compreensiva que nem considero isso um insulto, apenas um reforço de humor, e meio que funciona.

Mais uma vez, eu o chuto de leve no ombro, e ele nem liga. Provavelmente nem sentiu. Hoje, Marty é forte como um fisiculturista, o que acho que não combina com ele nem metade do que combinava sua fase emo adolescente.

Ele se parece um pouco com Ellie, mas não compartilha nenhuma das características dela. Enquanto ela tem nariz pequeno e grandes olhos curiosos, o nariz de Marty é afilado, e seus olhos estão sempre semicerrados, como se ele estivesse tentando seduzir o mundo inteiro. Enquanto Ellie herdou as bochechas fortes da mãe, Marty sempre teve maxilar esculpido, que costumava deixá-lo mais velho, de maneira desajeitada. Provavelmente, isso veio do lado do pai dele. Porém, não posso dizer que me lembro muito de sua aparência, e não vejo uma foto dele há anos. Então, é difícil dizer com certeza.

— Estou tão farta de encontros em Londres! — concluo, solenemente. — Estou mesmo. Quero parar. Tenho tanta chance de encontrar o amor nesta cidade quanto tenho de... — olho ao redor, buscando inspiração — ... quanto tenho de conhecer este seu "colega de apartamento".

Até faço as aspas no ar, para dar mais ênfase.

— Isso não é justo! Ollie trabalha em horários estranhos.

— É o que você diz.

— Você sabe qual é o seu problema com os homens? — diz ele, como se fosse especialista. Em geral, eu já o teria interrompido. Porém, dada a tragédia que é minha vida, estou disposta a morder a isca.

— Continue.

— Você não está se divertindo o suficiente — conclui ele. — Se parasse de procurar por esse príncipe encantado imaginário, de quem vive falando, e começasse a tentar encontrar alguém com quem realmente queira passar a noite, teria muito mais sorte.

— É isso que você faz?

— Todas as noites. Funciona. Estou me divertindo muito.

Suspiro. Adoro um bom suspiro. Não queria que Marty estivesse certo, porque ele é um imbecil completo. No entanto, agora mesmo, enrolada em seus cobertores, prestes a dormir em um apartamento cujas transas de uma noite elevam a média nacional para alguma margem, talvez ele não estivesse completamente errado. Eu tinha me esquecido da última vez que havia apenas me divertido.

— Como está indo a escrita? — pergunta ele.

— Está... um pouco estagnada. É difícil encontrar inspiração quando você sente pena de si mesma.

— Justo — diz ele, terminando a bebida. Tira meus pés de cima dele para que possa ficar de pé. — Você vai encontrá-la, em breve.

— Desculpe-me por tê-lo impedido de se dar bem esta noite — digo, finalmente, relaxando para dormir.

— Você não impediu. Ela ainda está no meu quarto.

Sento-me ereta, chocada. Olho para sua porta, buscando confirmação. Claramente, a porta não diz nada. É uma porta.

— Você ficou sentado aqui conversando comigo durante todo esse tempo, foi literalmente me encontrar na balada para um drinque, quando tinha uma garota no seu quarto?

Ele sorri descaradamente, piscando na minha direção. Tira as canecas do sofá e as deixa atrás de mim, na pia da cozinha. Nem parece estar com pressa de voltar para ela. Estou indignada em nome dela, essa estranha desconhecida. Que babaca ele é.

— Sabe — diz ele devagar, alongando a caminhada de volta —, talvez você devesse escrever sobre sua noite com aquele homem lobo. Como um conto de fadas moderno, perverso. É uma história engraçada. Bem trágica.

Rio, sonolenta.

— Fico feliz que ache minha vida trágica.

— Sua vida é trágica. Enfim, durma bem, Bells.

Inclino-me para trás e me preparo para dormir. Porém, levando em consideração os olhos de uma centena de ornamentos estranhos que me observam, não acho que serei capaz de fechar os olhos antes que a sobriedade me lembre de que eles não são reais.

— Vou tentar não fazer muito barulho — diz ele, por fim, apagando as luzes.

Em seguida, Marty desaparece em seu quarto, e, se o julgamento de animais de porcelana não era o bastante para me manter acordada, os suspiros e gemidos escandalosamente altos de uma mulher, que suponho estar fingindo, por certo o são.

21

QUANDO ACORDO NA MANHÃ SEGUINTE, ENCONTRO UM BILHETE DE MARTY dizendo que já saiu e para trancar a porta e colocar as chaves na caixa de correio, ao sair. Minha casa está só há uma caminhada de mais ou menos quarenta e cinco minutos. Então, fico com o moletom com o qual dormi e roubo um par de tênis perto da porta, que estranhamente me serve, para fazer meu alegre caminho de volta para casa.

Está frio lá fora, mas, fora isso, é um dia, de fato, adorável. As árvores transformaram-se em tons de âmbar e laranja, com pilhas de folhas reunidas abaixo delas, prontas para os cães pularem. O sol brilha enquanto ando em intervalos irregulares pela leve cobertura de nuvens.

Olhe só para mim, curtindo o clima. Só pode significar uma coisa: na realidade, estou de bom humor. Falar tudo aquilo me fez maravilhas. Na verdade, quanto mais me aproximo de casa, mais sinto um novo sentimento de liberdade tomar conta de mim, de que hoje será um dia melhor.

O telefone vibra quando estou chegando em casa.

Homem Misterioso
Mais algum palpite ou já desistiu?

Bella Marble
Vai me dar uma pista?

Bella Marble
Mathew? Luke? John?

Bella Marble
Ele é bíblico?

Bíblico? Sério que perguntei isso? Bem, isso foi presunçoso e estranho. Nem mesmo se parece comigo. Argh, gostaria de poder deletar isso já.

Contudo, aí está ela, a irritante voz de doninha de Marty na minha cabeça dizendo-me para me divertir mais. Talvez isso seja de que preciso para me divertir mais. Não me importar tanto.

Então, tentando desesperadamente não me importar, pesquiso no Google os nomes de menino mais populares, copio a lista inteira e colo.

Bella Marble
Muhammad
Noah
George
Oliver
Charlie
Harry
Leo
Arthur
Jack
Freddie
Jaxon
Ethan
Jacob
Theo
Oscar
Alfie
Archie
Joshua
Thomas

Homem Misterioso
Gosto de Noah

Bella Marble
É o seu?

Homem Misterioso
Não. Você chega lá. Continue

Olho para sua foto de perfil. Ele provavelmente já pode ver a minha, com a quantidade de nomes que tentei adivinhar. Porém, a dele ainda está embaçada, e aquele gnomo esquisito e assustador é a única foto dele que tenho. Nunca conversei com ninguém nesse negócio durante tempo suficiente para de fato ver seu rosto inteiro — apenas fragmentos dele. Coloco o telefone no bolso enquanto procuro as chaves.

Subo as escadas correndo (realmente correndo) e, no momento em que abro a porta, posso ouvir vozes saindo da cozinha.

— Oláááááá! — digo, revigorada e cheia de energia enquanto me aproximo.

— Ah, oi — responde uma voz de homem, curta e forte, que não reconheço. Pisco, um pouco confusa. O homem está desempacotando uma caixa de talheres em nossa gaveta. É de estatura média e aparência bastante estoica, com uma cabeça repleta de cabelos loiros.

À mesa, está sentada uma mulher, que também não reconheço. Ela sorri, agradável e relaxada, com as tranças girando em torno dos dedos.

— Você deve ser a Bella — diz ela, com leve sotaque alemão. — Sou Gertie e esse é Hans.

— Olá, Gertie. Olá, Hans — respondo. Eles sabem meu nome.

Estranhos estão sentados na minha cozinha e sabem meu nome.

Isso é esquisito.

— Vocês são amigos de Annie? — tento.

— Sim, conhecemos Annie — declara Hans.

— E Simon — complementa Gertie.

Não sabia que Annie e Simon tinham tantos amigos em comum. Em especial amigos que se sintam confortáveis o bastante para colocar seus talheres em minhas gavetas.

— Eles estão por perto?

— Annie está fazendo ioga, e Simon está na cama com... Qual era o nome do homem bonito, Gertie?

— Diggo — respondeu Gertie.

— Diego — corrijo. — O homem bonito é Diego.

Então, não são amigos de Diego.

Nesse momento, me dou conta.

Sabia que havia um casal se mudando para o quarto de Ellie, mas não sabia com que rapidez. Esses não são amigos em visita; são meus novos colegas de apartamento.

Se os novos colegas de apartamento chegaram, então...

Sem dizer mais nada, corro para fora da cozinha em direção ao segundo lance de escadas, subindo dois degraus por vez. Corro até o fim do corredor e abro a porta do quarto de Ellie. Só que não é o quarto de Ellie. Não mais.

É austero e vazio, com caixas empilhadas nos cantos que talvez pertençam a Hans e Gertie. A roupa de cama já foi trocada. Não é mais azul-bebê, mas, sim, algum tipo de desenho de lótus hipnótico, em estranhos marrons e verdes. Um sári, com fins decorativos, paira sobre a cama onde uma foto emoldurada de três patos já esteve, orgulhosamente, uma vez.

Oito anos de perfeição. Agora, vai começar tudo de novo, com um casal no qual acabei de causar uma péssima primeira impressão.

Volto para meu quarto e me deito na cama, mas sinto uma estranha mistura de energia que não sei explicar. Levanto-me e ando de um lado para o outro, pegando coisas que não precisam ser apanhadas e colocando-as de volta no lugar. Vou até a janela e olho para baixo, para a rua lá fora, livre de carros. São duas da tarde de um domingo. Ninguém vai a lugar nenhum às duas da tarde de um domingo.

Menos Ellie, acho.

Preciso de mais distração. Preciso de algo para tirar minha cabeça das coisas.

Antes mesmo de saber o que estou fazendo, corro para o notebook e abro a tela.

O Word me cumprimenta como um velho amigo, com o cursor piscando, pronto para minha mente ativa. Antes, escrever sempre foi uma grande distração; só preciso mergulhar nisso e esquecer todo o restante. Inspiração. Onde está você, inspiração? Onde você está quando eu...

Rapidamente, me dou conta. Com uma onda de excitação e as palavras de Marty ecoando, coloco as mãos sobre o teclado.

Minha Noite com o Lobo Mau.

Meus dedos digitam como fogo. Há um sorriso em meu rosto e um brilho em meus olhos que não apareciam havia anos, enquanto libero toda frustração reprimida no pequeno teclado. Foda-se, homem lobo, tome isso! Foda-se, terrível histórico de encontros. Adeus, tristeza pela minha colega de apartamento caída. Olá, escritora empoderada.

A cada caractere digitado, estou um passo mais perto de não dar a mínima. A cada símbolo, percebo como a tristeza pode ser breve. A cada batida da barra de espaço, volto a me sentir mais eu do que nunca.

Estou de volta ao meu lugar feliz.
Estou de volta ao meu lugar feliz.
Estou de volta.

22

Eu: 28 Set, 10:01
Quer jantar qualquer dia desta semana?

Eu: 28 Set, 10:01
Só você e eu?

A Elsa da minha Anna: 28 Set, 10:03
Podemos tentar algum dia da próxima semana?

A Elsa da minha Anna: 28 Set, 10:03
Tenho estado meio ocupada por aqui!

Resmungo. É assim que começa. Primeiro ela se muda, então, de repente, fica indisponível para jantares. Antes, estava sempre disponível para jantares.

Quero dizer a ela como me senti maravilhosa ontem; como foi catártico ter a magia de escrever de volta, mais uma vez.

Exceto que agora, aparentemente, ela está muito ocupada.

Supere isso, Bella. Mudança leva tempo. Quando estiver totalmente instalada, ela poderá encontrar você de novo, como se nada tivesse mudado.

Raciocínio sensato idiota. É melhor você estar certo.

Eu: 28 Set, 10:04
Sim, parece bom

Eu: 28 Set, 10:06
Como é o novo lugar?

A Elsa da minha Anna: 28 Set, 10:06
Frio!

A Elsa da minha Anna: 28 Set, 10:06
Ainda não conseguimos descobrir como os aquecedores funcionam

A Elsa da minha Anna: 28 Set, 10:06
E nossa internet continua nos deixando na mão

A Elsa da minha Anna: 28 Set, 10:06
É uma questão de adaptação...

Eu: 28 Set, 10:08
Você ainda tem internet no celular?

A Elsa da minha Anna: 28 Set, 10:08
Não o suficiente

A Elsa da minha Anna: 28 Set, 10:09
O telefone de Mark tem um plano de dados, então podemos, pelo menos, assistir a filmes

Eu: 28 Set, 10:10
Ah, graças a deus! Uma vida sem Netflix não é uma vida que valha a pena ser vivida

— Bella, você pode atender o telefone, por favor?

Maggie coloca a cabeça para fora do escritório, especialmente para me dizer isso. Enquanto ela fala, o cabelo encaracolado salta como molas, e os óculos descem uma polegada pelo nariz.

Isso é cruel. Ela é bonitinha. Muito bonita, na verdade, mas é nova, o que significa que ainda não conhece meu jeito.

Se deixo tocar seis ou sete vezes, isso nos faz parecer muito mais ocupados do que somos. Ocupado significa importante. Importante significa bem-sucedido.

Para ser honesta, provavelmente o telefone está tocando há uns bons cinco minutos. Eu estava apenas me distraindo com o celular e não me preocupei em atendê-lo. Pergunto-me se teria perdido a ligação se Maggie não tivesse aparecido. Sorrio para ela de um jeito passivo-agressivo aceitável, antes de atendê-lo.

— Porter Books, como posso ajudar?

É da recepção. Há um visitante lá embaixo esperando por um senhor Shipman. Porém, como eu disse à simpática jovem ao telefone, não temos um senhor Shipman na equipe. Obrigada e tente novamente.

Compartilhamos o mesmo prédio com quatro *startups* de tecnologia e algumas empresas de recrutamento. Então, cerca de 50% das vezes em que atendo a recepção, na verdade, é engano. Desligo e sorrio para Maggie, com uma leve cara de "eu avisei".

— Número errado.

Eu não costumava ser assim. Não quando comecei.

Lembro-me de me apaixonar na primeira vez que entrei no lugar. As paredes têm pôsteres de livros de décadas atrás e fotografias de eventos literários organizados por alguns dos autores modernos mais incríveis da época (do tipo que eu esperava, um dia, estar no meio). As paredes estão repletas de livros me chamando para lê-los (e eu posso, sempre que quiser). Sou sempre incentivada a ler na minha mesa, e é exatamente por isso que mal podia esperar para ingressar na empresa, oito anos antes.

Fui excelente no trabalho durante, pelo menos, os primeiros quatro anos. Em geral, não faria uma declaração como essa. Eu era perfeita ao atender ligações e recebia elogios sobre "os modos mais simpáticos ao telefone", e as pessoas, muitas vezes, me diziam que minhas saídas para buscar chá eram sempre as favoritas, pois eu trazia de volta um pequeno biscoito para cada um. Eu era a primeira a entrar todas as manhãs e, com frequência, esperava até que a última pessoa saísse do prédio antes de ousar me despedir. Era um rosto jovem, bem-vestida, educada com todos e muito pronta a agradar.

Todavia, a vida acontece, e após mais quatro anos atendendo ao telefone meu entusiasmo diminuiu um pouco. Na maioria das vezes, o *Instagram* é mais atraente que o mais novo *best-seller*, e me cansei muito rápido de ver autores muito mais jovens que eu entrarem no prédio e saírem com um contrato de publicação de cinco dígitos.

Em vez de me encher de inspiração para escrever, isso acabou derrubando meus sonhos. Ainda assim, os benefícios são bons, meu salário é melhor que o salário mínimo e, de vez em quando, consigo comer os croissants que sobram de uma reunião de café da manhã. Então, não é de todo ruim.

— Henry Pill já chegou? — pergunta Cathy, entrando no corredor. Ela é a assistente de alguns executivos. Aliás, é uma das minhas colegas favoritas. Não que isso importe, claro, mas ela também é tão bonita que faz os olhos arderem. Literalmente. Tipo, teve um estagiário que pegou conjuntivite uma vez e precisou sair no meio do dia, e tenho cerca de 92% de certeza de que foi porque estava olhando muito para Cathy. Muitos autores homens, e também algumas mulheres, pediram o número dela, mas, pelo que sei, ela nunca demonstrou muito interesse. Gosta de usar terninho, quase sempre tem um par de AirPods nos ouvidos, então você nunca sabe se ela está, de fato, ouvindo você, e seu cabelo preto é a inveja do escritório. Pelo menos eu invejo, e sou basicamente todo mundo que importa no escritório.

Olho ao redor da área de recepção vazia.

— Sim. Ele está sentado atrás da planta. Só que não — respondo.

Cathy dá um meio-sorriso. Na realidade, é o melhor que você pode esperar dela. Ela nunca parece muito feliz, mas amo isso nela. Ela se senta ao meu lado.

— Ele deveria estar aqui às dez. Está atrasado. Esses jovens... nenhum respeito. Você nunca pegaria ninguém da velha guarda atrasado.

— Ele é tradutor?

— Autor.

— Ah.

Talvez eu devesse saber disso. Qualquer autor que passe pela porta, sou "incentivada" a já ter lido um segmento de seu trabalho. Faz parte do negócio aqui. Eles gostam de fazer parecer que todos na empresa são fãs. Se o livro de Henry foi enviado a mim, devo tê-lo perdido. Ou, o que é mais provável, eu o vi e preferi ficar jogando no celular.

Enquanto Cathy passa, o telefone toca. Desta vez, não espero para atender.

— Há um senhor Pill aqui embaixo, é para você?

— Sim, peça que ele suba, por favor — respondo para a moça simpática.

Cathy senta-se na cadeira giratória ao meu lado. Precisa cumprimentá-lo de qualquer modo, então não faz sentido voltar para sua mesa.

— O que ele escreve? — pergunto, pesquisando rapidamente no Google. Cathy sabe que não leio os livros e não é do tipo que julga. Mentira. Ela julga tudo. No entanto, é porque ela julga tudo que não me preocupo.

— Uma espécie de sexografia. Ele conhece todas as garotas *on-line* e depois escreve sobre como é uma porcaria. Uma espécie de guia de "como não marcar encontros".

— Como não sair com ele?

— Pior. Ele sai com mulheres que acha parecerem trágicas, depois escreve sobre como eram terríveis.

— Isso é horrível! Quem deseja ler isso?

— Todo mundo, pelo visto. Acho que as pessoas gostam de acreditar que, não importa quão ruins sejam em encontros, há garotas piores por aí. Dá esperança a elas. Além disso, ele é muito engraçado.

Aparentemente, ele tem 22 anos, de acordo com a internet. Isso é deprimente por tantos motivos.

— Ele é famoso?

— Está no B-Reader.

— O que é B-Reader?

— O que é B-Reader? — responde Cathy, um pouco confusa. — Você trabalha no editorial!

— Trabalho atendendo telefone — respondo, com a mão flexionando sobre a mesa de recepção para demonstrar.

— É esse negócio *on-line*. Você publica um capítulo por vez, e vários leitores Beta podem deixar comentários e dar *feedback*.

— Por que fariam isso?

— As pessoas adoram opinar. E hoje ninguém tem tempo para um romance inteiro.

Aceno com a cabeça, pesquisando no Google. É a resposta da vida moderna para tudo.

— E como ele ficou famoso nisso?

— As pessoas gostaram do trabalho dele. Basicamente, é como qualquer plataforma de mídia social: quanto mais curtidas você recebe, mais comentários, mais popular se torna e mais lido. Estamos sempre verificando isso para os escritores mais novos. Acho que, mais cedo ou mais tarde, a equipe de caça-talentos vai contratar alguém específico para o trabalho, porque já fizeram alguns programas de TV com as coisas encontradas lá. É uma boa plataforma de lançamento.

Assim que ela termina a frase, o elevador no corredor se abre, revelando um cara magro e desengonçado. Mesmo de longe, tem uma arrogância combinada a algum tipo de maconheiro chique. Tem cabelos pretos que parecem nunca ter visto uma escova de qualquer tipo, provavelmente visando a um cabelo de quem acabou de acordar, mas, sobretudo, parecendo um adolescente teimoso e mal-humorado que nunca cresceu. Desfila pelo corredor como se fosse sua passarela pessoal, parecendo que metade das roupas foram escolhidas por uma mãe controladora, metade como se as tivesse usado por meses.

— Estamos dando a esse garoto um contrato no valor de quase seis dígitos.

— Que loucura — sussurro de volta.

— Sim, bem, é assim que o mundo funciona agora. Henry! — ela chama, caminhando até ele e o cumprimentando com um aperto de mão firme. Posso ver o queixo dele cair. Aposto que nunca viu alguém tão intimidante e, ao mesmo tempo, tão insuportavelmente sexy. A boa e velha Cathy. — Que bom conhecê-lo, finalmente. Estávamos falando sobre seus últimos capítulos. Por que não vem por aqui, agora...

Ele nem sequer olha na minha direção. É o tipo de cara "bom demais para a recepcionista". Entendo, tudo bem. Mal posso esperar para vê-los partir, porque acabei de descobrir como vou desperdiçar o restante do meu dia.

23

Espero eles desaparecerem por completo antes de voltar para o computador. Vou direto para o B-Reader. A inscrição leva apenas alguns segundos. Escolho o nome pouco original de @B.Enchanted e cedo meus direitos de vida, como de costume, aceitando todos os cookies, para que os estranhos cientistas de dados dos bastidores saibam exatamente o que estou fazendo o tempo todo.

É maior do que eu pensava. Quase um milhão de *uploads* todos os dias. A página inicial percorre histórias de sucesso e trailers de filmes inspirados nas obras encontradas nos arquivos do banco de dados, ao lado de links que dizem: "mais lidos hoje", "favoritos de todos os tempos", "descobrir novos" e "para você".

"Para você" é um pouco presunçoso, já que acabei de me inscrever. Então, clico em "mais lidos hoje". Há segurança nos números.

Henry Pill está lá em cima, chegando ao número catorze no Reino Unido.

"As Melhores das Piores", por Henry Pill.

Argh, que aberração! Henry tem sete livros completos no site. Este já tem cinco capítulos, no momento em que chego nele. Posso ver os comentários abaixo.

> LOL. Ela mereceu, por usar esse fio dental!
>
> Ah, meu deus, o cachorro mordeu! 😄
>
> Ainda chorando!
>
> Saiu capítulo novo! É ruim fingir que está doente pra faltar no trabalho por causa disso?

Esquisitos. Quem faz isso? Quem realmente comenta sobre isso?

Clico nos capítulos para começar a ler. São bem grosseiros. Ficam quentes e intensos com muita rapidez, o que, quando me lembro do autor, me faz sentir muito mal, para ser sincera.

Ela parecia ser a menor da ninhada, tão desesperada por minha aprovação quanto um homem careca está por um milagroso creme de crescimento de cabelo.

Que sacana! Essas pobres mulheres. Clico fora e vou para o de outra pessoa.

De repente, caio na toca do coelho. Três horas depois, e este é o dia de trabalho mais rápido que já passei. Nem percebi quando Henry Pill saiu do prédio. Mal pisquei quando os outros visitantes agendados chegaram. Fiquei muito cativada.

Levei quarenta e cinco minutos antes de ler um de que gostei o suficiente para comentar. Uma vez que comecei, senti que deveria tecer comentários em todos eles. Foi incrível!

Às vezes, passava mais tempo olhando os comentários que o capítulo em si. Dei um *like* naqueles com os quais concordei; escrevi de volta para os quais não gostei. Amei! Eu fazia parte de algo. Estava em um novo coletivo. Meu próprio culto pessoal, sem risco de vida.

Chego em um que não tem nenhum comentário ainda — postado há uma semana.

Provavelmente é uma merda. Amo as merdas.

Começo a lê-lo.

"Minha vida começou no dia em que Kurt Molbury morreu."

Não é a pior primeira frase que li. Verifico o relógio — ainda tenho muito tempo a perder antes do fim do dia.

Portanto, começo.

24

É LINDO.

Está escrito como poema ou palavra falada. É sobre a vida de uma jovem tão perdida que começa a se interessar demais por um completo estranho, que morreu no dia em que ela nasceu. As duas vidas se entrelaçam de forma gloriosa; antes que perceba, estou chorando.

Quando chego à última linha, clico na mesma hora no segundo capítulo, mas ele não está lá. Nada está lá. Eles devem ter acabado de fazer o *upload*. Então, volto ao início e leio tudo de novo.

Henrietta Lovelace.

Imediatamente, eu a sigo. Antes de perceber o que estou fazendo, leio de novo, pela terceira vez.

Começo a escrever um comentário e paro. Não há nada que possa dizer para fazer justiça a ele. Como é possível que isso não tenha seguidores?

Sem perder tempo, envio-o para Cathy, com um pequeno bilhete: "Isso é tão lindo que meu coração dói. Dê a ela um contrato de livro. O mundo precisa ler isso".

"Vou dar uma olhada", vem a resposta, "embora, provavelmente, não possamos fazer muito com isso, até que ela aumente sua base de fãs."

Sua base de fãs?

Henry Pill consegue um livro de seis dígitos por sua baboseira e essa delicada peça de ficção não recebe nada?

Cara, às vezes odeio o mundo.

Escrevo um comentário para ela: "Uma das melhores coisas que já li. Mal posso esperar pelo próximo capítulo".

Por fim, quando passo para o próximo que indicaram para mim, surge uma notificação. É ela: Henrietta. Volto no mesmo instante para ver.

> @Henrietta.Lovelace
> Não consigo dizer a você quanto isso significa para mim. Pensei em desistir disso — achava que ninguém estivesse interessado em ler meu trabalho —, mas saber que tem alguém por aí é o suficiente para eu perseverar. Então, obrigada, estranho.

Estou praticamente chorando de novo, quando leio.

Fiz a diferença. Aqui está uma escritora, uma escritora maravilhosa e talentosa, que só precisa de um impulso de confiança, e aqui estou eu empurrando-a.

Parece uma honra.

Por cerca de meia hora, não posso fazer mais nada. Isso me faz sorrir. Isso me faz sentir tão bem comigo mesma, sabendo que a grande arte continuará por causa de um comentário que fiz em um site pequeno e bizarro. Se eu tivesse ouvido algo assim sobre minha própria escrita, tenho certeza de que teria completado um dos meus muitos trabalhos em andamento.

O que me faz pensar.

Escrevi algo. Ontem mesmo.

Não é longo o bastante para ser um livro, ou um romance, ou qualquer coisa. Não é redondo o suficiente para ser um conto. Ele, de fato, não se encaixa em nenhum dos tamanhos certos para nada, exceto, talvez, o de um capítulo...

Não, não posso. Vi alguns desses comentários sobre os piores. Eu mesma escrevi alguns deles. Não quero expor meu trabalho assim, só para ser despedaçado por abutres. Porém, por outro lado, o que mais farei com ele?

Talvez recebendo *feedback* tão cedo, talvez recebendo alguma orientação de completos estranhos, talvez assim eu consiga a motivação de que preciso para continuar. Não é como se nenhum dos comentários que escrevi fossem maldosos; eram apenas profundamente construtivos. Talvez seja disso que eu precise: um bom e velho *feedback*.

Acontece que tenho as páginas salvas na nuvem. Então, posso acessá-las rapidamente, no computador da recepção.

Eu os reli em minha mesa, verificando erros ortográficos ou gramaticais óbvios. No entanto, mesmo satisfeita com isso, meu dedo ainda paira sobre o botão de *upload* por muito mais tempo do que gostaria de admitir. Pressioná-lo é como apertar um botão em minha alma. Talvez ele ainda não esteja pronto para o mundo. Eu não o havia escrito para esse site; talvez ainda não esteja no estágio certo para isso.

Contudo, talvez esteja.

Ah, que seja! Não é como se eu estivesse fazendo outra coisa com ele.

Com o clique de um botão, meu Capítulo 1 é lançado ao mundo.

25

Não consigo mais olhar para minha tela. Preciso que os algoritmos façam sua mágica. Não posso apenas olhar para ela em tempo real agora que a ação está feita. Então, vou fazer uma boa xícara de chá.

Olho para o celular, para ver se tenho alguma notificação imediata. Não tenho, é claro! O capítulo tinha quase duas mil palavras, e só está no ar há dois minutos. Eles teriam que fazer uma média de mais de dezesseis palavras por segundo.

Nenhuma notificação. Preciso parar de olhar para o aplicativo antes que meu cérebro exploda. Então, faço o trabalho: vasculhar as mídias sociais; folhear minhas mensagens anteriores. Por fim, clico no *Mirror Mirror*.

Não tive *match* com ninguém novo, e as conversas com meus velhos *matches* pararam.

Volto para meu Homem Misterioso:

Bella Marble
Alexander
Anthony
Andrew
Aaron
Asher
Austin
Adam
Axel

Abel
Alan
Abraham
Antonio
Amir
August
Andres
Adriel
Archer
Arthur
Anderson
Ace
Arlo
Armani
Atticus
Allen
Abram
Atlas
Adonis
Armando

Homem Misterioso
Ah, alô, você

Homem Misterioso
Estava mesmo prestes a te enviar uma mensagem

Homem Misterioso
Estava pensando em você hoje cedo

Bella Marble
Pensando em mim?

Homem Misterioso
Preso em uma reunião longa e chata e pensando em como nosso encontro será bom

Bella Marble
Acertei seu nome, então?

Homem Misterioso
Suponho que tenha dado um Google em "nome de meninos"

Bella Marble
Não

Bella Marble
Dei um Google em nomes de meninos começando com A

Homem Misterioso
É uma boa técnica

Bella Marble
Funcionou?

Homem Misterioso
Pode funcionar, mas ainda falta um pouco para você chegar lá

Bella Marble
É melhor que esse encontro valha a pena

Homem Misterioso
Acredite em mim. Vai te impressionar

— Bella, você pode atender isso?

Maggie joga a cabeça para trás, tudo de novo. Olho para ela com ódio, é claro. Não digo a ela como fazer seu trabalho; ela não deveria me dizer como fazer o meu.

No entanto, para ser justa, desta vez eu nem tinha ouvido o telefone tocar.

26

POSSO SENTIR UM LEVE CHEIRO DE MACONHA DO OUTRO LADO DA MINHA RUA. À medida que chego à porta, o odor fica mais forte.

É estranho — a turma da fraternidade, no andar de baixo, é de atletas. Álcool é permitido, mas acho que nunca vi um deles fumando.

Quando a porta se abre, o cheiro abafa totalmente o odor úmido persistente no corredor, ao qual estou tão acostumada. Isso é um pouco demais, não é? Não quero ser uma completa estraga-prazeres, mas alguém deveria dizer alguma coisa.

Eu: 28 Set, 18:14
Algum de vocês está em casa?

Mando uma mensagem para os dois. Em segundos, vem a resposta de Annie. Cara, até os polegares dela estão em melhor forma que os meus.

Annie Colega de Apartamento: 28 Set, 18:14
Exercícios com boxe

Fodam-se ela e sua agenda esportiva ridícula!

Isso é cruel.

Ela gosta de esportes. Não sei como, mas gosta. Ainda assim, queria gostar de esportes. É um *hobby* muito melhor que meu passatempo favorito: comer carboidratos e chorar com os documentários.

Sexy Simon: 28 Set, 18:16
Na casa do Diego!!!

Ah, minha nossa, está ficando sério!

Três noites seguidas. Ambas as casas visitadas. Conheceram os amigos.

Em setenta e duas horas, ele está tendo um relacionamento melhor do que tive em uns vinte anos.

Simon envia uma foto do que deve ser o apartamento mais incrível que já vi. Possui uma vista de todo o horizonte de Londres e do rio, com um toque minimalista. Por que Diego escolheu ficar, por duas noites, em um buraco como nosso apartamento barato não entra na minha cabeça.

Significa que estou sozinha.

Em vez de subir as escadas, viro-me e encaro a porta para o apartamento de baixo.

Respiro fundo, intoxicando meus pulmões com erva de terceiros, antes de obter a confiança de que preciso para bater.

O movimento do lado de dentro é lento em responder, mas posso ouvir a confusão do que soa como uma centena de vozes ecoando ao meu redor. Não é à toa que eles escolheram usar maconha. Estão fazendo uma festa.

27

A porta se abre, e Dom, o líder autoproclamado da tropa, aparece.

A barba de lenhador cresceu. A última vez que o vi, ele estava, na melhor das hipóteses, tentando. Contudo, parece que ele se tornou um hipster completo, e meio que combina com ele. Está até vestindo uma camiseta. Uma camiseta, juro! Quase no inverno! Que maluco!

— Bella! — grita ele. Está bêbado. Não há nada mais engraçado que um lenhador arrastando a fala. — Pessoal, pessoal, é a Bella!

— Bella!

— A Bells! A Bells!

Todos os tipos de apelidos começam a ser disparados em minha direção. O lugar deles fede, mas não a maconha. Se parece mais com um boteco que com meu quarto. Ao todo, há seis pessoas na minha frente: três dos quais moram aqui e três dos quais fingem não morar aqui e pagam aluguel em outro lugar — mas, ainda assim, de alguma forma, estão sempre aqui. O ruído é intenso e há um jogo passando.

Olho para dentro, para todos os rostos gloriosos, e meu "vou ser adulta e fazer cara séria" se dissolve no mesmo instante. Eles são mesmo um bando.

Conheceram-se na universidade — alguma coisa amadora de rúgbi, se não me falha a memória, e são exatamente como você imagina. Todos têm a mesma estrutura — ombros largos e pernas grossas como troncos de árvore —, mas estilo bem diferente. Então, pelo menos, você pode diferenciar um do outro.

Atrás de Dom, relaxando no sofá e se entupindo de pizza de borda recheada, estão Dave, Dean e Donald — não, não estou brincando. Dave é o único a não fazer nenhum tipo de comentário para mim, mas isso é bem normal. Acho que não o ouvi falar uma vez sequer, desde que conheço todos eles. Dean está resfriado, ao que parece. Seu nariz está tão vermelho quanto o salame que está colocando na boca. Porém, isso não o impede de estar no centro da ação. Acho que nunca vi Donald sem um sorriso no rosto.

Sam parece estar a um passo de dormir, estendido sobre o pufe — e, sim, eu disse pufe. Esses são bebês dos anos noventa que nunca cresceram. Não me surpreenderia se possuíssem uma poltrona inflável entre os outros itens infláveis que tenho certeza de que possuem. Ele ainda consegue dizer um "Bella-ma-nella" antes de fechar os olhos outra vez.

Stu é o único sensato. Também é o único com um prato para sua pizza e um copo para sua cerveja em vez das rodadas de garrafas aos pés de todos os outros. Está com os fones de ouvido, trabalhando, enquanto os outros estão assistindo a algum grande evento esportivo. Ele acena com a cabeça na minha direção, mas depois vira os olhos de volta para o notebook, bem rápido.

O quarto está escuro, e não só por causa da falta de luz a esta hora da noite, nos meses de outono. As paredes são pintadas de cinza, os sofás são todos pretos e a mesa é marrom-escura. É a própria batcaverna pessoal deles.

— Como podemos ajudar, minha querida Bellatrix? — diz Dom. — Quer pizza?

Pegadinha. Sempre quero pizza. Porém, sou uma mulher forte e confiante que veio aqui para dizer a eles que levem seus pequenos hábitos sujos pra fora da casa.

— Ah, cara, essa merda é forte!

Keno está na porta atrás de mim, outro visitante quase permanente — ou inquilino, acho; quem realmente sabe? Deve ter acabado de descer as escadas, pois não há como ter me seguido pela porta da frente. Está com os olhos meio fechados e parece que está cochilando em pé. Caramba, isso seria um superpoder fantástico!

— Sim, eu só estava... — Então paro, olhando para trás, para as escadas.

— Você acabou de vir do meu apartamento? — pergunto.

— Nosso próprio Sherlock da vida real, aqui — diz ele, esfregando minha cabeça carinhosamente enquanto passa por mim. É o mais magro do grupo, e ainda tem, pelo menos, o dobro da minha largura. Então, "passar por mim", na verdade, envolve esperar que eu me mexa e troque de lugar.

— Mas ninguém está lá!

— O novo grupo alemão está.

Hans e Gertie. É claro. Me esqueci totalmente deles.

— Eles são legais? — pergunta Dom, especialmente a Keno. Isso me deixa feliz, já que mal os conheci.

— São generosos — responde Keno, sorrindo.

— Espere... este cheiro de maconha está vindo da minha casa? — pergunto, soando mais como minha mãe do que gostaria de admitir.

— É coisa boa, cara — responde Keno, errando a cadeira onde estava tentando se sentar e caindo no chão. As várias vozes se erguem ao meu redor, em um "Aêêêêêê!", e em "Ai, Ai" em resposta. Dom aproxima-se depois que para de rir, para ajudar o idiota a ficar novamente de pé, em suas pernas bambas.

— Tudo bem, Dunga, pegue uma pizza antes que se machuque — diz Dom, empurrando-o em direção ao sofá. Keno não precisa escutar duas vezes, e vejo-o cambaleando em direção à comida, como um zumbi encontrando cérebros. — Então, Bella, a que devemos o prazer? — Dom tenta outra vez.

— Só... — Olho ao redor deles. Faz tempo que eu costumava fazer isso: passar tempo com meus colegas de apartamento. Isso costumava ser eu. Isso costumava ter sido nós duas: Ellie e eu.

Na realidade, éramos sempre Ellie e eu e quem quer que ocupasse os outros dois quartos. Ao longo dos oito anos, tivemos várias combinações vencedoras. Porém, Marta e George foram trocados por Ronald e Minty, quando Marta encontrou um namorado e George queria o próprio apartamento de solteiro. Ronald foi trocado por Katie, quando foi morar com o namorado, e Minty finalmente foi trocada por Simon, o que foi uma grande melhoria na conversa, na diversão e, acima de tudo, na limpeza. Katie saiu depois de uma pequena briga com Simon sobre os pratos — o que fez a cozinha parecer uma terra de ninguém, durante um tempo —, e Annie entrou, para compor o time dos sonhos perfeito.

Costumávamos sempre ter noites de cinema, às segundas-feiras. Sempre costumávamos fazer a terça da pizza em dobro. Porém, a vida aconteceu, e as agendas encheram. Agora é segunda-feira, e tenho dois maconheiros que não conheço morando comigo, e as pessoas que conheço estão se divertindo sem mim.

Puta merda! De repente, estou sentindo pena de mim mesma.

— Não, só vim dizer oi — digo, por fim. — Tenha uma boa noite, pessoal! — grito para a sala ao meu redor, mas Dom vem me segurar.

— Ei, ei! Você nunca mais passou um tempo com a gente.

— Bom...

— Tem certeza de que não quer entrar? — pergunta ele, mas estou me preparando mentalmente para a festa de autopiedade que estou devendo a mim mesma.

— Não. Tenho *curry* que sobrou da semana passada. Preciso comer antes que estrague.

— Justo — diz Dom. Ele se vira para a sala. — Sábado, então? Vamos todos sair. É a última noite de Dave em Londres.

— Última noite?

— Ele arrumou um empregão na Austrália, para o próximo ano, não é, Dave?

Dave parece um pouco envergonhado com a coisa toda e dá de ombros. Pergunto-me se ele é mudo.

— Sim, talvez — digo.

— Bem, espero que sim — responde Dom. Ele se vira para o grupo atrás dele. Alguém jogou pizza para outra pessoa e errou. Posso ver queijo derretido agora, pingando de uma almofada próxima. — Digam tchau, rapazes.

— "Tchau, Bells!", "*Bon Voyage*!" — vêm os ecos usuais enquanto me arrasto de volta à minha autopiedade.

28

Tento ser legal. Eu tento. Porém, não há maneira legal de dizer a alguém que leve seu tabaco para a noite fria de setembro e não transforme nosso apartamento em uma caixa quente.

Bato desajeitadamente na porta do último quarto do andar de cima. Ah, como gostaria que Annie estivesse por perto. Em geral, ela é o tipo de garota que não enrola. Uma vez, eu a vi esmagar uma aranha, que estava enlouquecendo Simon e a mim, com o dedo mindinho. Foi tão foda que achei que alguém deveria fazer um programa da Netflix sobre o incidente.

No entanto, Annie não está aqui. Sou só eu. E, tecnicamente, estou no meu direito, pois este é um apartamento para não fumantes.

Porém, ainda estou me sentindo muito constrangida enquanto bato.

— Entre! — grita Gertie.

Então, entro.

Puta que o pariu! Eles transformaram o quarto de Ellie (transformaram o país das maravilhas amoroso de Ellie) em um antro de sexo. As paredes estão repletas de erotismo, as cores não são mais em tons pastel, mas vermelhos profundos. Tenho certeza de que a engenhoca no canto é um balanço sexual, mas não quero parecer que estou olhando para ela.

— Bella! Não quer se juntar a nós? — pergunta Hans.

Ele está nu. Gertie está vestida, ou quase. Está embrulhada em um sári mais ou menos transparente nas partes que não deveriam ser transparentes e bizarramente opaco em todos os outros lugares. Quer dizer, não tenho certeza de qual estilo ela está buscando, mas parece ser uma apropriação cultural extrema. Já posso dizer que não vamos nos tornar melhores amigas.

Ó senhor, por favor, me dê forças!

— Estou... na realidade, estou bem, obrigada, Hans. Mas essa é uma oferta adorável — acrescento, porque estou tentando agir como se estivesse tranquila. Não estou, estou tensa pra caralho, porém não posso soar assim. Tenho que soar e agir como se isso fosse uma coisa totalmente normal de encontrar. Então, quando sair, posso ligar para Ellie, e ela vai se arrepiar comigo.

— Temos o suficiente para todos — adiciona Gertie, estendendo um baseado.

Apenas por um segundo, sinto-me, de repente, um pouco tentada. Não é como se tivesse outra coisa para fazer. Sinto-me desconfortável o bastante para precisar de um calmante, e não fumo maconha desde os tempos de faculdade. No entanto, também não quero ser parte das preliminares sexuais deles. Pergunto-me se eles estavam desse jeito enquanto Keno esteve aqui.

Tenho que ser forte. Tenho que fazer a coisa certa. Porém, o ar... ah, cara, é tão espesso que posso senti-lo na pele. Aqui vai.

Apenas mantenha a calma, digo a mim mesma.

— Hum... é, tipo... totalmente de boa, não me importa que você esteja fumando, ou o que seja, mas importa-se, tipo, hum... de talvez fumar lá fora? É que é bem forte, e, tipo, asma existe. Não a minha, estou bem com isso, mas, tipo... Simon tem asma, e... tipo, é legal e tal, mas se vocês pudessem fazer isso lá fora seria, tipo... legal.

— Claro, que grosseria! — diz Hans, genuinamente afetado por minhas palavras. De alguma forma, não há um pingo de ofensa ou sarcasmo em sua voz, e... quero dizer, acabei de ouvir minhas próprias palavras de volta e até eu seria sarcástica com elas. Ambos parecem realmente arrependidos.

— Considere isso feito, pequena pétala — diz Gertie. Apesar de ser algo levemente condescendente de dizer, considero a coisa mais legal que alguém já me disse. Nesse momento, sinto-me como uma "pequena pétala".

Quero dizer, estou de pé em uma pequena sala cheia de fumo passivo. Então, talvez tenha algo a ver com isso.

— Legal, tipo... fico muito agradecida — digo, tentando não contar quantas vezes acabei de dizer a palavra "legal".

Pelo menos a ação está feita.

Enquanto saio, uma triste percepção toma conta de mim: é uma segunda-feira. Não há ninguém em casa. Tudo o que vou fazer é reaquecer o *curry* de dias atrás, assistir a um documentário e contemplar as coisas, como quando deixei de ser a "divertida", com a qual todos queriam sair, e comecei a ser a polícia da diversão.

Então, viro-me rapidamente e alcanço a mão estendida de Gertie. Dou uma tragada longa e forte e sinto a maravilhosa onda de tabaco fazendo cócegas em minha garganta. Keno tem razão: é o mais forte que já experimentei, com certeza. Gertie parece se divertir de verdade com essa reviravolta, e Hans rola para pegar sua bebida na mesa lateral, revelando seu traseiro.

Até eu sei que isso é estranho.

Volto à razão, agradeço a ambos e saio do quarto. Subitamente, desejo comer tudo que está dentro dos armários de Annie.

29

Não ousei olhar para o celular até as 23h. Em parte, porque foi o tempo que levei para terminar de pesquisar os animais que desafiam a morte no deserto do Saara, vendo um documentário, mas também porque estava estranhamente nervosa, e a erva não ajudou.

Não posso deixar de me sentir supernervosa com o pensamento de estranhos lendo meu trabalho.

Ellie leu alguns dos meus escritos antes. Quando decidi que escrever era minha paixão, ela costumava ler tudo e me dizer exatamente como se sentia. Isso sempre foi bastante positivo, porque Ellie é completa e totalmente incapaz de ser qualquer coisa além de encorajadora. Acho que Marty pode ter lido um poema ou dois, pelo fato de estarem na mesa de Ellie, quando ambos ainda moravam em casa. No entanto, ele apenas deu de ombros, então não conta. Acho que meus pais leram algumas coisas que mandei para eles, e meus professores de inglês também, quando eu era mais jovem. Fora isso, ninguém nunca lê nada.

Eu sei. É idiota. Sou uma escritora. Deveria enviar meus escritos a todos e forçá-los a ler. Porém, quando começo a pensar em para quem enviar algo, começo a entrar em pânico: que talvez não seja bom o suficiente, ou eles sejam muito duros e críticos, e eu não consiga lidar com isso, e de repente entre em colapso.

Então, não olho para o celular. Preciso de tempo para processar o que fiz: jogar para o universo algo em que trabalhei. Preciso de tempo para me preparar para os comentários.

Quando as cenas finais se transformam em escuridão, e os créditos rolam, pego o celular. Estou pronta.

Tenho algumas mensagens para ler. Meus pais saíram da toca:

Mamãe Marble: 28 Set, 20:35
Livre para jantar na sexta-feira?

Eu: 28 Set, 23:15
Você vai cozinhar?

Mamãe Marble: 28 Set, 23:15
Não

Papai Marble: 28 Set, 23:15
Eu vou

Eu: 28 Set, 23:16
Então, sim. Parece delicioso

Vou para outra conversa.

Marty: 28 Set, 21:55
Tem um novo documentário na Netflix.
É brutal

Eu: 28 Set, 23:17
Acabei de terminar

Eu: 28 Set, 23:17
Malditos antílopes

Eu: 28 Set, 23:17
Eles são uns bostas

Marty: 28 Set, 23:18
Por não quererem ser dilacerados?

Eu: 28 Set, 23:18
Eles são totalmente inúteis, e os filhotes de leopardo são adoráveis

Eu: 28 Set, 23:18
Eles deveriam se sacrificar.
Pobre pequeno Simba

Marty: 28 Set, 23:19
Sentindo-se melancólica, não é?

Não importa.

Mudo de conversa de novo. Meu dedo paira sobre o aplicativo B-Reader, mas... não. Não posso, ainda não. Estou me sentindo um pouco paranoica; porém, para ser justa, isso pode ser apenas a erva. Vou para o *Mirror Mirror*.

Duas das minhas conversas anteriores devem ter me deletado, porque duas novas apareceram. Tenho um "ei" de um deles. Argh, tão chato! Não estou com vontade de responder "ei" de volta para eles.

Clico no meu velho amigo.

Bella Marble
Começa com B?

Homem Misterioso
Não

Bella Marble
Um C?

Homem Misterioso
Nem perto

Bella Marble
Primeira metade do alfabeto?

Homem Misterioso
Está ficando quente, senhorita Marble

Sorrio com isso. Há algo estranhamente sexy com um sobrenome em uma mensagem de texto. É como se *Cinquenta Tons* encontrasse *Orgulho e Preconceito*. Além disso, pareço aquela adorável velha detetive, e isso também é muito bom.

Está na hora.

Esperei o suficiente.

Clico no B-Reader e espero-o carregar.

O aplicativo tem interface melhor que o site. É muito menos confuso, com uma imagem por vez rolando na parte superior. Olho para baixo, esperando o pequeno numeral vermelho aparecer no canto para me dizer quantas notificações tenho. Quase não consigo respirar de tão nervosa.

Demora um pouco para carregar. Deslizo o polegar para baixo, na tela, para que a página inteira seja recarregada. Ainda assim, nenhum pequeno número vermelho aparece. Talvez esse recurso esteja com defeito no aplicativo.

De qualquer maneira, pressiono a guia "escritores", indo para o portal. Sim, aí está. Aí está meu Capítulo 1. Todos os tiques relevantes estão ativados; está totalmente carregado; concordei com os termos e condições; nomeei-o de forma correta e adicionei o gênero certo. Estranho.

Clico na página, e as estatísticas aparecem.

Sem visualizações? Ele está falando sério?

Recarrego a página outra vez, mas ainda nada. Sem curtidas, sem comentários, sem visualizações. Está publicado já faz meio dia. Nem uma única visualização em meio dia? Onde estão todos os B-Readers? Que coisas melhores eles têm na vida que fazem com que meu capítulo tenha zero vizualização?!

Jogo o telefone no chão, ao meu lado. Então, percebo quanto isso é inútil e infantil e o pego de novo. Leio as perguntas frequentes, procurando uma razão para esta catástrofe.

"Novos escritores, sejam pacientes! Temos centenas de novas amostras de escrita surgindo a cada segundo. Leva algum tempo para as pessoas as virem corretamente. Não vai demorar muito até que as visualizações cheguem. Então, não se deixe desanimar por um início lento."

Bem, fodam-se eles!

Percorro todas as configurações, tentando ver se há algo que, de alguma forma, deixei passar. Em "consentimentos", há uma pequena caixa de seleção informando que meu identificador pode ser tornado público — esse já está marcado, então não deveria ser uma opção.

Há um desmarcado, sob o título mídia, que solicita permissões para consentimentos de terceiros para usar meu identificador. Marquei esse também. Qualquer coisa para divulgar meu nome. Qualquer coisa para ajudar as pessoas a lê-lo!

Então, tendo esgotado as opções, apago a luz, de mau humor. Em seguida, ligo-a novamente, para encontrar o carregador do celular, conectá-lo e desligá-lo outra vez. Porém, minha mente ainda está agitada. Tudo o que posso pensar é quanto só quero tirar minha escrita do site por completo. Talvez devesse.

Não, não é isso que quero fazer. O que realmente quero é ir até o quarto ao lado, aconchegar-me ao lado de Ellie e fazer com que ela me diga que tudo vai ficar bem, e que só preciso ser mais paciente. Isso é tudo. O que quero é que seus travesseiros azul-bebê e suas afirmações calmantes me ajudem a dormir.

No entanto, não posso fazer isso. Porque ela não está mais lá.

Então, pego o telefone mais uma vez e olho as mensagens.

Eu: 28 Set, 23:49
Sinto sua falta. Bjo

Não há outra maneira de dizer, que eu possa colocar em palavras, como é ser privada da outra metade da minha alma.

Sinto muita falta dela.

Muita.

O telefone vibra quase instantaneamente. Como se ela estivesse esperando por mim. Como se soubesse que eu precisava dela.

A Elsa da minha Anna: 28 Set, 23:50
♥

Isso é tudo de que eu precisava. Com isso, posso cair em um sono calmo e tranquilo e ver que emoção o amanhã trará.

30

No entanto, a terça-feira veio e se foi, sem leituras no B-Reader. O trabalho se arrasta, e, na ausência de qualquer coisa nova sendo carregada na Netflix durante as últimas vinte e quatro horas, passo a noite assistindo novamente ao mesmo documentário de antes.

Eu: 29 Set, 22:28
OK. Sinto-me um pouco mal com toda essa coisa do antílope

Eu: 29 Set, 22:28
Eles também são bem fofos

Marty: 29 Set, 23:29
Uma vez, eviscerei um antílope. Parte da aula de anatomia

Eu: 29 Set, 22:28
Isso é nojento

Marty: 29 Set, 23:30
É a vida

Mudo para a irmã melhor.

Eu: 29 Set, 23:39
O que é melhor: um antílope ou um leopardo?

A Elsa da minha Anna: 29 Set, 23:50
Você ♥ 😋

Quarta-feira tem uma qualidade muito semelhante. Paro de verificar o B-Reader a cada meia hora e começo a abri-lo apenas a cada hora, o que não ajuda minha ansiedade, pois ainda diz que não tenho visualizações. É um sistema falho.

"Paciência", ouço a voz calmante de Ellie. "Tenha paciência, Bella."

Então, tenho. Bebo grandes quantidades de chá, leio muitos outros trabalhos no site e faço o que posso para esquecer.

Estranhamente, vale a pena, pois na quinta-feira tenho minha primeira centelha de esperança.

Um pequeno ponto vermelho, com um número, apareceu ao lado do logotipo do aplicativo, na minha tela inicial. São quatro e meia, e quebro minha regra habitual de "a cada hora", para verificar imediatamente.

1

Isso é o que diz o pequeno ponto vermelho: 1.

Os nós no estômago começam a crescer. O telefone toca. Distraída, não o atendo, até ouvir o arrastar de pés de Maggie caminhando em minha direção para me dizer para atendê-lo.

Mas 1...

Prendo a respiração enquanto o aplicativo carrega. Com o coração batendo, clico na minha página de notificações.

Um leitor visualizou seu Capítulo 1 — Minha Noite com o Lobo Mau.

Aí está a prova. Alguém, de fato, clicou nele e o leu. Desço até os *likes* e os comentários.

Nada.

Bem, o que isso significa?

Significa que gostaram? Ou que não gostaram?

Acho que talvez o aplicativo dê a notificação assim que alguém clica na pequena página "leia-me". Então, espero por vinte minutos, olhando para a tela, perguntando-me quando eles poderiam comentar. No entanto, eles não comentam.

Não posso dizer se isso é melhor ou pior. Eles odiaram tanto que não sentiram necessidade de dizer nada? Ou acharam tão engraçado e comovente que... não, não vale a pena pensar nisso. Nada significa nada.

Preciso parar de me preocupar com isso.

Uma visualização ainda é uma visualização. Meu trabalho está sendo visto por alguém que não é meu parente, meu professor ou um Mathews. Isso, em si, é uma vitória. Então, fecho o aplicativo e, sentindo que estou sendo adulta de verdade, finjo trabalhar muito duro por cerca de vinte minutos.

31

Simon está de volta esta noite. Então, tenho companhia enquanto como meu jantar.

Diego vai levá-lo para a França no fim de semana. (Uma viagem de fim de semana! Uma viagem de fim de semana uma semana após se conhecerem? É tão romântico que sinto que deveria virar um filme.) Diego tem um show lá, então não é grande coisa — pelo menos é o que Simon diz, de maneira muito pouco convincente.

Finalmente, consigo contar a alguém sobre o antro de sexo lá em cima. Pode não ser tão fofo quanto um fim de semana romântico épico, mas ainda é uma história que precisa ser contada. Mantenho a voz baixa, porque tenho certeza de que eles estão lá em cima, mas a risada de Simon quase sacode o apartamento inteiro. Ele seria um espião de merda.

Desde então, ruídos misteriosos têm flutuado para meu quarto todas as noites. O cheiro de maconha não desapareceu da casa por completo; porém, se eles ainda estiverem fumando lá dentro, pelo menos é para fora da janela, para não sermos diretamente atingidos.

Com todas as sutilezas fora do caminho, passo para o que, de fato, quero falar com Simon (para o que quero falar com qualquer pessoa): meu único leitor no B-Reader. Quando clico no meu perfil para mostrar a ele, meus olhos brilham.

Há uma nova notificação. Não, não apenas uma: oito.

Cinco leitores visualizaram seu Capítulo 1 — Minha Noite com o Lobo Mau.

Isso é um aumento de 500% sobre a contagem anterior!

Dois leitores curtiram seu Capítulo 1 — Minha Noite com o Lobo Mau.

Caramba! Curtidas! Estou ganhando curtidas! As pessoas realmente gostam dele! Estou tentando manter a calma enquanto leio o último.

Um leitor comentou no seu Capítulo 1 — Minha Noite com o Lobo Mau.

No mesmo instante, meu estômago revira. Um comentário? Um comentário de verdade? Clico nele, com nervosismo. Eles vão me dizer que minha personagem principal não é adorável o bastante? Tentei disfarçá-la com um pouco de charme. Porém, como a personagem sou eu, achei bem difícil. Talvez eles estejam preocupados que isso soe um pouco como ódio aos homens? Talvez eu devesse ter lembrado ao público que nem todos os homens são terríveis, apenas esse tolo, parecido com um lobo.

Ah, meu Deus! Estou tão nervosa que quase não consigo ler. Mas consigo, e leio:

@sirreadalot

LOL

Aqui estamos nós: meu primeiro comentário… "LOL".

Três letras. Três palavras simbolizadas. Isso é o que recebo: LOL. Estou falando como se fosse uma coisa ruim. Não é. É boa. Estou tão feliz que posso sentir fogos de artifício disparando atrás dos meus olhos.

— Isso é irritante — diz Simon, porque não entende.

LOL significa rindo alto. Rindo alto significa que sou engraçada. Sou engraçada? Quem diria! Sou oficialmente uma escritora engraçada. Ao que parece, sou uma boa escritora! Sou escritora, pelo amor de deus! Estou completamente animada.

Nossa conversa segue em frente, mas minha mente persiste. Eu meio que quero escrever de volta para @sirreadalot, para agradecer a ele pelo tempo gasto para escrever um comentário, o meu primeiro, assim como Henrietta Lovelace fez comigo.

Clico no perfil de Henrietta, enquanto Simon começa a falar sobre a vista da sala de Diego. Parece que Henrietta ainda não teve novos capítulos, mas posso ver que seus seguidores começaram a crescer. Minha única leitura foi acompanhada de outras quarenta, e mais seis comentários se juntaram ao meu primeiro. Simon ainda está falando, então não consigo ler direito. Porém, olhando para baixo, vejo a palavra "amo" em quase todos eles. Sei que não posso exatamente levar o crédito, mas tenho uma estranha sensação de orgulho ao pensar que a descobri primeiro.

Faço uma nota mental para ler os outros comentários mais tarde, enquanto Simon e eu começamos a conversar sobre uma noite louca que ele teve, em uma segunda-feira (quem sai na segunda-feira?).

— Ah, meu deus, um deles está saindo! — sussurra Simon. De repente, um rangido ecoa no andar de cima. Alguns passos leves vêm batendo pelo corredor. — Você acha que é Hans?

— Espero que esteja vestido desta vez!

— Não consigo acreditar que você viu o Willy Wonka dele.

— Não consigo acreditar que você acabou de chamá-lo de Willy Wonka.

— Cale a boca, eles estão vindo.

Sem um segundo de atraso, os passos chegam à porta da cozinha, e ali, no batente da porta, não está Hans nem Gertie. Em vez disso, é uma garota de vinte e poucos anos. Está recolocando uma alça do sutiã conforme entra na cozinha. Seu cabelo está desgrenhado, como se ela o tivesse penteado para trás. Ela parece um pouco vermelha e perturbada.

— Seu banheiro? — pergunta ela. É um questionamento muito normal, pois quase todo mundo o faz. (O banheiro fica em um ângulo estranho, então a porta se parece mais com a entrada de um armário de utensílios de limpeza.) No entanto, ela tem uma fala tão mansa que nem Simon nem eu somos capazes de ouvi-la, na primeira vez.

Recupero-me da visão um pouco mais rápido, apontando para a porta do banheiro e esperando o clique da tranca, antes mesmo de ousar olhar na direção de Simon.

— Espere! Eles estão fazendo *ménage*? — sussurra Simon. — Eles realmente estão fazendo *ménage*?

— Não sabemos se é *ménage*. Não sabemos quantas pessoas mais eles têm lá em cima!

Nós dois ficamos em silêncio enquanto a mulher de fala mansa dá a descarga. Da porta aberta da cozinha, podemos vê-la subir as escadas. Ficamos em silêncio, procurando por vozes extras, mas não ouvimos nenhuma. Então caímos na gargalhada.

— Aquele quarto viu mais na última semana que em toda sua vida, acho.

— Ah, caralho! Você acha que, quando me perguntaram se eu queria me juntar a eles, queriam dizer... na cama?

— Você acha?

— Não sei. Eles parecem bem extremos! Quero dizer, quem traz um balanço de sexo para um apartamento compartilhado?

— Tem certeza de que é um balanço de sexo?

— Quem traz um balanço normal para um apartamento compartilhado?

— Falando em balanços de sexo, o Príncipe Encantado já entrou em contato?

— Quem?

— O sapato no bar? O salto vermelho, com seu número de telefone?

— Como isso está relacionado a balanços de sexo?

— Como não está?

Enxugo as lágrimas de riso dos olhos.

— Não, nenhuma sorte. Nenhum sapato. Acontece que não sou a Cinderela, afinal.

— Não — responde Simon, com olhos arregalados e tristes. — Talvez não, mas encontraremos seu final de conto de fadas. De alguma forma.

— Sabe, acho que encontraremos — digo alegremente, porque estou alegre. Tenho duas curtidas inteiras no meu texto. As coisas estão começando a mudar para mim. As coisas estão melhorando.

— Mudando de assunto, Diego me deu seu *login* do Disney+. Quer pegar um sorvete e ver *Moana*?

— Hum. Sim. Sim, eu gostaria.

Uma noite quase perfeita, para um dia quase perfeito, faltando apenas um ingrediente-chave.

Naquela noite, enquanto estou deitada na cama, penso em mandar uma mensagem a Ellie, mas paro. Não quero ser carente, e ela não me manda uma mensagem primeiro há algum tempo. Posso ver o rosto de Mark sentado ao lado dela, julgando-me, a cada mensagem de texto que envio. Então, não mando. Deixo para lá. Em vez disso, volto para o B-Reader e vou direto às minhas notificações.

@sirreadalot
LOL

Leio. Leio novamente.

@sirreadalot
LOL

Obrigada, Sir Read-a-lot, penso, enquanto meus sonhos finalmente assumem o controle. Não posso deixar de pensar nisso como o início de algo épico.

32

SEXTAS-FEIRAS NO TRABALHO SEMPRE PARECEM UM POUCO MAIS FÁCEIS QUANDO tenho algo para aguardar ansiosamente ao final delas, e ir para meus pais é sempre um prazer.

Quando o dia de trabalho termina, agasalho-me bastante (as temperaturas caíram de novo. Então, adeus, jaqueta de outono; olá, casaco de inverno) e subo no trem que me leva de volta à infância, rapidamente.

Volto à cidade em que cresci, onde pensava que as fadas se escondiam em cada esquina. Achava que atrás das casas e dos chalés com vigas de madeira viviam maravilhosos bruxos, duendes e magos, cozinhando em caldeirões, e se escondendo de meros mortais como eu. Minha mãe e meu pai tinham imaginação muito fértil, e eu absorvia cada gota dela, sabendo que um dia me sentaria na torre mais alta, esperando que o Príncipe Encantado me resgatasse de minha madrasta malvada. No entanto, jamais teria uma madrasta malvada, porque meus pais eram perfeitos juntos.

Eu costumava pensar que todos tinham o que eu tinha. Não entendia por que apenas um dos pais de Timothy o deixava na escola, e outro o pegava, em dias alternados. Não podia acreditar que Zoe tinha duas casas, uma em cada extremidade da mesma rua. Lembro-me de tentar confortar Ellie dizendo a ela que seu pai, provavelmente, estava em uma viagem de negócios, como minha mãe às vezes fazia, porque nunca me ocorreu que ele poderia não voltar.

Dava como garantida a perfeição de ter dois pais amorosos em uma casa. Eles também não discutiam. Minha mãe é uma mulher bastante calma e relaxada e deixa meu pai se preocupar pelos dois, o que combina bem com ele. Minha mãe queima a comida; meu pai a resgata da destruição. Meu pai faz um pente-fino nas finanças, e minha mãe paga as contas. Meus pais são duas metades de um todo. São o melhor lado um do outro, e o pior. São a única razão pela qual sempre permaneci fiel, sabendo que meu único e verdadeiro amor está lá fora, em algum lugar, mesmo que não seja Charles Lobo, ou o Homem Misterioso, ou quem quer que venha em seguida.

É por isso que estou tão chocada, tão de coração partido, tão fora do eixo, quando minha mãe — muito casualmente, enquanto comíamos uma torta que meu pai fez — me disse o que disse.

33

— DIVÓRCIO? — GRITO.

Quando digo gritar, falo sério. É tão chocante que as emoções já estão tomando conta de mim. Estou tremendo, e meus olhos estão lacrimejando.

— Bem, uma separação no início, é claro. Mas, sim, vamos resolver a papelada, em algum momento. — Minha mãe faz parecer tão fácil e livre. Soa como se estivesse pedindo o saleiro.

Meu pai está me olhando. Ele não é fã de confrontos (esse sempre foi o forte da minha mãe) e, embora esteja concordando com a cabeça, claramente não está confortável com minha reação imediata.

— Eu... eu não..., mas vocês são feitos um para o outro! São um "felizes para sempre"!

— Fomos felizes para sempre. Fomos por anos e anos, mas, às vezes, as coisas mudam, querida. — Tenta meu pai. Ele é mais sutil que minha mãe.

— Nada muda! — respondo, inutilmente.

— Algumas coisas mudam. Os dias mudam. As estações mudam.

— Isso não ajuda, mãe.

— Bem, é verdade.

— O que sua mãe está tentando dizer é que nós mudamos ao longo dos anos. Mas o que não mudou, e isso é importante, é que ainda a amamos muito.

— Sério? Ou isso pode mudar também, mãe? — Cuspo.

— OK, tá bom. Posso ser a vilã — diz minha mãe, jogando as mãos para o ar com muita calma, dado meu nível extremo de ira.

— Não, isso não é justo. Lexie, não leve a culpa por isso — contribui meu pai. Meu deus, ele é legal demais! É maravilhoso demais! Por que minha mãe não vê mais isso nele? O que aconteceu desde a última vez que os visitei? — Olhe, nós ainda nos amamos muito. Porém, às vezes, é o que acontece quando se vive com alguém por tanto tempo. Somos amigos há anos. Melhores amigos. E, sendo melhores amigos, meio que perdemos aquela... aquela faísca que...

— Mas amor como o de vocês não morre!

— Ele não morreu. Está diferente — diz minha mãe. Não acredito nela. Ela está até se recostando na cadeira, como se isso não importasse. Li pelo menos quatro artigos do BuzzFeed sobre linguagem corporal, e esta não combina com esse cenário ultrajante no qual me encontro.

— É outra pessoa? — pergunto. — É isso? Algum de vocês traiu?

— Nenhum de nós traiu.

— Mãe, você traiu?

Ela joga as mãos para o ar, como se estivesse achando, de alguma forma, todo esse tópico engraçado. Mas ele não é.

— Sou novamente a vilã — grita ela, olhando para meu pai, pedindo apoio.

— Sua mãe não traiu — meu pai levanta a voz. — Nenhum de nós traiu. Isso não é algo que escolhemos fazer de modo leviano, mas uma decisão mútua que vem sendo discutida há algum tempo.

— Mas..., mas você disse que encontrar um ao outro foi a melhor coisa que aconteceu com você.

— Foi — minha mãe finalmente se inclina para a frente. Graças a deus, talvez ela se importe que meu mundo inteiro esteja girando.

— No passado? — choro. Lágrimas inundam o que sobrou da minha torta.

— Sim — diz meu pai, sorrindo para a futura ex-esposa. — Porque nós dois encontramos um amigo para toda vida naquele dia, e por causa disso você foi trazida ao mundo. Essa é a melhor coisa que aconteceu a qualquer um de nós.

— Mas e o seu "felizes para sempre"? — pergunto.

— Já o tivemos — diz minha mãe, inclinando-se para a frente —, e agora é hora de seguir em frente.

34

O QUE FAZ UMA GAROTA DE VINTE E NOVE ANOS, PERFEITAMENTE NORMAL, quando descobre que os pais estão se divorciando? Vou contar a você.

Empurrei o restante da torta pela mesa, derramando meu copo de suco, e corri para meu quarto, como uma adolescente mimada.

Para ser justa, o quarto não mudou desde minha adolescência, então pelo menos era apropriado. Ainda é predominantemente roxo e rosa, com uma grande pintura de um castelo em toda a parede dos fundos. Animais de desenho animado voam perto do teto, e um tapete redondo branco fofo está no chão. Livros de todos os anos estão enchendo as prateleiras e empilhados no chão, de *Uma Lagarta Muito Comilona* até romances de Tolstói que li quando era jovem demais para entendê-los. Cartazes de todas as bandas dos anos 2000 idolatradas por mim ainda estão superlotando o canto da minha escrivaninha, e estrelas que brilham no escuro estão presas no teto, embora hoje o brilho pareça fraco e sem entusiasmo.

Olho para elas agora, chorando muito, deitada na cama de solteiro roxa, para a qual, de alguma forma, nunca me tornei grande demais.

Eu sei, eu sei, é um pouco de exagero. No entanto, simplesmente não me dei conta de que isso ia acontecer.

Eu: 2 Out, 19:30
Não sei por que estou lidando tão mal com isso

Eu: 2 Out, 19:30
Eu me mudei há quase onze anos

Eu: 2 Out, 19:30
Por que me importo se eles estão juntos ou não?

Eu: 2 Out, 19:31
Não sei por que não consigo parar de chorar

Enxugo as lágrimas da tela do celular. Mesmo assim, novas lágrimas caem, tomando o lugar das anteriores.

A Elsa da minha Anna: 2 Out, 19:31
Porque são sua mãe e seu pai

A Elsa da minha Anna: 2 Out, 19:31
Claro que está chateada

Eu: 2 Out, 19:31
Literalmente, não consigo parar de chorar!

A Elsa da minha Anna: 2 Out, 19:32
Venha dormir aqui e fazer uma noite de cinema

A Elsa da minha Anna: 2 Out, 19:32
Vamos assistir a uma comédia romântica e tomar sorvete

A Elsa da minha Anna: 2 Out, 19:32
É o melhor remédio. Garanto

Eu: 2 Out, 19:33
O quê?
Assistir a casais felizes ficando juntos enquanto minha família inteira está se separando? Não, obrigada

A Elsa da minha Anna: 2 Out, 19:32
Um filme de terror, então

A Elsa da minha Anna: 2 Out, 19:33
O Iluminado?

A Elsa da minha Anna: 2 Out, 19:33
Ouvi dizer que há um relacionamento muito saudável nele, com o qual podemos aprender

Rio alto, imaginando-a ao meu lado. Ela passou metade da vida dormindo comigo nesta cama, cabeça com pé. Lembrar disso, sabendo que não vai acontecer de novo, me deixa mais triste. A vida apenas continua girando. Não sei como pará-la.

Eu: 2 Out, 19:34
Mark estará em casa?

A Elsa da minha Anna: 2 Out, 19:35
Ele não vai nos incomodar

Simplesmente não consigo. Mais que tudo, quero estar perto de Ellie, mas agora não quero nem olhar para a cara estúpida e irritante de Mark. Ele é parte do problema. Sem ele, Ellie já estaria em casa, esperando que eu voltasse. Ela, provavelmente, já teria começado a fazer algum tipo de "bolo para fazer se sentir melhor". Porém, em vez disso, está brincando de família feliz com Mark, enquanto minha própria família feliz está se desfazendo.

Eu: 2 Out, 19:36
Não, está tudo bem

Eu: 2 Out, 19:36
Provavelmente, é melhor para mim tirar isso do meu sistema sozinha

Eu: 2 Out, 19:36
Sou adulta

Eu: 2 Out, 19:36
Aparentemente

A Elsa da minha Anna: 2 Out, 19:38
A oferta está de pé. A qualquer momento ♥

35

A CERTA ALTURA, OUÇO UMA BATIDA NA PORTA. UM POUCO A CONTRAGOSTO, convido minha mãe a entrar. Ela se senta na beirada da minha cama, segurando uma xícara de chá de camomila para mim, a qual rejeito. Mesmo transtornada, sou inteligente o suficiente para lembrar que chá deve ser preto e forte ou nada.

— Vai me dizer que foi tudo um grande engano? — pergunto, mal conseguindo olhar para ela. Ela sorri.

— Não há erros, apenas aprendizados.

— Você leu isso em algum lugar.

— Vivi isso.

Ah, se pudesse ter a visão da minha mãe sobre a vida. Nunca conheci alguém tão relaxado quanto ela sobre quase tudo. Para ser honesta, se você dissesse a ela que o mundo inteiro iria explodir em dez minutos, ela ainda andaria a passo de caracol e sorriria.

Também não posso culpar seu *timing*, é claro. Dez minutos antes, eu estava me preparando para gritar com ela de novo. No entanto, agora que a realidade se instalou, estou, de alguma forma, me sentindo muito mais calma. Devastada, sim, mas, pelo menos, pronta para ouvir o que ela tem a dizer.

— Sinto muito pelo que aconteceu lá embaixo — digo, por fim.

— Sinto muito que não seja o que quer ouvir.

— Eu só... — digo, abaixando a cabeça. — É apenas uma coisa atrás da outra, no momento. Tudo parece estar se desenrolando ao mesmo tempo, e essa... essa era a única coisa com a qual pensei que pudesse contar.

— Eu sei. Eu entendo.

— Isso é tudo o que já conheci.

— É tudo o que já conhecemos também. — Ela acaricia meu cabelo, e permito, mas faço uma careta, de qualquer modo.

— Então por quê? — pergunto, em desespero.

— Porque é hora de seguir em frente.

Solto um grunhido.

— Por que todos, menos eu, estão seguindo em frente neste momento? — grito para a janela, incapaz de olhar para minha mãe agora, porque até eu entendo quão imatura pareço. Não posso evitar.

Ela espera minhas bufadas diminuírem um pouco, antes de falar outra vez.

— Vá em frente. Diga-me o que está acontecendo, querida.

Olho para ela, sem expressão.

— Você e meu pai estão se divorciando — respondo. — Você não participou da conversa lá embaixo?

— Conversa? Foi isso que foi? Para mim, soou mais como um chilique.

— Ei! — digo, envolvendo o travesseiro em torno de mim, para me confortar. — É você quem está fazendo pergunta idiota.

— Bem, obviamente sei sobre mim e seu pai. Estava perguntando o que mais parece estar se "desfazendo"?

Ela tem esse supertalento estranho de realmente escutar todas as merdas que falo. Até esqueci que falei isso.

— É, tipo... nem um pouco importante, agora.

— Não é?

— É idiota.

— Tenho certeza de que não.

— Não quero falar sobre isso.

— Não?

— Não com você. Não agora.

— Mesmo?

Odeio quando ela faz isso, porque, desde pequena, nunca fui capaz de resistir. Começo a protestar um pouco mais, então ouço minha voz enfraquecendo e sei que, finalmente, vou desmontar. Pra que adiar?

— Eu só tinha essa visão de onde queria que minha vida estivesse, e isso... não era isso. Não no trabalho. Não no... no amor... eu acho, e agora isso? As outras partes, quero dizer, tanto faz, mas pensava que nossa família... pensava que isso fosse algo com que eu nem precisasse me preocupar.

Ela acena com a cabeça e percebo toda minha ira diminuindo.

— Ninguém jamais leva a vida que espera levar.

— Talvez não — digo, abraçando o travesseiro contra o peito, com mais força —, mas... não sei. Isso não chega nem perto.

— Bem, de que está sentindo falta?

— Não estou sentindo falta... bem, talvez esteja...

Por que as palavras, às vezes, são tão difíceis de sair? Como expressar em palavras quando todas as bases que construiu ao longo dos anos de repente se quebram sob seus pés?

— Sei que isso soa estúpido, mas parece que tudo em que acreditava era uma mentira. Se você e meu pai não conseguem, que chance há para todos os demais?

Minha mãe sorri enquanto pensa. Não um sorriso feliz, mas o tipo reconfortante, que eu não sabia que precisava ver.

— Sabe, fizemos um bom trabalho. Tivemos um romance de verdade. Tivemos uma vida perfeita, fizemos uma filha perfeita, e agora estamos prontos para encontrar tudo isso de novo.

Começo a chorar com suas palavras, e ela se aproxima, para que eu possa abraçá-la. Nem sei se quero abraçá-la (é com ela que estou brava), mas, mesmo quando está brava com sua mãe, você quer que seja ela quem faz isso melhorar, sempre.

— As pessoas não precisam ter apenas um conto de fadas na vida. Se os livros nos mostraram alguma coisa, é que há muitos príncipes encantados, em muitas histórias. Na vida, não há cota para o número de histórias das quais você faz parte. Seu pai ainda é o melhor homem que conheci. Mas nosso conto de fadas chegou ao fim e é hora de encontrarmos um novo. Estamos velhos demais para perder tempo e jovens demais para não nos divertirmos.

— Vou sentir falta — choramingo. — Desta família, deste arranjo. Vou sentir falta.

— Também vou — diz ela, acalmando-me. Na realidade, cheiro de camomila é exatamente de que preciso. Quando me afasto dela, percebo que a caneca passou da mão dela para a minha, e posso sentir o líquido quente esfriando minha tristeza.

Tanta mudança em tão pouco tempo. Meu cérebro não aguenta.

— Você sabe que Ellie está noiva? — digo. Tento soar despreocupada, mas minha voz age por vontade própria. Mais uma vez, pareço uma adolescente mal-humorada.

Foda-se! Estou na cama da minha infância. Minha mãe está ao meu lado. Estou autorizada a agir como se tivesse cinco anos.

— Sabemos. Niamh nos ligou. Já enviamos uma carta de felicitações. Se ela perguntar, você assinou também.

— Para a senhora Mathews?

— Não, para Ellie.

— Não sabia que as pessoas mandavam cartas de felicitações de noivado.

— Apenas para pessoas que estão noivas — diz minha mãe, rindo para si mesma. — Não posso dizer a você quão estranho é que seus amigos estejam se casando. Uma vez, aquela garota fez xixi no meu sofá, porque você a fez rir muito depois da escola, e agora ela está se preparando para subir ao altar. Os tempos estão mudando, não é?

Concordo com a cabeça. A camomila se foi. A questão é que minha mãe me conhece, porque o chá estava delicioso, e eu meio que quero outra xícara.

— Não gosto de quão rápido tudo está indo — digo, teimosamente. — Quero que tudo pare. O mundo inteiro está girando em um sentido, e sinto que estou girando em outro.

Minha mãe se levanta, alongando-se em alguma posição bizarra de ioga, como se estivesse se preparando novamente para o mundo.

— Então continue lutando, querida. Criei uma mulher forte e saudável. Agora não é hora de se conformar com banalidades; é hora de você sair e se divertir.

Estranhamente, são as palavras de Marty que ecoam na minha cabeça.

Se começasse a tentar encontrar alguém com quem realmente quisesse passar a noite, teria muito mais sorte.

Minha mãe está me dando o mesmo conselho que aquele completo idiota?

— Espero que seja capaz de lidar com qualquer coisa que a vida jogue em você, e, qualquer coisa que não consiga, jogue direto para mim; eu cuido do restante.

Ah, meu deus, eu a amo!

Ela sorri.

— Agora, seu pai está ansioso e fez sua sobremesa favorita. Vamos comê-la juntos? Ou quer ficar de mau humor por um pouco mais de tempo?

36

Marty: 3 Out, 09:16
Quando estiver voltando pra casa, passe aqui no veterinário

Eu: 3 Out, 09:17
Por quê?

Marty: 3 Out, 09:17
BubbaWubba está pedindo pra ver você

Isso veio com uma foto, como todas as melhores mensagens de texto. Uma imagem fala mais que mil palavras. É meu ser favorito em todo mundo: uma pequena *pug*, com os olhos mais redondos que você já viu. É a criatura de aparência mais indefesa de todo universo, e seu rosto está chamando meu nome para socorrê-la. Ela pertence a uma velha malvada, então Marty sempre a mantém por mais algumas horas que o necessário. Assim, posso dar-lhe todos os carinhos que faltam na casa dela.

É mentira. Provavelmente, ela recebe muitos carinhos em casa. A velha é má com os humanos, mas, meu deus, como ama aquele cachorro.

Eu: 3 Out, 09:17
Eu? Especificamente?

Marty: 3 Out, 09:18
Sim

Marty: 3 Out, 09:18
Traga chocolate

Eu: 3 Out, 09:18
Isso não é veneno para os cães?

Marty: 3 Out, 09:19
Traga, de qualquer jeito

Eu: 3 Out, 09:19
Você está de TPM?

O consultório é mais movimentado aos sábados. A maioria das pessoas espera até o fim de semana para saber se vale a pena trazer seus bichinhos, então é sempre movimentado durante os fins de semana. Há todos os tipos de pequenas criaturas em colos e grandes cães arrastando-se em pequenos círculos confinados. Os pôsteres nas paredes mostram fotos de elefantes e lhamas, mas não acredito que alguém, alguma vez, tenha tentado trazer um deles ao consultório.

Não entendo como algumas pessoas não gostam de animais. Marty fez um monte de coisas terríveis, mas tornar-se veterinário não foi uma delas. É o fator atenuante em sua vida sem sentido.

No instante em que entro, Naomi, da recepção, acena para mim. Acho que ela sabe que, se me deixar na sala de espera por muito tempo, vou acabar me aconchegando no chão com um cão de caça doente, como da última vez. Assim, ela é rápida em me levar para a sala da equipe. Não é grande coisa. A parede dos fundos é uma fileira de gaiolas destinada àqueles cuja estadia é um pouco mais longa que a dos demais, com um velho sofá não muito distante, para que quem estiver de plantão consiga dormir um pouco, se tiver que passar a noite. Há uma pobre tentativa de cozinha na parte de trás, com apenas o suficiente para fazer um chá, mas não se deixe enganar: os biscoitos na prateleira são, na verdade, biscoitos para cachorro, não pequenos biscoitos humanos comuns. Aprendi isso da pior maneira.

BubbaWubba está em uma das gaiolas do fundo. Há vários cachorros adoráveis lá, mas BubbaWubba está em posição privilegiada enquanto ando naquela direção. Juro que me conhece, pois, no segundo em que me aproximo, ela rola, pronta para uma massagem na barriga.

Eu me aproximo, para abrir a porta da gaiola.

— Não acho que quer fazer isso — diz uma voz atrás de mim. Sempre que vejo Marty de uniforme, isso me faz rir. É como ver uma criança pequena brincando de se vestir. Ele tem vinte e nove anos e é veterinário há algum tempo, mas ainda é apenas o merdinha irritante que costumava não fazer seus trabalhos e tirava notas muito melhores do que as minhas. Agora, é tão irreal. Ele está encarregado de salvar vidas. Na realidade, salvando criaturas vivas, que respiram. Tipo, como?

— E por que não? Pensei que tivesse dito que ela estava perguntando por mim?

— Ela também está mijando em qualquer coisa e qualquer um. — Ele vem até a grade no instante em que BubbaWubba se agacha e uma pequena linha de urina amarela brilhante desliza para fora dela. — Infecção no fígado.

— Ah, meu deus, é realmente sério desta vez?

— Ela vai ficar bem. Daqui a um tempo.

— Você está em um intervalo?

— Tenho cinco minutos. Você chegou na hora certa.

Ele se recosta no pequeno sofá e de um jeito cansado esfrega a cabeça.

— Não está se sentindo bem? — pergunto. Viro-me de volta para BubbaWubba. Ela é fofa demais para não olhar, mesmo sendo uma máquina de fazer xixi.

— Apenas cansado. Recebi uma garota ontem à noite que me manteve acordado até as cinco da manhã.

— Ah, pobrezinho! — digo com sarcasmo. Tiro o chocolate que ele pediu da bolsa. — Isso é para você, então?

— Não, estou cuidando do peso.

— Ah. — Viro-me para a pequena BubbaWubba. — Então é pra cachorra?

— Não. O chocolate é pra você.

— Pra mim? — digo, completamente incapaz de esconder o choque.

— Sim. Parece que acabou de passar por um momento de caos. Precisava ter certeza de que alguém está cuidando de você.

— Desculpe, o quê? — Estou piscando muito agora, superconfusa.

— Fiquei sabendo sobre seus pais.

— Ellie te contou?

Isso não é típico de Ellie.

— Não, minha mãe ligou esta manhã. Seus pais mandaram uma mensagem de texto para ela ontem à noite. Imaginei que você não estaria bem.

Ele está certo, claro. Eu havia passado um pouco mais da noite anterior chorando. Chorei um pouco durante a sobremesa, e depois um pouco mais, quando tomamos café, após a refeição. Na realidade, acabei ficando no meu antigo quarto porque não conseguia suportar a ideia de chorar no transporte público. No entanto, isso me fez chorar mais, porque minha mãe dormiu no quarto de hóspedes, e achei tão estranho que não consegui evitar chorar mais um pouco. Além disso, manchei meu suéter com lágrimas e derramei sorvete por todo o meu jeans, então não estava em estado adequado para olhos humanos. Acordei uma nova pessoa, porém. Mais adulta. Mais tolerante. Roubei um jeans da minha mãe (ela usa o mesmo tamanho que eu) e um suéter idêntico ao que estava usando (o gosto dela para roupas é perturbadoramente semelhante ao meu). Ainda podia estar sofrendo, mas, pelo menos, quando pulei de volta no trem, estava lidando com minha dor de maneira muito respeitável e adulta.

Agora, no entanto, ainda estou um pouco chocada.

— Desculpe. Você me fez comprar chocolates para mim mesma?

— Sim.

— Você me fez comprar chocolates especificamente para me fazer sentir melhor?

— E você comprou, então isso funcionou muito bem.

Fico parada ali durante um segundo. Por fim, olhando para Marty com olhos faiscando, que são minha especialidade, atiro o chocolate na cara dele. Ele pula por cima do sofá, para se proteger.

— Seu merda!

— Você adora chocolate! — protestou ele.

— Não adoro comprar chocolates por autopiedade! — Jogo todas as almofadas na direção dele, enquanto ele ainda está agachado atrás do sofá, e o observo se encolher. A pobre BubbaWubba começa a latir, dando início a uma pequena onda de latidos de várias gaiolas atrás de mim. Todos estão aborrecidos por não poderem participar da diversão.

— Bem, não tive tempo de comprá-los para você, então achei que essa fosse a segunda melhor coisa!

— Seu babaca! — Já estou rindo, caindo de volta no sofá, bem ao lado de onde meu chocolate caiu. Estou vergonhosamente sem fôlego. Nem sequer fiz tanto esforço. A contragosto, eu o pego e rasgo para abrir.

— Quer um pouco? — digo. Marty levanta a mão em rendição e cai de volta no sofá, ao meu lado.

— Não. Um minuto na boca, uma vida nos quadris.

— Vá se foder! — digo, pegando um bocado ainda maior.

— Tenho que voltar ao trabalho.

— Então por que me chamou para vir aqui? — pergunto, agora com a respiração quase de volta.

— Só queria ter certeza de que estava bem. — Ele se vira para mim em um de seus muitos raros momentos sinceros. — Você está? Bem mesmo?

Concordo com a cabeça, devagar. Então me viro para olhar para ele. É estranho. Vejo tanto de Ellie nele, e, imediatamente, algo queima em minha alma: para que fazer uma cara corajosa para ele? Balanço a cabeça.

— Não. Nem um pouco, na verdade.

Ele acena com a cabeça, afagando meu braço, com carinho.

— Que surpresa — diz ele, e posso ouvir que seu tom mudou. É caloroso, honesto e aberto. Este não é o Marty que conheço, que ri de tudo, mas alguém muito diferente. Alguém que de fato se importa e não tem medo de agir assim.

Acho que ele vai me abraçar e, por apenas um segundo, percebo que ele nunca me abraçou em toda minha vida. Isso seria superestranho, mas tudo bem, ele não abraça. Em vez disso, fica de pé e caminha de volta para as gaiolas. Olha para baixo na fileira, perto do fim, para um filhote de golden retriever que parece particularmente triste, e abre a gaiola, pegando-o e trazendo-o. Ele o entrega a mim.

— O que está fazendo?

— Este é o Jasper. Ele é fofo e, mais importante, teve educação sanitária.

Pego Jasper. Imediatamente, a coisinha lambe meu rosto.

Estou apaixonada.

— Fique o tempo que quiser. Coloque-o de volta, quando terminar. Eu ficaria, mas tenho um cocker spaniel com dor de garganta que precisa de mim.

— Está me dando um cachorrinho para brincar?

— Estou te dando um animal de apoio emocional.

— Esta é a melhor coisa que alguém poderia ter feito.

— Eu sei. Sou incrível. Aceite isso.

Ele assanha meu cabelo enquanto se afasta.

— Sabe o que você precisa fazer?

— Roubar esse cachorro?

— Sair esta noite — responde ele.

OK. Totalmente diferente do que eu esperava.

— Você está se oferecendo?

— Não. Tenho um encontro. Mas não é bom para você ficar deprimida a noite toda. É sábado à noite. Precisa sair para dançar.

— Preciso fazer mais que dançar.

— Sim, precisa. — Ele está sorrindo, como se fosse minha própria fada-madrinha mais promíscua. Sei o que quer dizer, é claro. A mente dele só pensa na mesma coisa desde o fim da adolescência. Normalmente, eu jogaria alguma coisa nele de novo e diria que quero mais que apenas sexo sem sentido.

Porém, de maneira estranha, apenas esta noite, talvez não queira. Talvez só precise liberar alguma tensão. Talvez precise parar de me preocupar tanto e me divertir mais. Foi o que minha mãe também me disse — embora, para ser justa, talvez ela não estivesse falando de sexo casual.

Sento-me e fecho os olhos, enquanto Jasper passa as adoráveis patinhas por meus ombros. Cara, esse cachorro é tão perfeito!

— Você tem planos para hoje à noite? — pergunta Marty.

— Sabe — digo enquanto minha mente traz de volta os eventos da semana —, acho que tenho.

Jasper dá um pequeno uivo de lamento, e sinto que tudo está certo no mundo.

— Bem, amanhã você me conta como está. Roube o cachorro, e, juro, você nunca mais verá BubbaWubba. Basicamente porque vão cassar minha licença.

Ele me dá uma última piscadela e vai embora.

Não demora muito para Jasper lamber as lágrimas do meu rosto, e nem me importo. Não são nem mesmo lágrimas de tristeza, apenas aquelas que ainda preciso expelir do meu corpo. Tenho um cachorrinho e um chocolate. Sei, apenas sei, que vou ficar bem.

E mais: vou transar esta noite.

37

Poucas horas depois, estou no apartamento do andar de baixo, cercada por sete jogadores de rúgbi comemorando a última noite de Dave em Londres.

Tive um início de noite interessante, ao menos. Envio uma mensagem a Dom dizendo que estou indo. Como resposta, recebo:

> *Dom Hipster do Andar de Baixo: 3 Out, 11:18*
> BELLAAAAAAAAA
>
> *Dom Hipster do Andar de Baixo: 3 Out, 11:18*
> CLARO QUE SIM!
>
> *Dom Hipster do Andar de Baixo: 3 Out, 11:18*
> Vista-se de branco

Acho estranho que haja um código de vestimenta, mas não estranho o suficiente para comentar. Então, é uma noite de "vestir branco". Isso é, tipo, normal. Não é um problema. Sei que Ellie tem um macacão branco incrível que eu sempre quis usar. Assim, logo que chego em casa, decido ir direto para o quarto dela, para... paro na cozinha, porque recebo um lembrete visual da minha própria estupidez. Annie está lá, mexendo um *curry* vegano, com um cheiro incrível. Atrás dela, ocupando toda a mesa da cozinha, devo acrescentar, estão dois alemães muito altos, com mais farinha na cara do que na massa de biscoito que estão moldando. Ambos estão rindo, e Annie (que, digamos, não é fã da erva) está rangendo os dentes, sem dizer nada.

Então novamente me dou conta de que Ellie não mora mais comigo.

Não estou acostumada com esse arranjo.

Gertie e Hans têm uma assadeira diante deles, esperando, imagino, que a massa de cookie cru ocupe o devido lugar. No entanto, ao que parece, nenhuma massa de cookie chegou ainda à assadeira. Em vez disso, ele é enrolado em uma pequena bola e, de maneira estranhamente sexual, colocado na boca do outro. Eu os observo por um tempo, enquanto fazem essa dança esquisita de rolamento e alimentação, e é hipnotizante demais. Desta vez, eles estão vestidos, mas a perna de Gertie está quase exposta por completo no vestido, e toda vez que ela abre a boca, inclina-se para trás, como se estivesse no meio de um orgasmo, e a perna nua treme. É superestranho. Como alguém torna erótica a ingestão de massa de cookie crua? Não sei, mas talvez sejam só eles. Talvez tornem tudo erótico.

Mesmo que tentasse, Annie não poderia parecer mais desconfortável.

— Argh! — digo, acidentalmente. Os dois alemães fazem uma pausa no ritual de acasalamento e olham para mim, confusos. — Não, não vocês! — digo rápido. — Eu só... não tenho nada branco. — Eles ainda parecem confusos. Não estou tão surpresa. — Continuem — acrescento.

Eles são bem obedientes e riem à toa enquanto voltam a suas atividades.

— Qualquer coisa branca? — pergunta Annie.

— Sim, vou sair com os caras lá de baixo — digo. — Quer vir?

— Vou ficar na casa de Rachel hoje à noite — diz ela, virando-se para o par alemão e olhando com muita raiva. Ó céus! Parece que Annie não é mesmo grande fã de nossos novos vizinhos.

— Tem certeza? Rachel também pode vir conosco.

— Não... Quer ir para a casa dela em vez disso? — diz ela.

Rachel é uma das transas casuais de Annie. Então, não. Além disso, esta não é uma noite de Netflix e relaxar. Esta noite, meus amigos, vou me dar bem.

— Não — concluo, acrescentando com orgulho. — Esta noite, estou planejando fazer sexo selvagem com um estranho.

— Isso não é você.

— É, sim.

— Você está bem?

— Todo mundo continua me dizendo para me divertir mais, então é isso que vou fazer: me divertir mais!

— Tem certeza de que é assim que você se diverte mais?

— Absoluta.

— Bom pra você — diz Annie.

Os alemães atrás de mim passam por cima um do outro. De alguma forma, a massa de cookie escorre pelo corpo de Gertie, e os olhos de Annie arregalam-se. Ela se vira para mim, claramente desesperada para jogar seu molho de *curry* sobre os dois, mas, contendo-se, diz:

— Tenho algo branco que posso te emprestar.

38

Então aqui estou eu usando o menor, mais apertado e revelador vestidinho branco que já vi. Annie é a mulher mais em forma que conheço, e todas as suas roupas visam mostrar isso.

Bato na porta, feliz por ter cumprido o código de vestimenta. Até ela se abrir, e eu perceber que "vestir branco" não é o código de vestimenta.

Azul é o código de vestimenta. Muito azul. O mais azul.

Eles estão cobertos de tinta, da cabeça aos pés, e vestindo o que só posso descrever como tangas brancas e estranhos chapéus de gnomo de jardim para completar o figurino. Dave está sentado à mesa recebendo os retoques finais de tinta azul brilhante, colocada rapidamente em seu rosto por um Donald muito feliz, e muito azul. Enquanto todos os outros estão bebendo cerveja, parece que Dean está tomando antigripal, uma vez que (mesmo azul) seu nariz parece ser vermelho-brilhante. Por que ele decidiu sair, não faço ideia, mas só posso imaginar que os outros não aceitariam uma gripe como desculpa para não festejar. Sam e Keno estão relaxando no sofá, ambos tão altos quanto os dois que deixei lá em cima, um minuto atrás. Stu é o complemento final do quadro. Está azul, mas, mesmo assim, parece completamente indiferente. Com certeza isso não foi ideia dele; ele, por certo, não votou nisso, mas lá estava ele, um pequeno Smurf azul rabugento em um mar de Smurfs azuis. Ele é, na verdade, o mais engraçado de todos eles, e, embora eu esteja chocada, só olhar para seu rosto azul sério faz minhas bochechas se abrirem em um sorriso largo.

— SMURFETTE! — grita Dom, enquanto abre a porta. Ele até tingiu toda a barba de branco para a ocasião, um lindo papai Smurf. Ele vem me tocar, e estremeço. Porém, a tinta secou, então nada mais que uma mancha azul pousa na palma da minha mão. — Hora de ficar azul!

— Não, não, não, não, não!!! — grito.

— Vamos! Somos os Smurfs!

— Por quê?

— É uma retrospectiva à nossa iniciação no rúgbi, lá atrás — alguém grita do outro lado da sala, como se aquilo, de alguma forma, fizesse sentido.

— Precisamos transformar você em Smurf também! — acrescenta Dom.

— Não posso ser um Smurf!

— Você pode, Bella!

— Você precisa!

Todas as vozes gritam ao redor da sala.

— AZUL! AZUL! AZUL — o coro continua. Donald, sorrindo como sempre, começa a se aproximar de mim, com a tinta para o rosto. Começo a entrar em pânico.

— NÃO, NÃO, NÃO! — grito, empurrando Dom para longe e ficando de pé, com a cadeira atrás de mim voando para trás. — NÃO POSSO FICAR AZUL! — Os rostos, que agora olham todos para mim, parecem atordoados. Minhas palavras fogem antes que eu possa me conter: — Olha, acabei de ter uma semana muito ruim. Fui expulsa da casa de um Lobo às quatro da manhã, e perdi meu sapato, e o Príncipe Encantado nunca me encontrou, e minha melhor amiga está se casando com um ogro, e meu colega de apartamento está dormindo com o homem mais lindo que já vi, e meus pais estão se divorciando, e os alemães lá em cima têm um balanço de sexo, e eu não tenho um cachorro, e todo mundo me diz que eu deveria parar de tentar levar tudo tão a sério e começar apenas a me divertir, o que acho que significa que preciso fazer sexo com um lindo estranho esta noite, e creio que isso pode me fazer feliz, e, de alguma forma, não acho que estar coberta de azul vá aumentar minhas chances!

Respiro fundo, pois meus pulmões tinham esvaziado por completo.

Olho ao redor da sala. Todos os catorze grandes olhos azuis estão piscando para mim. Oh, meu deus! O que eu fiz? O que foi que disse?

Pergunto-me como vou quebrar o silêncio. De súbito, vindo do silêncio doloroso, uma voz atravessa.

— BOOOOOOOAAAAAA!!! — grita Donald. De repente, como uma orquestra bem treinada, todos os outros se juntam.

— Bella na caça! — grita Dom para o grupo.

Eles estão todos assobiando para mim e comemorando. Subitamente, transformo-me de total esquisitona em *superstar*. Olho para baixo, com as bochechas ficando tão vermelhas quanto meu cabelo, completamente envergonhada. Porém, os gritos do meu nome continuam ecoando ao meu redor.

— Sinto muito por ter gritado — murmuro.

— Não, não, não, minha amiga. As desculpas são todas minhas! Não haverá azul para você esta noite! — grita Dom, sinalizando para Donald.

Donald joga fora o resto da tinta azul e a troca por cerveja, segurando--a alegremente contra a luz.

— Então, o plano de hoje, meninos... — começa Dom, reunindo sua bizarra congregação de avatares. — Antes de mais nada, vamos ajudar Dave a perder a virgindade. Em segundo lugar, e o mais importante de tudo, vamos encontrar um cavaleiro de armadura brilhante para nossa Bellatrix!

Todos, mesmo aqueles meio comatosos no sofá, aplaudem e riem. Alguém me dá uma cerveja para acompanhar os outros, e eu o faço, pronta para minha noite começar.

Ao meu lado, na menor voz que ouvi, ouço uma vocalização tímida.

— Não sou virgem... — diz Dave. Ele fala tão baixo que acho que sou a única a ouvi-lo e, para ser honesta, estou surpresa. Não porque ele não é virgem, mas porque essa pode ter sido a primeira vez que eu o ouvi dizer alguma coisa na vida.

No momento em que minha cerveja termina, a tropa de homens alegres está toda de pé, pronta. Sete Smurfs, euzinha e uma coleção de pubs repleta de solteiros elegíveis e de infinitas possibilidades.

Manda vir.

39

ESTOU BÊBADA!

De maneira nenhuma conseguiria acompanhar a velocidade de bebida de sete rapazes de rúgbi, mas, caramba, estou dando a isso uma boa chance. A outra coisa perfeita, é claro, é que não paguei por um único drinque a noite toda. O dia do pagamento veio e foi, minha conta bancária está mais saudável que nunca, e aqui estou, sendo cuidada por sete Smurfs de fala arrastada.

Eles me tratam como realeza. Nunca há um minuto em que não tenha alguém ao meu lado checando como estou e se certificando de que meu drinque esteja cheio. Percebo que, nesses braços acolhedores, estou tão segura quanto jamais poderia estar. Estou me divertindo muito, pulando de bar em bar, ficando cada vez menos envergonhada de ser vista com o Grupo de Smurfs completo e cada vez mais disposta a continuar nossa aventura no próximo bar.

A única coisa ruim de estar cercada por sete seguranças azuis é que isso, no fim, não atrai muitos homens. Eu estava perto do bar conversando com um cara, que, então, viu um dos Smurfs me entregar uma bebida, e, de repente, minhas chances foram embora. Os caras olhavam para o tamanho deles, para a cor deles, e rapidamente pediam licença. Sem querer, saí com sete empata-fodas crescidos, de rosto pintado.

Não que isso importe. Ainda estou tendo uma noite brilhante.

Em algum momento, após a meia-noite, estou esperando na fila do banheiro feminino e, antes que perceba, tirando uma selfie.

Eu: 4 Out, 01:09
Viu?????

Eu: 4 Out, 01:09
Eu saí!!!

Marty: 4 Out, 01:09
Sinto-me como um pai orgulhoso

Eu: 4 Out, 01:10
Con Smurfs?

Marty: 4 Out, 01:11
Não sei o que o autocorretor fodeu ali em cima

Eu: 4 Out, 01:11
NÃÃO, SMURFSSS de Verdade

Marty: 4 Out, 01:11
Tudo bem, Gargamela

Rio, verificando quanto tempo ainda tenho que esperar. Mais três garotas na frente, então entro no *Mirror Mirror*.

Ah, merda, quase me esqueci do Homem Misterioso! Pergunto-me se ele perdeu o interesse. Só há uma maneira de descobrir.

Bella Marble
Jon? Pal? George? Ringoo?

Homem Misterioso
Você já tentou George

Bella Marble
M sinto com sortw esta noit. Vou advihar

Homem Misterioso
Mal posso esperar para ver os nomes que você tem reservados para mim

Bella Marble
Qual é o seu nome?

Homem Misterioso
Não vai conseguir me pegar tão facilmente

Estou começando a ficar entediada de verdade. Esse jogo era divertido no início, mas está começando a parecer muito esforço para pouco retorno. Estou prestes a explodir por completo, quando vejo que ele dobrou a aposta. Enviou outra mensagem. Eu a leio, embora meus olhos estejam um pouco embaçados.

Homem Misterioso
Tendo uma boa noite, Cinderela?

Cinderela?

Sei que parece estúpido. Sei que sim, em especial porque a foto de perfil de desenho animado que escolhi é um sapatinho de cristal, e tudo mais. Porém, parece... não sei... um sinal. Senti um poder, uma estranha onda de poder. Posso fazer isso. Posso adivinhar o nome dele.

Só que recebo uma mensagem de texto, e isso me distrai.

Viro para o celular, perguntando-me se (apenas se) alguém poderia ter encontrado meu sapato. Se alguém poderia ter encontrado meu número. Se poderia ser, literalmente, o Príncipe Encantado.

Do jeito que minha noite está indo, acho que pode acontecer.

Argh! Não, não é o Príncipe Encantado. É apenas Marty. Idiota.

Marty: 4 Out, 01:17
Envie-me uma mensagem mais tarde, quando estiver em casa, a salvo, por favor

Ele é pior que meu pai.

Seja como for. A noite ainda é (meio que) uma criança, e uma cabine acabou de ficar livre, então não demora muito para eu lavar as mãos e voltar para a noite.

40

O grupo se desfaz pouco tempo depois. Acontece que, quando você está azul, é rapidamente reconhecido e expulso do bar, com a mesma rapidez. Dado que eu ainda amava todo o "não pagar por nada", fui embora quando todos eles o fizeram e me peguei deitada no sofá, com um Sam que dormia, um Donald muito alegre e um Dave (em breve na Austrália) sempre quieto.

Dom teve sorte; algo na barba branca realmente atraiu uma garota chamada Karen, que parecia legal no táxi de volta. Eles se retiraram cedo para um dos três quartos.

O pobre Dean tossiu e espirrou a noite toda, até que todo o azul ao redor do nariz e da boca desapareceu por completo. Assim que a porta da frente se abriu, ele foi direto para a cama, onde deveria ter ficado a noite toda. Stu fez uma bolsa de água quente para si mesmo, o que achei bastante adorável, mas não comentei, porque, por algum motivo, ele ainda parecia um pouco zangado, e teria sido muito assustador perguntar. Keno subiu para ver se Gertie e Hans estavam por perto, deixando nós três terminando as sobras de bebidas do esquenta, ao redor do sofá.

Depois de mais ou menos uma hora conversando sobre como consertar o mundo, Donald dá um bocejo de leão e levanta-se, espreguiçando-se.

— Tudo bem, meus amigos, é hora de fazer alarde.

— Aonde você vai?

Ele liga uma voz de exterminador, quando finalmente chega à porta.

— Eu voltarei — ele diz para a sala, explodindo depois em uma gargalhada.

Viro-me para olhar para Sam, roncando no sofá.

— Ele está sempre tão cansado? — pergunto.

— Sim, eu acho — responde Dave.

Dave, realmente Dave! Dave, o Quieto.

Exceto, é claro, que ele é o único a responder. Foi o único que restou. Olho ao redor da sala, perguntando-me se deveria ser hora de eu desaparecer lá para cima também. Porém, estou muito bêbada e com preguiça de ficar de pé. Sento-me por um tempo, deixando a calma do fim de uma noite tomar conta de mim.

— Grande dia para você amanhã, hein? — digo.

Viro para olhar para Dave, para ver se o deixei desconfortável ao falar diretamente com ele. No entanto, ele não parece se importar.

— Sim, bem...

— Se não se importa que eu pergunte, o que fez você querer se mudar?

Dave olha ao redor, para as garrafas vazias e para a mesa ainda coberta de tinta azul para rosto. Vira-se para a cozinha, onde há, pelo menos, uma semana de louça acumulada. Olha para Sam, roncando. Pergunto-me se algum dia ele vai responder.

— Eu só... — diz ele, baixinho. — A vida é um pouco... igual aqui.

— Igual não é bom?

— Igual é bom — concorda ele, acenando com a cabeça, educadamente. — Eu só... Acho que eu poderia ser mais feliz que bom.

— E você acha que será mais feliz na Austrália?

Eu meio que não espero por uma resposta. É engraçado, mas, considerando quanto esta sala de estar é barulhenta toda vez que a visito, parece estranhamente inquietante estar aqui quando está tranquila. Além disso, de todos os que restam, Dave é aquele com quem nunca consegui conversar. Então, não espero que comece agora.

Exceto pelo fato de que, quase como se estivesse me desafiando, ele o faz.

— Acho que, enquanto estiver aqui, vou seguir os mesmos padrões, e não creio que isso seja bom para mim agora — responde ele. Sua voz é tão suave que não combina nada com seu exterior bastante corpulento. Quero dizer, o homem é todo músculo, mas fala como se não tivesse nenhum. É adorável mesmo. Uma pequena alma em um grande corpo. — Sei que é um pouco estúpido. Quero dizer, amo este lugar. Amo esses caras. No entanto, enquanto estiver aqui, não vou...

— Não vai o quê?

— Não vou crescer. — Ele olha para mim, como se tivesse dito algo errado, e, honestamente, não o conheço o bastante para fazer meu próprio comentário. — Estou com esses caras há anos, e eu os amo, amo. Mas isso não vai ficar assim para sempre, e... eu... não sou o tipo de cara que se dá bem sozinho. Então, em vez de esperar que todos se afastem, como provavelmente farão um dia, por que não faço isso nos meus próprios termos, sabe?

Ele balança a cabeça, olhando para o chão, como se isso fosse estúpido. Estou um pouco bêbada demais para reagir, mas sóbria o suficiente para ouvi-lo alto e claro. Aceno com a cabeça, bebendo o restante da Heineken na minha mão. Não tenho certeza se quero esse tipo de conversa agora.

Então, mudo de assunto.

— Qual de vocês realmente mora aqui?

Dave sorri. Dá uma olhada rápida em Sam, para verificar se ainda está dormindo.

— Dom, Stu e eu, pelo menos até amanhã — responde Dave. — Sam vai se mudar para cá depois disso.

— Então, Dean está no seu quarto? Isso é legal de sua parte: dar seu quarto a ele. A noite toda, ele parecia que ia morrer.

— Sim... embora — Dave olhou para as portas dos três quartos, sem jeito — ... tecnicamente, Dean está no quarto de Stu. Stu está no meu.

— Por que Stu está no seu quarto?

— Porque Dean estava no dele?

— Mas por que isso significa que Stu pega o seu?

— Só Stu, na verdade. Está tudo bem. Ele liga para esse tipo de coisa mais que eu. Não me importo com o pufe.

Ah, meu deus! Dave não é apenas quieto; ele é legal!

Essa é a qualidade dele: é apenas um cara legal. É o bonzinho em uma casa de homens que, na maioria das vezes, provavelmente se colocam em primeiro lugar. Ele dá de ombros, todo tímido e doce, e meu coração explode por ele. Não é à toa que está saindo. Conheço esses caras há três anos e presumi que Dave fosse chato, mas ele não é, de jeito nenhum. É só o único introvertido de verdade, em um bando de rapazes fanfarrões.

Olho para o meu telefone. Está ficando tarde. Talvez seja hora de ir embora, mas mesmo olhar para a tela inicial traz uma lembrança. Rapidamente, vou para minhas mensagens.

Marty: 4 Out, 01:17
Envie-me uma mensagem mais tarde, quando estiver em casa, a salvo, por favor

Eu: 4 Out, 03:02
Casa

Eu: 4 Out, 03:02
Pare de entrar em pânico

Eu: 4 Out, 03:03
Não, sério, cancele a busca

Eu: 4 Out, 03:03
Mas, sério, eu estou de volta

Sorrio com minha própria piada (ela nem sequer é boa), e Dave me pega no flagra. Ele também sorri.

— É o cara com quem você está saindo?

— Eca, não! Só um amigo.

— Só um amigo?

— Nem mesmo isso. Irmão da minha amiga.

Dave ri um pouco, baixinho.

— Estou falando sério — digo.

— Eu sei — diz Dave, de maneira pouco convincente.

— Não. Estou... Tipo, ele estava em um encontro, e tudo mais.

— OK!

— Não, você está rindo. O que foi? — Também estou rindo. Eu o empurro, e ele balança para o lado. Na realidade, não há nada que eu pudesse ter feito que pudesse fazê-lo se movimentar fisicamente. O homem é um tanque, e eu sou, na melhor das hipóteses, um cortador de grama de brinquedo.

— Bem, é assim que todas as comédias românticas começam, não? — diz ele, rindo. — "Ele é só um amigo", então... não sei. — Dave está sorrindo docemente, e não consigo nem ficar brava, mas, para ser justa, ele não conheceu Marty. Se o tivesse conhecido, saberia.

— Aliááásss, foi ele quem me disse que eu deveria ficar com alguém esta noite. — Exagero na pronúncia, para deixar claro, e Dave se acalma.

— Ah, sim. Desculpe, não encontramos um príncipe encantado pra você.

— Sinto muito não termos encontrado alguém para que você pudesse perder a virgindade.

— Não sou virgem — diz ele, na defensiva.

— Bem, não estou procurando o príncipe encantado — respondo. — Então, parece que nós dois estamos errados.

— Você não está? — Ele parece bem confuso.

— Essa é toda a questão. Passei tempo demais procurando o príncipe encantado e não cheguei a lugar nenhum.

Ele ri, docemente.

— Então, o que está procurando?

— Não sei. O Chapeleiro Maluco?

Nós dois estamos rindo. Viro-me para encará-lo e vejo como seu rosto azul se enruga. A pintura do rosto sai de suas linhas de riso.

Acho que gosto bastante de Dave, na realidade.

— Que tal um Smurf? — diz ele, enquanto nós dois estamos rindo.

Quero dizer, ele está brincando. Está brincando. Ele está brincando.

Ele está brincando?

Minha própria risada para, logo antes da dele, e... Quero dizer, não sei como me reorganizei, mas, de alguma forma, estou olhando nos olhos dele.

— Não acho que esse seja um dos contos de fada.

— Pensei que não quisesse contos de fada.

Ele ainda está brincando. Só que está meio que olhando para mim. Não sei como. (Realmente não sei, mas meu rosto está bem próximo ao dele agora.) Posso sentir a respiração dele contra meus lábios, mas ele ainda está brincando. A sala está escura. É tarde (ou melhor, é tão tarde que é cedo). Ele está parado...

— Fodam-se os contos de fad…

Nem chego ao final da frase. Não sei se é a cabeça dele que se move para me beijar ou se é a minha que se inclina para a dele, mas, de repente, os lábios dele estão sobre os meus. Posso sentir o toque suave enquanto ele acaricia a parte de trás do meu pescoço e… — puta merda! Para um cara tão grande, os lábios dele são macios e…

Nós dois ouvimos um ronco. Isso nos separa. Eu me viro. Sam está logo atrás de nós, ainda dormindo. Viro-me para Dave, um pouco chocada. Não consigo acreditar que acabei de beijá-lo. Não consigo acreditar que acabei de beijar Dave, o "Quieto". Mais importante, não consigo acreditar que Dave beija tão bem.

— Acho… acho que… — começo a dizer, mas Dave já acena com a cabeça, entendendo.

— Está tudo bem. Não me importo, você pode ir. Não vou me ofender. Quero dizer… — Ele encolhe os ombros, timidamente, e isso faz todo meu coração se aquecer por ele. — Quero dizer, estou indo para a Austrália amanhã.

Olho para ele, olho para Sam, olho para ele.

— Eu ia dizer que acho que devemos ir para o banheiro, talvez? — digo.

Para um cara tão grande, uau!, ele se moveu rápido.

41

Depois de duas horas incríveis, três orgasmos alucinantes e um hematoma acidental autoinfligido na canela, o banheiro parece uma cena de assassinato de unicórnio. É possível ver nosso rastro de paixão marcado por estranhas manchas azuis e borrões, em toda porcelana branca, porque (e eu poderia ter imaginado) suor e outros fluidos corporais misturados com tinta significam que, o que começa como sexo selvagem com um Smurf, se transforma em um abraço com um humano manchado, em um banheiro recém-redecorado. O assento do banheiro está totalmente coberto; a pia, em parte, o que é bastante impressionante, dado o ângulo em que eu estava durante aquele período da noite; a borda da banheira… Bem, quando chegamos a essa posição bem interessante, a maior parte do azul havia se espalhado pelo chão, que parecia algo mais próximo de uma pista de patinação no gelo do que qualquer outra coisa.

Meu vestido branco (ou, para ser mais precisa, o vestido branco de Annie) perdeu a pureza bem rápido, com nossos pequenos esforços e uma marca de mão azul comicamente grande em minha nádega esquerda, a qual não quero justificar. Eu me importaria, realmente me importaria, só que esse é o primeiro clímax real que um homem me dá em... cinco anos? Como Dave é um cara legal, parecia muito preocupado em agradar a mim antes de agradar a si mesmo, o que foi maravilhosamente revigorante. Não demorou muito para ele causar em mim o mesmo efeito que meu coelhinho rosa me proporciona três vezes por semana, só que com o dobro da satisfação e com muita massa para agarrar depois.

Dave é um cara grande. Gosto disso nele. As paredes estão tão manchadas quanto o restante do banheiro, por ele ter me carregado com as pernas em volta dele, como naquelas comédias românticas, com as atrizes que são todas leves como um amendoim.

Aterrissamos na banheira, ou melhor, aterrissei nele, enquanto ele aterrissava na banheira, com o chuveiro ainda ligado, por volta das quatro da manhã, como alienígenas aquáticos coloridos, exaustos.

Após um banho compartilhado, ele me dá um beijo de despedida, e minha noite com o Grupo de Smurfs termina. Ele é gentil o suficiente para pedir meu número, e sou inteligente o bastante para não dar, mas agradeço a ele o gesto, de qualquer modo. Foi um show de noite, e ambos sabemos disso, mas ele é bom o suficiente para não me fazer sentir barata, e gosto disso.

Enquanto subo as escadas, deixando Dave limpar a bagunça que fizemos, começo a perceber que, depois de toda merda por que passei, isso era exatamente de que precisava. Talvez, apenas talvez, Marty estivesse certo, afinal. Talvez eu precise de mais disso.

Chega de mágoa e de esperanças perdidas. Chega de buscas infrutíferas e de lágrimas. Não preciso, nem um pouco, de um príncipe encantado.

Cancelem a busca. Desliguem o desespero.

Só preciso de mais alguns Smurfs e presumo que vou ficar bem.

42

RAPIDAMENTE, ENFIO O VESTIDO DE ANNIE NA MÁQUINA DE LAVAR, NA esperança de que ainda possa sobreviver ao ataque.

Como se ela se importasse. Moro com Annie há três anos e nenhuma vez, durante esse tempo, eu a vi usar a mesma roupa duas vezes. Talvez tenha feito um favor a ela. Talvez tingi-lo lhe dê uma nova vida aos olhos dela, ou, talvez, o que é mais provável, ela fique um pouco irritada, mas siga em frente.

Rastejo para a cama, mas não estou nem um pouco cansada. Nunca me senti tão viva. Estou vibrando com minha própria felicidade. Nunca tive um encontro de uma noite antes — até tive, para ser mais precisa, mas a parte do "encontro de uma noite" nunca foi nos meus termos. É empoderador. Não é à toa que Annie se deleita com esse sentimento. Não é de admirar que Marty nunca queira que isso acabe. Como tenho sido estúpida, perdendo essa porção maravilhosa da vida, que tem estado disponível para mim, por anos.

Pergunto-me o que fazer a seguir. Dormir não é uma opção, já tomei banho e não estou com muita fome. Vou para o celular, em busca de inspiração, quando o vejo. Um pequeno ícone de (!) ao lado do aplicativo B-Reader.

Há quanto tempo isso está lá? Com toda distração do divórcio nem pensei duas vezes nisso, mas agora ele está olhando direto para mim.

Talvez seja outro comentário, penso, alegremente. Talvez @sir-readalot tenha decidido compartilhá-lo com um amigo, e talvez eles também tenham escrito um comentário.

Ó deus, por favor, não deixe que seja ruim. Quase não o toco, com medo — acabo de ter uma noite maravilhosa e não quero que nada a estrague agora. Porém, mesmo enquanto penso nisso, sei que não posso esperar. Agora eu vi o (!). É hora de arrancar o Band-Aid, como uma menina crescida.

Demora um pouco para carregar. Cada volta da pequena roda na tela me dá um nó nos nervos. E pensar que eu tinha acabado de me soltar. Agora, estou tensa outra vez.

Trinta e duas notificações.

O quê?

Acho que li errado. Talvez sejam duas notificações, e meus olhos estejam bêbados demais para focar? Talvez, com esforço, apenas três. Verifico de novo. Não. É, definitivamente, trinta e duas.

Vinte e nove curtidas, três comentários.

Minha boca está aberta, mas a fecho, rapidamente.

Vinte e nove curtidas? Vinte e nove pessoas gostaram? Vinte e nove estranhos leram *Minha Noite com o Lobo Mau* e decidiram passar o mouse sobre os pequenos polegares para cima e, mais ainda, que valia a pena pressionar o dedo indicador para clicar nele?

Choro um pouco. Obviamente. Sou uma chorona, ainda um pouco bêbada, e esta é uma oportunidade perfeita para chorar. Vinte e nove pessoas gostaram dele!

Clico para abrir os comentários e os leio, percorrendo as palavras.

@hpfangirl
Parece um babaca. Que venha o Capítulo 2.

— Ele era um babaca! — digo em voz alta, na escuridão. Que venha o Capítulo 2? Eles querem mais?! Hpfangirl quer outro capítulo?

Próximo comentário:

@BeenThereRedit
Meio bleh

OK. Não tão bom. Isso me colocou um pouco de volta na minha caixa, mas não o suficiente para esquecer que vinte e nove pessoas gostaram. Vinte e nove! Olho para o último.

@mayfleur
Acha que vai passar pelo mesmo conto de fadas ou misturá-los um pouco? Amei a parte 1!

ELA AMOU.

Ah, meu deus, meu coração não consegue se conter! Primeiro "LOL", agora isso?

Ela está até fazendo uma pergunta. Uma pergunta! Está interessada o bastante para ter interesse ativo no livro!

O livro — o livro inteiro. Eu nem tinha escrito a coisa como capítulo. "Capítulo 1" foi apenas o rótulo que o site deu a ele. Ela traz à tona uma boa pergunta — nem sei para onde vou a partir disso. Não é como se fosse haver um romance épico entre mim e o menino-lobo. Duvido que volte a vê-lo na vida e, mesmo no mundo fictício, não quero nunca mais imaginar seus pés peludos.

No entanto, @mayfleur traz um bom questionamento. Talvez não seja mesmo a história da Chapeuzinho Vermelho...

A inspiração acende em minha mente. Estou rindo antes de chegar à tela do notebook. Quando ele liga, sei exatamente o que meu Capítulo 2 conterá.

Lá está ele, o cursor preto piscando, só que agora não está olhando para mim. Está aceso, carregado, pronto para minha imaginação hiperativa incendiá-lo.

Capítulo 2: Branca de Neve e os Sete Smurfs

Escrevo o título e depois disso o capítulo inteiro basicamente se escreve sozinho.

43

Enquanto durmo pelo restante do domingo, minhas "curtidas" crescem, de 29 para 34. É um aumento de 17%, em apenas algumas horas. Isso me deixou tão feliz que quase chorei. Isso é uma grande mentira; é claro que chorei. Nunca gostei de matemática antes. No entanto, quando vejo uma estatística como essa sendo lançada, de repente os números se tornam meus amigos, e, cara, como preciso de mais alguns amigos.

A casa permanece vazia, ou melhor, está cheia, com dois alemães sexualmente ativos, mas Annie não voltou da casa de Rachel, e Simon, provavelmente, ainda está em Paris. Apesar de eu ter tido um encontro selvagem ontem à noite, não tenho ninguém com quem compartilhar isso, de imediato.

Então, como todas as boas mulheres solitárias em seus vinte e poucos anos, pego meu celular.

Eu: 4 Out, 16:02
Posso ir até aí?

Leio nossos textos anteriores e rapidamente percebo meu erro. Sem jantares grátis até a próxima semana. Droga!

Eu: 4 Out, 16:02
Oh, não, desculpe. Esqueci que você estava ocupada

Eu: 4 Out, 16:02
Então me diga quais datas são boas para você na próxima semana!

A Elsa da minha Anna: 4 Out, 16:06
Claro que pode vir, mas não tenho certeza se vai querer

Eu: 4 Out, 16:07
Por que eu não iria querer?

A Elsa da minha Anna: 4 Out, 16:08
Mark está em casa

A Elsa da minha Anna: 4 Out, 16:08
O colega dele está aqui para o jantar

Faço uma pausa.

Não porque Mark está em casa. Claro que Mark está em casa. É domingo. Ninguém faz nada no domingo, além de ficar em casa. Na verdade, porém, me entristece que ela tenha escrito isso, em primeiro lugar. Sei que ela sabe que não gosto dele, mas isso sempre foi tão implícito. Agora, vendo assim em preto e branco, me faz sentir uma verdadeira idiota.

Eu: 4 Out, 16:10
Contanto que você não se importe que eu participe...

A Elsa da minha Anna: 4 Out, 16:11
Claro que não! Isso seria incrível!

A Elsa da minha Anna: 4 Out, 16:11
Pra ser honesta, acho Phillip um pouco chato, então graças a deus!

A Elsa da minha Anna: 4 Out, 16:11
Ah! Estou fazendo um assado

A Elsa da minha Anna: 4 Out, 16:11
Você quer um assado?

Eu: 4 Out, 16:12
Isso é uma pegadinha?

A Elsa da minha Anna: 4 Out, 16:12
Tudo bem se for porco?

Eu: 4 Out, 16:12
Por que está perguntando?

A Elsa da minha Anna: 4 Out, 16:13
Não sei

A Elsa da minha Anna: 4 Out, 16:13
Annie pode ter convencido você a se tornar vegana, ou algo assim

Eu: 4 Out, 16:13
Não mudei muito desde a última vez que você me viu

Ah, mas mudei, penso.

É estranho. Não quero me precipitar, mas nunca fui do tipo que propositalmente tinha encontros de uma noite antes. Quero dizer, tive minha cota de primeiros encontros, que foram bem o bastante para eu passar a noite, mas aparentemente não foram bem o bastante para eles pedirem o segundo encontro. No entanto, procurar, de forma específica, por uma transa "sem compromisso"? Esse é um jogo bem diferente. Também nunca fui do tipo que publica o próprio trabalho antes — embora apenas o único capítulo, mas mesmo assim. Talvez Ellie tenha o direito de suspeitar.

A Elsa da minha Anna: 4 Out, 16:13
Vejo você às dezoito horas?

Eu: 4 Out, 16:14
Serei aquela que estará bufando e assoprando para derrubar sua casa

Eu: 4 Out, 16:14

A Elsa da minha Anna: 4 Out, 16:15

Quase pulo para a casa dela. Mais precisamente, pulo para o metrô e espero durante uma hora e meia por causa do serviço lento de domingo. Rapidamente, percebo que deveria ter usado um suéter sob o casaco, não apenas um top de alça preta. Cada vez que as portas do metrô se abrem, fico tremendo. Trem no destino, pego o Google Maps para a última etapa da jornada, e ainda me perco nas ruas laterais, até chegar à porta do pequeno apartamento deles.

Não sei o que imaginei. Lembro-me de ver o apartamento em fotos, é claro. No entanto, como fazia careta para a tela toda vez que me era mostrado, não tive uma visão muito clara. Agora, parada do lado de fora, e olhando para dentro, minha primeira impressão é um pouco decepcionante.

De certa forma, pensei que Ellie estivesse subindo de padrão. Eu estava imaginando o mais chique dos apartamentos, com porteiro, como naqueles prédios de apartamentos de Nova York, e serviço completo de concierge, atrás de um lindo saguão de mármore. Exceto que, óbvio, é apenas mais uma casa vitoriana. Sei que Ellie está pagando muito mais por isso, e, mesmo assim, embora menor, é semelhante àquele que compartilhamos juntas, por oito anos.

Ainda assim, quando seu rostinho de coelhinha aparece, sou toda "mas como isso parece legal" e "que rua adorável". Porque é isso que amigos solidários — que não estão guardando ressentimento em relação a namorados parecidos com ogros — dizem.

Para ser justa, enquanto subo as escadas para entrar, atravessando a nova porta da frente, tudo começa a fazer mais sentido, porque o apartamento em si é a coisa mais adulta que vi. Plantas, plantas vivas — diferentes daquela morta que apodreceu na beirada do parapeito da nossa cozinha, durante dois anos — estão espalhadas por toda parte. Os móveis parecem combinar conforto e estilo, e não foram construídos para a vida de inquilinos, como os de nossa casa. Há um tapete no chão, que de fato foi aspirado, e porta-copos na mesa, prontos. A cozinha deles tem a própria despensa, que tem uma prateleira de temperos de verdade, e, sim, todos os potes estão cheios e prontos para cozinhar. Eles têm tigelas combinando, e um conjunto de facas afiadas, e uma pilha de cobertores ao lado da televisão, preparados, caso fiquem com um pouco de frio enquanto assistem à TV. Aposto que eles até as dobram de novo, antes de irem para a cama, e tudo mais.

Mark está sentado à mesa, no meio de uma conversa com alguém que parece igualmente esquecível. Eu os cumprimento com um sorriso perfeito como se fosse a convidada perfeita. Porque esta é, claramente, uma casa para adultos, e estou determinada a agir como uma.

44

— TEMOS QUE ESCREVER IMEDIATAMENTE TODOS OS BONS CONTOS DE FADA! — grita Ellie, pulando para ficar de pé.

Acabei de mostrar a ela minha conta do B-Reader, e ela está, de certa forma, ainda mais animada que eu com a coisa toda. Eu não tinha permissão para falar sobre isso antes da refeição, porque, por alguma razão, Mark queria que a conversa fosse apenas sobre ele e trabalho. No entanto, marketing de performance é realmente chato, e, como para provar o argumento, seu colega de trabalho pode ser o único homem no mundo que achei mais desinteressante que o próprio Mark.

No segundo em que Phillip (esse era o nome dele: Phillip, um nome bem mediano) foi ao banheiro, depois do jantar, não consegui evitar expelir a palavra vômito nos ouvidos de Ellie. Mark deixara bem claro que a conversa deveria terminar no momento em que Phillip voltasse. Agora, porém, quase dez minutos mais tarde, ele constrangedoramente ainda não havia saído do banheiro (todos sabíamos e não dissemos nada), dando-nos tempo suficiente para mergulhar mais fundo.

Ellie vai direto para caderno e caneta, em vez de qualquer coisa eletrônica. Velha guarda, de verdade. Nesse instante, eu a amo mais que tudo.

— Certo, então você riscou *Chapeuzinho Vermelho* e *Branca de Neve* — diz Ellie, anotando-os e riscando-os. Se estivesse sozinha, tenho certeza de que seria o máximo aonde teria chegado, mas aqui estava ela, pronta. — *A Pequena Sereia*?

— Tenho a cor de cabelo para isso... — digo, pensativa, torcendo os cabelos loiro-avermelhados. Ellie escreve em letra cursiva grande, tão diferente dos rabiscos que sempre vejo em suas pastas de trabalho. Está usando seu tempo para mim. Amo isso. — Mas o que eu faria por esse? Nadar um pouco no centro de lazer e esperar que algum salva-vidas me encontre?

— Você poderia seguir o caminho do canto. Ama karaokê.

— Eu teria que ficar muda para torná-lo autêntico, e sou uma grande tagarela. Acho que não duraria. Talvez devêssemos...

— Devo colocar um ponto de interrogação nesse?

Ela leu meus pensamentos. Claro que leu.

— Sim, voltaremos para Ariel depois. Quais são os outros?

— *Os Três Porquinhos*?

— Ah, acho que já tive minha cota de lobos e não estou tão desesperada para me lançar em um quarteto, só por causa da minha escrita...

— Este é um bom argumento. Vou riscar os porquinhos.

— *A Bela Adormecida?*

— Essa história parece mais uma agressão sexual que um romance.

— Você está certa. Não acho que quero isso, de jeito nenhum.

— *Shrek?*

— Esse é ótimo! E bem fácil, suponho. É provável que eu pudesse encontrar um grande escocês, em algum lugar. Na realidade, há um cara no trabalho originalmente de Glasgow. Aposto que tem alguns amigos. Nunca dormi com um escocês antes.

— Você sabe que não precisa, né? — contribui Mark.

Nós duas paramos. Acho que havíamos esquecido, vagamente, que ele estava lá.

— Oi? — pergunto.

— Bem, é que... é uma história, não é? — pergunta Mark. — Na verdade, você não precisa dormir por aí, para isso. Sempre pode usar a imaginação. Como a maioria dos escritores.

Tento manter o sorriso no rosto. No entanto, observá-lo recostado na cadeira, como um rei gordo ao final de um banquete, me dá vontade de mostrar a língua ou algo igualmente imaturo. Eu me contenho, porque (lembro a mim mesma) estou incorporando a vida adulta.

Viro-me para Ellie, ignorando-o.

— Algum outro?

— Que tal *A Bela e a Fera?* — pergunta Ellie. — Seu nome combina com esse!

— Mulher aprisionada apaixona-se pelo homem lobo, parte dois?

— Qual é o problema com contos de fada e homens peludos e assustadores seduzindo mulheres bonitas?

— Misoginia ancestral?

— Talvez alguns precisem de atualização.

— Não é o pior. Gosto de livros, mas, de novo... Não acho que ninguém que eu conheça vá vencer Charles Lobo em termos de conteúdo de cabelo, e eu meio que acho que, se não conseguir fazer isso da forma correta, não há sentido em fazê-lo.

— Estou confuso — diz Mark. O que me irrita, porque ele realmente não faz parte da conversa. Então, não precisa ficar confuso a respeito de nada. — Você está falando sério quando diz que vai dormir por aí para conseguir todas essas histórias?

— Não — digo. — Eu disse, especificamente, que não ia dormir com alguém para conseguir *A Bela e a Fera.* E é por isso que esse conto pode ser riscado da lista. — Aceno com a cabeça para Ellie, que risca uma grande linha sobre a própria caligrafia.

— OK, tudo bem, esse não. Mas está nos dizendo que planeja ter essas transas ridículas de uma noite ou só escrever sobre elas?

— Acho "ridículo" um pouco duro.

— Então você está?

— Não vejo por que não.

— É só uma história, Mark — acrescenta Ellie, tentando apaziguar a situação, para que não se intensifique. — Ela quer escrevê-la.

— Escrevê-la ou vivê-la? — questiona Mark. — Porque agora você está explicando de um jeito como se isso não fosse ficção.

— É não ficção! — digo.

— Então está planejando dormir com todos eles?

— Bem, sim. Obviamente.

— Espere... Você está? — foi Ellie desta vez. Ellie.

O que estava acontecendo aqui?

— Sim, eu estava. Isso foi o que acabei de dizer a você — digo, apenas para ela. Pensava que ela estivesse sendo sincera.

— Você não pode simplesmente dormir com homens aleatórios para escrever este *B-book* ou o que quer que seja! — Mark está rindo do canto, e isso está me enfurecendo.

— É um livro de verdade. E por que não poderia?

— Bella — diz Ellie; está sorrindo para mim, com ternura. Ela claramente não é fã do comentário de Mark. Tampouco o está colocando de volta no lugar, o que, de fato, dói. Ela parece preocupada de novo, mas isso é normal. Ela é preocupada. — Bella, você não vai realmente dormir por aí para escrever esses contos de fada, né?

— Por que não? Já dormi para dois deles.

— Mas você odiou o encontro com o homem-lobo, lembra? Não quer mais disso, com certeza — diz Ellie, nervosa.

— Bem... OK... não, mas nem todos precisam ser assim. Dave foi incrível.

— Dave? — pergunta Ellie.

Percebo que, na realidade, não havia contado a ela sobre a noite, apenas sobre a escrita. Talvez seja por isso que ela não entende.

— Sim, Dave do andar de baixo.

— Dave, o Quieto?

— Exato! Dave, o Quieto! Ele era o Smurf!

— Então isso aconteceu de verdade? — Ellie parece completamente surpresa.

— Só porque teve uma boa transa de uma noite não significa que possa simplesmente planejar mais. Não funciona assim — Mark participa, mais uma vez. Sério, quem está perguntando a ele?

— Homens planejam transas de uma noite o tempo todo — retruco.

— Mas você não é homem — aponta Mark. Sinto a raiva subir pelo meu corpo.

— Então, um homem pode dormir por aí, mas, quando uma mulher quer sexo sem consequências, de repente é tabu?

— Ele não está falando sobre o sexismo disso — insiste Ellie. — É que... não é muito a sua cara, é?

— O que quer dizer com não é muito a minha cara?

— Bem, antes você nunca queria, de fato, uma transa de uma noite.

— Talvez agora queira!

— O quê? Estamos fora há uma semana, e, de repente, você é uma pessoa totalmente nova? — pergunta Mark.

— Bem, talvez eu seja!

— Pare com isso...

— Vocês seguiram em frente na vida. Por que também não posso?

— Seguiram em frente? Você acha que se prostituir é "seguir em frente"? — Mark ri.

— Se prostituir?! — Posso sentir as bochechas ficarem vermelhas, enchendo-se com sangue, fazendo minha têmpora latejar. Ellie não diz nada. Absolutamente nada. — Não estou me prostituindo! Estou me divertindo! Algo que você, é bem possível, não sabe muito a respeito!

Ellie começa a falar, antes do fim da minha frase. Então, acho que perdeu meu último comentário, mas Mark, por certo, não. Posso vê-lo mordendo as palavras, com os olhos esbugalhados. Ele é como um boneco de corda dentro da caixa, prestes a explodir.

— Bella, chega, não vamos discutir — diz Ellie, tentando agir como mediador, como sempre. — É só que, desde que a conheço, você sempre quis o grande final de conto de fadas, com o casamento branco. Só estou... surpresa que tenha desistido disso. Isso é tudo.

— Não desisti.

— Bem, você não vai encontrar um príncipe encantado dormindo com todos os outros personagens — diz Mark, com a voz cheia julgamento.

— O que ele está tentando dizer — acrescenta Ellie, rapidamente — é que isso parece um passo para longe do que você quer, de fato.

— Isso não é, de forma nenhuma, o que ele está tentando dizer — digo a ela.

Mark estende as mãos, para nos silenciar. Esse movimento, por si só, me faz querer derramar sobre ele minha água com gás sem gelo. Eu me contenho.

— Isso é a autodestruição clássica acontecendo aqui — ele começa a explicar, de forma paternalista.

— Não acho que chamaria de "autodestrutivo" ter orgasmos múltiplos, Mark.

— Olhe — diz ele —, sei que com a situação de seus pais...

— Meus pais? É sério que está trazendo meus pais para isso?

— Quando meus pais se divorciaram... — começa Mark, mas isso é demais para mim, de verdade.

— Meus pais não são nada como os seus, Mark. Não os compare!

Depois disso, há uma pausa. Há uma descarga constrangedora, logo atrás de mim. Parece que Phillip terminou de usar o banheiro, afinal.

— Olha, eu não quis dizer...

— Não me importa o que você quis dizer, Mark. Que porra está fazendo, falando sobre meus pais? — Viro para Ellie, sentindo-me traída por ele saber. Eu disse a ela, não a ele. Ainda assim, ela contou a ele. Além disso, ela nem sequer interveio para colocá-lo de volta no lugar. Sinto-me irritada, mesquinha e horrível, o que nunca pensei que sentiria em uma casa de Ellie Mathews. Não entendo como as coisas chegaram a esse ponto, mas estou pegando fogo agora. Não posso parar. Estou mordendo o lábio com tanta força que tenho certeza de que está sangrando.

— Eu só estava dizendo, quando meus...

Ah, ele vai continuar, de verdade. Então também continuo, parando-o, no mesmo instante.

— Ao contrário de seus pais, os meus realmente se importam um com o outro. Um não traiu o outro com um barman, com metade da idade deles.

Rapidamente, Mark se vira para Ellie.

— Você sabe?

— Claro que sei! Você não é a única pessoa em quem Ellie confia, tá legal? Sou a melhor amiga dela aqui, e você pode culpar sua própria vida chata de merda pelo fato de sua mãe ter escolhido viver um pouco. Mas eu, que finalmente escolhi me divertir mais, recuperando um pouco do controle que estava perdendo, não tenho nada com questões profundas com a minha mãe, como você parece ter. — Arrependo-me na mesma hora. Mesmo enquanto as palavras saem da minha boca, estou prestes a me desculpar por elas. Contudo, antes que eu o faça, Mark interrompe.

— Olha, se quer arruinar sua vida porque não consegue lidar com um pouco de mudança ao redor, tudo bem, mas não me arraste com você.

— Não estou arrastando você comigo. Estou me defendendo. Não se atreva a dizer merda sobre meus pais.

— Eu só ia dizer... — ele diz, com os dentes cerrados, como se lhe doesse fazer isso. — Sei o que está...

— VOCÊ NÃO SABE DE NADA! Não sabe nada sobre mim! — grito. Posso ouvir as palavras ecoando de volta para mim. Acho que estou chorando, mas não tenho certeza.

Então, ele parece estar prestes a parar. Porém, como um rolo compressor descendo a colina, ele agora começou; não pode se conter.

— Você acha que não a conheço? Claro que a conheço! Sei de todas as vezes que teve o coração partido, o que, a propósito, parece ser quase toda semana. Sei de toda vez que está se sentindo sozinha e perdida e com pena de si mesma. Conheço cada pensamento e sentimento que tem, não porque Ellie me diz, mas porque você conta a ela na minha cama, enquanto estou deitado lá. Sou a pessoa que segura vela em meu próprio relacionamento, tentando dormir no meu próprio quarto. Acredite ou não, eu a conheço melhor do que jamais quis, e é por isso que sei que isso vai acabar em um desastre. Isso vai acabar com você magoada, e chorando, e Ellie cancelando comigo mais uma vez para passar a noite com você, porque deus te livre de encontrar outras amigas para desabafar. Então, por favor, odeie-me por tentar fazer a coisa certa, antes que tudo isso fique fora de controle. Eu não deveria ter dito nada. Deveria apenas deixá-la continuar com isso. Vá em frente, então. Pegue todas as doenças transmissíveis que desejar. Fique à vontade.

— Mark! — grita Ellie, olhando para ele com raiva, mas é tarde demais.

Levanto-me, antes de perceber que consigo ficar de pé. Estou na porta, antes mesmo que minhas pernas tenham sentido. Estou com o cachecol em volta do pescoço, antes de me lembrar que não tenho um cachecol — deve ser de Ellie. Porém, ela não diz nada enquanto coloco o casaco e fecho o zíper.

— Não, por favor, fique! — sussurra Ellie. — Vamos resolver isso! — Mark ficou no outro cômodo, provavelmente enfurecido, como eu. Philip ficou no banheiro, provavelmente ciente da confusão e se mantendo fora de alcance. Penso no rostinho constrangido dele permanecendo lá dentro e girando os polegares. Provavelmente procurando por algum desodorizador de ar.

Ellie está olhando para mim, com seus grandes olhos.

— Como resolvemos isso, Els? — sussurro. — Você ouviu o que ele disse.

— Se você só se desculpar, então...

— Eu, me desculpar? É ele quem deveria se desculpar!

— Vocês dois disseram algumas coisas que ambos não queriam dizer... — acrescenta ela, tentando justificar. — Se você apenas pedir desculpas primeiro, tenho certeza de que ele vai voltar atrás.

Parece uma bala, direto no coração. Esforço-me muito para manter a voz uniforme.

— Por que eu deveria ir primeiro?

— Porque... só... você não deveria ter dito aquilo sobre os pais dele! — disse ela. — Ele apenas agiu mal, só isso.

Seu tom soa razoável. No entanto, as palavras que estão saindo de sua boca me derrubam.

— Ellie, você é minha amiga. Por que não pode ser minha amiga?

— Sou sua amiga — sussurra ela. — Mas ele é meu noivo, e você acabou de dizer coisas indefensáveis a ele.

Não consigo dizer o quanto isso dói.

Sinto uma queimadura física, em cascata, por todas as artérias e veias. Sinto como se toda minha alma estivesse socando o interior do meu estômago. Sinto os olhos arderem, com lágrimas.

Ela sempre viria em primeiro lugar na minha vida. Ela sempre esteve e, até onde sei, sempre estaria. Porém, de repente, eu estava me sujeitando àquela *Malévola* em forma masculina que nem sequer havia saído da cadeira.

Saio, antes de dizer qualquer coisa da qual me arrependeria pelo resto da vida. Praticamente corro escada abaixo, ignorando os apelos de Ellie lá de cima. Eu mal os escuto. Não consigo ouvir nada, além de um ruído branco ressoando em meu crânio. Recebo uma mensagem dela, antes de chegar ao último degrau:

A Elsa da minha Anna: 4 Out, 21:01
Por favor, sei que as coisas saíram do controle, mas podemos consertar isso

A Elsa da minha Anna: 4 Out, 21:01
Você acabou de acertar o ponto fraco dele, e ele agiu mal. Isso é tudo

A Elsa da minha Anna: 4 Out, 21:01
Se você apenas pedir desculpas, sei que ele fará o mesmo!
Sei disso!

Há uma pausa. Penso em escrever algo de volta. Porém, de alguma forma, sinto-me paralisada no tempo. Antes que possa articular uma reação, chega outra mensagem de texto. Talvez ela tenha acabado de ler as próprias palavras e se arrependido?

A Elsa da minha Anna: 4 Out, 21:08
Entendo que você possa precisar de algum tempo. Só, por favor, por favor, ligue, assim que estiver pronta para conversar

A Elsa da minha Anna: 4 Out, 21:08
Estarei aqui quando estiver pronta

A Elsa da minha Anna: 4 Out, 21:08
Amo você

A Elsa da minha Anna: 4 Out, 21:08
Bjo

Puta merda! Ela está falando sério?

Sinto-me devastada, total e completamente dividida, de maneira que nunca pensei que poderia me sentir. Ela ficou do lado dele. Ela realmente ficou do lado daquele ogro, deixando-me sozinha e indefesa na beira de uma floresta escura e profunda, em um canto da minha mente, de onde não sei como escapar.

Parte 3

45

Não sinto nada enquanto ando rápido pela rua. Nada mesmo. Nem dor, nem tristeza. Está tão frio lá fora que nem sinto meu rosto.

Porém, é claro que não sinto nada, porque não significou nada. Ellie e eu costumávamos brigar o tempo todo, quando éramos crianças. Uma vez, ela cortou o cabelo da minha Barbie favorita. Para me vingar, encharquei Chewie, seu panda de brinquedo favorito, em vinagre de malte. Naquele dia, gritamos uma com a outra durante horas. Ainda assim, no fim da noite, estávamos dormindo uma na casa da outra, para discutir os doze estágios do perdão, todos os quais envolviam chocolate, de alguma forma.

Exceto pelo fato de que isso não era sobre Barbies. Isso não era estúpido e pequeno. Mark tinha sido mais babaca do que mesmo eu pensara ser possível. E minha melhor amiga, leal até o fim, havia apenas assistido a tudo das linhas laterais, e não fizera nada. Não... pior que nada.

Ela escolhera ele em vez de mim.

Na realidade, esqueça isso, eu sinto algo. Estou furiosa pra caralho. Cada passo que dou bate no cimento da calçada iluminada por lâmpadas, dando-me ânimo. Ela falou com ele sobre meus pais.

Ele usou isso contra mim. Ele usou isso para colocar Ellie contra mim. Como ele ousa fazer isso? Como ela ousa permitir que ele o faça? Foda-se ele! Fodam-se os dois, por me fazerem sentir assim!

Ela realmente havia escolhido ele em vez de mim.

No entanto, outras partes da conversa se repetem em minha mente. Talvez seja eu quem deveria estar envergonhada? Eu dissera algumas coisas bem horríveis e, de fato, deveria ter esperado até que Mark estivesse fora da sala, antes de contar a Ellie qualquer coisa. Ele sempre me julga. Ela nunca faz isso. Eu deveria ter conseguido manter a boca fechada. Se tivesse esperado, nada disso teria acontecido. Ela nunca teria escolhido Mark em vez de sua amiga de vinte e nove anos.

Contudo, ela escolhera. Escolhera ele em vez de mim.

Nunca havia questionado minha amizade com Ellie, porque ela não era capaz de me machucar, jamais. Pelo menos não havia sido, antes de ele aparecer.

Uma frase, e apenas uma frase, circula pela minha cabeça: foda-se o Mark!

Até é bom de dizer. São poucas sílabas. Foda-se ele. Foda-se você. Foda-se o Mark.

Ele não me conhece, não sabe como sou e, definitivamente, não sabe o que me faz feliz. Como ousa falar assim comigo!

Dave me fez feliz. Dave me fez feliz pra caralho.

@SirReadaLot também me fez feliz. Na verdade, todos os meus leitores fizeram. Esses completos estranhos me fazem mais feliz do que Mark jamais fez alguém se sentir em toda sua vida sem sentido.

Preciso tirar isso da cabeça. Preciso deixar todo o jeito fodido de Mark e sua negatividade para trás e encontrar o que me faz feliz.

Na realidade, é exatamente isso de que preciso.

Preciso de um orgasmo e de uma história.

Isso é o que vai me fazer feliz, de fato.

Assim, meus pés mudam de direção. Até que uma placa para um bar de vinhos me guia para fora da chuva de outubro e para o aconchego pouco iluminado, com aroma frutado.

Meus cabelos ficaram um pouco achatados por causa da chuva, mas não me importo. Tiro os fios espalhados pelo rosto enquanto olho de relance para os frequentadores de classe média, todos rindo, sob a névoa de jazz e luz de velas. Está mais movimentado do que eu imaginara para uma noite de domingo. No entanto, está claro o suficiente para percorrer, procurando. Não demora muito.

Dois homens estão sentados lado a lado, nas banquetas cor de cobre, com copos recém-reenchidos de vinho tinto diante deles. Parecem amigáveis, mas não o bastante para me fazer pensar que estão em um encontro. Parecem estar falando, mas não tanto o suficiente que não possa interrompê-los. São do sexo masculino. Isso significa que são exatamente o que estou procurando.

Não posso dizer a você quanta convicção me atravessa enquanto ando até eles.

— Oi — digo, sorrindo, como se soubesse, com certeza, o que estou fazendo.

Os dois homens olham para mim, os olhos piscando em uníssono.

Então, cai a ficha.

O que estou fazendo?

Que porra estou fazendo?

Contudo, é tarde demais para voltar atrás. Em vez disso, só posso mergulhar de cabeça em qualquer desconhecido que venha a seguir.

46

— Oi — responde o homem da esquerda.

Ele é mais velho que eu, com certeza. Tem olhos castanhos hipnoticamente grandes, que parecem não piscar quando olham para mim. Ele é elegante, mas o tipo que não intimida, com as mangas arregaçadas e o botão de cima desabotoado, para lhe dar espaço para respirar. A camisa branca ainda parece limpa; os sapatos pretos, suavemente apoiados contra o banco do bar, brilham em grau militar. O cabelo parece tanto prático quanto elegante, cortado curto nas laterais, mas arrumado no topo.

O do companheiro dele, por outro lado, é quase raspado, como se o tempo gasto no cabelo fosse perda de tempo. Tem a minha idade, talvez ainda mais jovem, e as olheiras ao redor dos olhos tornam-se mais proeminentes por causa da pele pálida. Ao contrário do amigo, a gravata azul genérica ainda está amarrada ao pescoço, e as mangas estão abotoadas, como se ele tivesse se esquecido delas. Ele também está olhando para mim, com um sorriso menor no rosto e olhar mais confuso.

De repente, percebo que não sei o que deveria acontecer a seguir. Olho para o homem à minha direita, que se vira para o homem à direita dele, que olha para mim, que olho para os dois, sem saber quem deve ser o próximo a falar.

Então, lembro-me: acabei de interromper a conversa deles. Provavelmente, é minha responsabilidade justificar o porquê. Contudo, quando confrontada com dois rostos humanos reais, minha recém-descoberta confiança, impulsionada pela raiva, derrete com muita rapidez.

— Como... — Ó deus! Pense, Bella, pense. — Algum... algum de vocês é o Mark?

É uma pergunta de pânico. Incomoda-me até ter dito o nome dele, mas é o único nome masculino no qual consigo pensar, e tenho que dizer alguma coisa.

— Não — diz o homem mais jovem.

Pareço um pouco preocupada. Olho ao redor do bar, imaginando o que os outros fariam nessa situação. Depois, porém, lembro-me de que eles, provavelmente, não teriam se colocado nessa situação.

— Ah — digo com voz fraca, corando. — Sinto muito, eu...

— Quem é Mark? — pergunta o homem com os olhos arregalados.

Na realidade, agora que estou olhando para eles, seus olhos são inacreditáveis. Talvez seja apenas por causa da pouca iluminação, mas há algo extraordinário neles.

— Ele é… ele é um idiota — digo. Tento parecer tão confiante quanto no momento em que cheguei, mas pareço fraca e patética.

— Ele te deu o cano?

— Não… eu… eu… — Olho para o rosto gentil e barbeado, e, de repente, meu cérebro entra em ação. Antes que perceba, estou concordando com a cabeça, piscando para ele. — Sim. Sim, parece que ele me deu o cano. De novo. — De novo? De onde veio isso? Uau! Isso acabou de sair da minha boca tão facilmente.

— Que azar — diz o jovem, virando-se para o amigo, como se a conversa tivesse acabado. O amigo, no entanto, só está olhando para mim. Funcionou. A linha foi lançada, e acho… acho… que pode ter mordido a isca e está pronto para ser pescado.

— Como vocês se conheceram?

— No *Mirror Mirror* — digo, rapidamente.

— Então é por isso que você não sabe como ele é.

— Por que ela não saberia? — pergunta o mais jovem.

É isso. Olhos Arregalados conhece o aplicativo. O jovem, não. Isso só pode significar uma coisa: Olhos Arregalados é solteiro. Enquanto explica o conceito ao amigo, olho ao redor do bar, seguindo meus olhos e oferecendo o que só posso imaginar ser uma performance de primeira classe em artes dramáticas. Passei em artes dramáticas com um B, no teste do ensino médio. Sei o que estou fazendo.

— Vocês não haviam falado por muito tempo, então? — pergunta o mais jovem.

Tenho que dizer: eu estava tão preocupada em parecer que havia levado o cano, e que estava desamparada, que não escutara sua conversa paralela.

— Desculpe?

— Se a foto dele não era visível.

— Ah, nós trocamos números em vez disso. Ele disse que preferia isso a aplicativos bobos, e… ele parecia tão legal, sabe?

— Mas esta é a segunda vez que ele te decepciona? — pergunta Olhos Arregalados.

— Terceira — digo, sem hesitar. Terceira? Uau! Essas mentiras estão saindo agora! — Eu deveria saber.

Nesse instante, Olhos Arregalados vira a cadeira por completo, para me encarar. É um banco giratório, então não é exatamente difícil, mas a linguagem corporal é incrível. Ele é solteiro, bem bonito e está olhando, nesse exato momento, para uma donzela em perigo. Até eu vejo o apelo. O mais novo parece um pouco incomodado, mas não o suficiente para dizer algo.

— Alguns caras fazem o restante de nós parecer tão ruim — diz Olhos Arregalados, e acho (acho) que está sendo sincero. — Meu nome é Isaac. Prazer em conhecê-la.

Certo. Estou dentro.

Todavia, você não pode dar seu nome a um estranho, certo?

Não sei nada sobre esse homem, não houve um bate-papo pré-encontro, nenhum perfil para espiar, nada. Literalmente, jamais conheci um homem assim antes, então não sei qual é o protocolo. Porém, dar meu nome real parece estranho, dadas as circunstâncias.

Entro um pouco em pânico, no calor do momento.

— Ellie — digo rapidamente, porque parece natural, e é o único nome feminino no qual consigo pensar que não seja o meu.

— Max — diz o homem mais jovem. — Ellie, por que não se senta? Parece que teve uma noite ruim. Deixe-me pegar uma bebida pra você.

47

DIZEM QUE, QUANDO ESTÁ MENTINDO, VOCÊ DEVE FICAR O MAIS PRÓXIMO possível da verdade. Então, eu fico. Meu nome é Ellie Mathews. Sou pesquisadora médica. Formei-me em Biologia em Nottingham, depois fiz mestrado no King's College e doutorado na UCL. Prefiro chá a café; e, não, 38 anos não é muito velho quando você é tão bonito quanto Isaac.

Quanto mais conversamos, mais fácil fica. As coisas que demoram a se acertar no início tornam-se fáceis depois de meia hora e de uma bebida. Em determinado momento, o mais jovem nos dá boa-noite e Isaac nos paga outra rodada, e mais outra, porque a conversa ainda está fluindo.

Ele também não é fã dos aplicativos. Tentou o *Mirror Mirror*, mas achou um pouco chocante receber informações sobre alguém por gotejamento, e não tem tempo para esse tipo de coisa — não porque não possa se dar ao trabalho, mas por uma razão muito mais nobre: ele é médico. Não é, de fato, capaz de dedicar as horas necessárias para conhecer alguém de forma adequada, nos estágios iniciais. Não tem tempo para os habituais jogos de "quem manda mensagem para quem primeiro", porque não tem tanto "tempo" assim. Trabalha em horários estranhos, e ama suficientemente o que faz, para saber que o sistema de plantões não terminará para ele no futuro iminente. Longas horas afastam as garotas, e isso não é muito conveniente, e ele é decente demais para querer namorar alguém no próprio hospital — já viu isso terminar em desastre para vários colegas. É uma pessoa que não perde tempo, o que, dadas as suas circunstâncias, entendo completamente. E que percebo de cara, quando, depois de outra bebida, ele já está descansando a mão no meu joelho, suavemente.

Ele é legal. Muito legal. Pergunta, como um cavalheiro, se a coisa toda do joelho está bem. Digo a ele que sim, porque ele é, de verdade, muito decente, e entendi que é, sem dúvida, o tipo de cara de que Ellie precisa. A verdadeira Ellie. Ele é engraçado, inteligente, dedicado a salvar vidas humanas, gentil, e tem interesse ativo no que minha amiga Bella está fazendo (o que descrevo com alguns detalhes, para desviar o assunto, quando ele fala comigo, mais a fundo, sobre minha tese de doutorado). Isaac é muito mais bonito que Mark, é engraçado e, aparentemente, sabe cozinhar.

Esta noite sou Ellie Mathews e estou escolhendo para ela o homem que realmente merece, não o que ela escolheu. Quando o barman dá o aviso para os últimos pedidos, Isaac se vira para mim, como um verdadeiro cavalheiro.

— Diria que sinto muito por esse Mark ser um babaca. Mas, para ser honesto, funcionou muito bem para mim.

Você está supercerto, Isaac. E pouco sabe por quê.

— Então, deixe-me pegar seu número, e prometo que vou...

No entanto, jogando toda cautela ao vento, inclino-me e o interrompo, colocando os lábios nos dele, antes que suas últimas palavras possam se libertar. E ele é rápido em reagir.

Depois de um primeiro beijo quente, afasto-me, ainda perto o bastante para sentir o cheiro de vinho que persiste no hálito quente dele. Isaac está sorrindo. É doce. Porém, não quero doce. Sou Ellie Mathews, e sou doce o suficiente do jeito que sou. Preciso de algo mais.

— Você mora aqui perto? — pergunto.

Ele confirma, mas está claramente um pouco surpreso que eu tenha perguntado. Por ironia, é o tipo de cara com quem eu gostaria de estar. Inteligente, engraçado, doce. Interessado. Ele olha para baixo e pisca para mim. Também é alto — um metro e oitenta e cinco. Mencionei que ele trabalha salvando vidas?

— Você sabe que não precisa...

— Eu quero — digo, beijando-o outra vez, para provar meu argumento. Ah, ele beija bem! Sua mão corre em volta do meu pescoço, e sei que estou fazendo a coisa certa. Isso é exatamente de que preciso. Isso é o que me fará feliz. Quero, muito.

Ademais, estive mentindo para ele a noite toda. Agora, Pinóquio não é nada comparado a mim. Quase posso ler o título do meu próximo capítulo se formando, enquanto ele caminha durante dez minutos, até o próprio apartamento. Sou uma moça livre. Não tenho um Mark julgador, duvidando de tudo o que faço. Estou solteira e feliz, e prestes a ter uma aula de anatomia, com um professor muito instruído.

O título do meu próximo capítulo é: Não Tenho Amarras para Me Prender.

48

As luzes ainda estão fracas lá fora, e o sol mal nasceu, quando acordo em uma miserável manhã de outubro. Olho ao redor do quarto, muito mais adulto que qualquer outro em que já fiquei. É tudo arte moderna e abajures. Os cabides estão todos voltados para um lado, as roupas, codificadas por cores, e os lençóis, passados e limpos. Posso ver a linha pontiaguda, sem rugas, de onde foram passados, subindo pelo centro do edredom. Ele mora sozinho, o que é um achado raro para quem tem vinte e poucos anos, mas acho que teve uma década de experiência de vida, justificando a despesa extra. O colchão é duplo, o que proporciona uma noite de sono luxuosa, e o alarme ao lado da cama é daqueles do tipo "acordo você suavemente", e cantou uma música matinal às cinco da manhã, quando tocou.

Ele o desligou depressa, para não atrapalhar. Só me lembro disso agora, enquanto me estico na cama gigante, completamente sozinha.

São apenas sete da manhã. Ainda tenho muito tempo antes do trabalho, mas meu médico já foi embora.

Ele me disse ontem à noite que tinha um turno bem cedo, no hospital. Quando disse cedo, quis dizer muito mais cedo do que eu jamais quis trabalhar na vida. Na hora, pensei que fosse conversa para me fazer ir embora. No entanto, ele pareceu genuinamente ofendido quando comecei a colocar as roupas às duas da manhã. Então, eu as tirei de novo, tomando minha posição, pronta para o segundo orgasmo da noite.

Ele não foi o melhor que tive, mas era realmente eficiente. Foi minucioso, da maneira mais estranha possível, usando meu corpo como termostato, ao qual não estava acostumado, durante mais ou menos uma hora. Porém, depois que desbloqueou o orgasmo número um, foi capaz de alcançar o segundo abaixo da marca mágica dos cinco minutos.

Eu havia perguntado a ele, deitada na escuridão, com sua mão gentilmente acariciando meu cabelo para trás, por que ele tinha saído na noite anterior ao turno da manhã.

— Com certeza você estará cansado amanhã.

— Sou médico. Estou sempre cansado — respondeu ele, rindo, beijando minha testa e me abraçando.

Tudo sobre o encontro fazia parecer que eu o conhecia havia anos, o que é algo no qual eu não tivera muita experiência. Ele disse que achava difícil dormir em noites normais, com a mente sempre ativa, revendo o dia. Disse que estaria acordado comigo ou sem mim. Porém, tenho a sensação de que estava apenas dizendo isso para ser legal.

Na realidade, ele havia tido um dia ruim. Três fatalidades, as quais descreveu como "bastante normais em sua unidade", mas ele também mencionou que isso não tornava as coisas mais fáceis. O homem com quem saíra para tomar um drinque era um novo residente, de quem não gostava muito. No entanto, ele tivera um dia ruim e precisava de companhia. Dado que não tinha outros planos, pensou em tomar um drinque.

— No fim das contas, acabou sendo uma ótima ideia — foi a última coisa que ele disse antes de adormecermos suavemente nos braços um do outro, nos lençóis mais luxuosos nos quais certamente já dormi.

Agora, na manhã seguinte, saio da cama dele e entro na sala, completamente nua. Isso é uma sensação libertadora, que nunca pude ter em outro lugar. Sempre morei em apartamentos compartilhados, onde dias nua nunca foram um hábito, e jamais saí com alguém que não tivesse um arranjo semelhante ao meu.

Isaac tinha me deixado um bilhete no balcão da cozinha.

Sirva-se do que quiser.

Há cereais no armário ou pão no balcão, se gosta de torradas. Se precisar de alguma coisa, ligue. Você pode deixar as chaves na caixa de correspondência, se estiver com pressa, ou passar no hospital, se for corajosa o bastante.

Espero não tê-la acordado. Espero saber de você em breve, Ellie

Aquela última frase faz meu coração sofrer um pouco. Ellie.

Ele ainda pensa que sou Ellie. Claro que sim. Nunca o corrigi, e agora é tarde demais. Mesmo que quisesse ligar para ele de novo, seria muito estranho reconhecer minha bizarrice. Então, isso, de fato, era o fim para nós.

Para ser justa, se estivesse realmente interessada, tenho certeza de que faria isso, de qualquer maneira. É cedo demais para que possamos rir disso em algumas semanas. No entanto, apesar de a noite ter sido maravilhosa, sei, no fundo, que ele não é o cara.

Não consigo nem dizer exatamente o que é. Talvez ele seja um pouco sério demais para mim. Poderia ser o tipo de cara que me animaria quando estivesse triste, mas não o vejo como o cara que me faria rir. Não sei, mas, seja o que for, sei que este é o fim da nossa estrada, por mais legal que ela tenha sido.

Então, adeus, Isaac. Você pode não ter sido o cara perfeito para mim, mas foi um orgasmo e uma história, e eu precisava disso.

49

Quase não consigo respirar. Não sei como nem por que aconteceu, mas aí está.

1.897 pessoas curtiram o Capítulo 1.

1.678 curtiram o Capítulo 2.

4.890 me seguindo.

378 comentários.

Acidentalmente, deixei três chamadas irem para o correio de voz durante meu choque, enquanto absorvia os comentários, um a um. A maioria deles é bom e há algumas pérolas. Parágrafos de cinco linhas comparando meus escritos aos de outros escritores — escritores de verdade — muito mais famosos que eu. Estrofes inteiras sobre maneiras inteligentes de escolher outras histórias. Tantas pessoas marcando outras: muitos "@GemmaMannaly, isso se parece muito com você!" e "OMG @DanMFee, você TEM QUE ler isso".

Atualmente, tenho 972 amigos no *Facebook*, o que considero muito, tendo em vista que só falo com as mesmas cinco pessoas. Muitos deles são pessoas aleatórias, de diferentes fases da minha vida: alguns da escola, alguns da universidade, alguns encontros ao longo do caminho. No entanto, mesmo que todos os aleatórios da minha vida se reunissem e convidassem um amigo para ler meus escritos com eles, eu ainda não chegaria nem perto das 4.890 pessoas que estão acompanhando meu trabalho.

Minha primeira reação é a mesma que minha primeira reação a qualquer coisa. Saio do B-Reader, vou para minhas mensagens e digito animadamente o nome de Ellie, mas depois paro.

As mensagens de texto dela permanecem no meu telefone.

A Elsa da minha Anna: 4 Out, 21:08
Entendo que você possa precisar de algum tempo. Só, por favor, por favor, ligue, assim que estiver pronta para conversar

A Elsa da minha Anna: 4 Out, 21:08
Estarei aqui quando estiver pronta

A Elsa da minha Anna: 4 Out, 21:08
Amo você

A Elsa da minha Anna: 4 Out, 21:08
Bjo

Não. Se eu entrar em contato com ela, ela me dirá novamente que preciso pedir desculpas ao seu precioso Mark, e não vou fazer isso. Não fui eu quem errou aqui. Se Mark quiser se desculpar comigo, talvez, apenas talvez, essa coisa toda evapore. No entanto, não consigo escutá-la me pedir para dizer, outra vez, que sinto muito. Não consigo escutá-la escolher ele em vez de mim, de novo.

Coloco o celular de lado e estou tremendo, um estranho híbrido de excitação e tristeza e lembranças dos orgasmos da noite passada. Não. Não posso enviar mensagem a Ellie, especialmente sobre isso.

Contudo, tenho que contar a alguém, então recorro às minhas últimas mensagens, para obter inspiração. Ela vem bem rápido, é claro.

Eu: 5 Out, 11:02
Então, lembra que você me disse para escrever sobre aquele encontro terrível com o homem peludo?

Marty: 5 Out, 11:02
Sim

Eu: 5 Out, 11:03
Essa foi uma resposta rápida

Eu: 5 Out, 11:03
Não esperava uma resposta tão rápida

Eu: 5 Out, 11:03
Você não tem vida?

Marty: 5 Out, 11:04
Calma, Bells. Estou de folga

Eu: 5 Out, 11:05
Usando-a sabiamente?

Marty: 5 Out, 11:05
Não, nesse momento não estou

Eu: 5 Out, 11:05
Como assim?

Marty: 5 Out, 11:05
Estou conversando com você

Eu: 5 Out, 11:06
Ah, fala sério agora

Eu: 5 Out, 11:06
Não é como se você tivesse algo melhor para fazer

Marty: 5 Out, 11:07
Vai me insultar um pouco mais ou me contar sobre sua escrita?

Eu: 5 Out, 11:07
Ambos?

Marty: 5 Out, 11:07
Você tem 5 minutos. Depois me perde

Eu: 5 Out, 11:07
Alguma garota?

Marty: 5 Out, 11:07
Fifa

Eu: 5 Out, 11:08
OK! OK!

Eu: 5 Out, 11:08
Bem, fiz o que você disse, e enviei para essa coisa de leitores, e acho que viralizei

Eu: 5 Out, 11:08
Na realidade, o que conta como viralizar?

Marty: 5 Out, 11:08
Ebola?

Eu: 5 Out, 11:08
Não, qual é! Tô falando sério!

Marty: 5 Out, 11:08
Não sei. Estamos falando de quantas leituras?

Envio a ele uma captura de tela, com os números todos circulados, caso não os veja. Então, sublinho os números de novo, caso ele não veja os círculos. Aí, aumento o tamanho da tela, caso meus círculos e sublinhados signifiquem que ele não pode ler o que estou destacando. Espero alguns minutos, fazendo aquela coisa terrível, em que fico revendo os textos. Quando meus olhos voltam para a captura de tela que enviei, de repente percebo: os números aumentaram.

1.922 pessoas curtiram o Capítulo 1.

1.679 curtiram o Capítulo 2.

4.961 me seguindo.

382 comentários.

Oh, minha nossa! Literalmente ganhei 71 seguidores em apenas alguns minutos. O que está acontecendo no mundo?

Marty: 5 Out, 11:09
Isso é dos seus textos?

Marty: 5 Out, 11:09
Isso parece incrível

Marty: 5 Out, 11:09
O que é B-Reader?

Marty: 5 Out, 11:09
Como faço para consegui-lo?

Ah, claro. Ele pode ser um imbecil, mas pelo menos é um imbecil que sempre teve vago interesse na minha escrita. Então, envio o link a ele, sorrindo de orelha a orelha, enquanto vejo mais alguns seguidores se juntarem à minha alcateia.

Marty deve estar olhando para ele, porque suas mensagens param. Sinto-me estranhamente nervosa, vendo o relógio avançar, esperando.

Marty: 5 Out, 11:19
Isso é incrível

Marty: 5 Out, 11:19
Realmente engraçado pra caralho

De repente, solto a respiração que nem havia percebido que estava segurando.

Eu: 5 Out, 11:20
Realmente acha isso?

Marty: 5 Out, 11:20
É genial

De repente, o sorriso no meu rosto é de orelha a orelha.

Marty: 5 Out, 11:21
Esses dois encontros são reais?

Eu: 5 Out, 11:21
Vivi todos eles

Marty: 5 Out, 11:21
Não vou mentir

Marty: 5 Out, 11:21
Estou um pouco surpreso

Ah, não, ele também, não.
Não posso aceitar isso de ambos os irmãos Mathews.

Marty: 5 Out, 11:22
Não pela parte da escrita

Marty: 5 Out, 11:22
Isso eu sempre soube que seria ótimo

Ah, está acontecendo. Está prestes a acontecer. Estou prestes a ter que justificar minha nova vida excitante — uma que ele promoveu, devo lembrar. Mordo o lábio, pronta para revidar.

Marty: 5 Out, 11:23
Mas estou surpreso que alguém queira ficar com você

Ah. Então ele não está julgando; está apenas sendo idiota. Não estou surpresa. Desde que o conheço, ele sempre se sentiu mais confortável escondendo elogios na comédia do que apenas dizendo algo legal. Ellie sempre culpou a escola. Disse que todos os meninos eram treinados para deixar as coisas leves. Por isso, não se ofendeu quando, na formatura, Marty apenas bagunçou o cabelo dela e a chamou de "pequena nerd", em vez de abraçá-la para dar os parabéns, como o restante de nós.

Talvez ela esteja certa, é claro, mas... não sei. Sempre me perguntei se, no caso dele, era um pouco mais profundo. A mãe dele sempre foi curta e grossa com as afirmações, assim como Ellie. Porém, não me lembro de o pai dele, alguma vez, ter sido muito elogioso em relação a qualquer coisa.

Se esse é o único modelo masculino que Marty teve para basear o próprio tom, estou impressionada que seja solidário como é, pra início de conversa.

Quando li o texto, pelo menos sei que isso, vindo de Marty, é uma espécie de aplauso de pé. Vou aceitar.

Eu: 5 Out, 11:23
Obrigada ☺

Então, é isso: meu número de seguidores crescendo. Para onde seguir agora, eu me pergunto. Para onde seguir?

50

Homem Misterioso
Perdi você?

Bella Marble
Ai, caramba! Desculpe, esqueci

Bella Marble
Já tentei Balthazar?

Homem Misterioso
Estou feliz que ainda esteja aqui

Bella Marble
Feliz o suficiente para me dizer seu nome?

Homem Misterioso
Não vou lhe dizer agora

Bella Marble
Por que não? O que foi que eu fiz?

Vou contar a você o que fiz. Acabo de enviar o Capítulo 3. Estou tão nervosa por estar prestes a perder todos os meus seguidores que estou roendo as unhas e me distraindo com qualquer aplicativo que me aceite. Além disso, agora o *Mirror Mirror* é tanto uma fonte de inspiração quanto uma plataforma para me distrair dela.

Homem Misterioso
Nenhum nome seria bom o bastante para esse tipo de preparação

Bella Marble
A menos que você seja alguém famoso e esteja tentando esconder isso de mim, durante todo esse tempo

Bella Marble
Você é ator? Algum famoso tipo da Marvel?

Homem Misterioso
Sim, sou o Chris Evans

Homem Misterioso
Tenho dificuldade de encontrar mulheres, apesar de ser cientificamente comprovado que sou um dos homens mais bonitos do mundo

Homem Misterioso
Acabei de pesquisar isso no Google. É mesmo verdade?

Bella Marble
Se você leu *on-line*, tem que ser

Na verdade, estou percebendo que estou gostando disso. Ele parece... não sei. Bem, ele está respondendo de imediato, é ele quem, a princípio, está vindo atrás, e tem um pouco do que os meninos lá embaixo chamariam de "ironia".

Não vou mentir. Eu meio que havia desistido dele. Em algum lugar, entre esse jogo demorar demais e meu novo sucesso no B-Reader, eu quase havia me esquecido dele, por completo. Agora, sou uma nova mulher (certamente, não tive tempo suficiente para ser uma nova mulher, mas as intenções estão todas lá).

De qualquer forma, se ele vai fazer todo o esforço aqui, não me importo de seguir com isso.

Bella Marble
Continue. Por que não posso saber seu nome?

Homem Misterioso
Porque nenhum nome pode suportar esse tipo de preparação

Bella Marble
Então, em primeiro lugar, por que começou esse jogo?

Homem Misterioso
A verdade?

Bella Marble
Não. Uma mentira, por favor

Homem Misterioso
Sou o Chris Evans

Bella Marble
A verdade, por favor

Homem Misterioso
Eu estava de férias

Bella Marble
... Parabéns?

Bella Marble
Espere. Sério?

Homem Misterioso
Sim

Bella Marble
Isso não explica nada

Bella Marble
Além do bronzeado potencial, que eu teria visto, se tivesse adicionado uma foto de perfil real

Quanto mais conversávamos, mais da foto de perfil dele era revelada. Só que, uma vez que o rosto de gnomo velho e estranho desapareceu, fiquei com — você poderia ter adivinhado — um segundo rosto de gnomo velho e bizarro.

Homem Misterioso
Precisava ganhar um pouco de tempo enquanto estava fora

Homem Misterioso
Mas agora estou de volta

Homem Misterioso
E te devo um encontro

Bella Marble
...

Homem Misterioso
Não quer um encontro agora?

Bella Marble
O lance do nome era pra isso?

Bella Marble
Ganhar tempo?

Homem Misterioso
Sim

Bella Marble
Por que se deu ao trabalho?

Bella Marble
Por que apenas não esperou até voltar das férias?

Homem Misterioso
Achei divertido, no início

Homem Misterioso
Então, vi sua foto

Homem Misterioso
E sabia que queria te conhecer

Sei que é estúpido e antifeminista. Eu sei, mas ainda estou programada para sentir que o Natal chega mais cedo quando um garoto acha que sou bonita.

Além disso, estou em uma maré de sorte. Meu novo capítulo saiu, as curtidas continuam crescendo, e hoje, por três vezes, os editores disseram que minha aparência está "finalmente apropriada para o trabalho", o que estou optando por entender como um elogio.

Minha foto do *Mirror Mirror* é boa. Dou uma olhada no meu próprio perfil, para conferir. Sou eu, no meu vigésimo primeiro aniversário (OK, que seja, então é um pouco antiga). É recortada, claro. Você não pode vê-los, mas sou, efetivamente, a camada de glacê no meio do bolo dos irmãos Mathew. À minha direita está Ellie, óbvio. Ela fez o bolo que está diante de mim, iluminando meu rosto de maneira que o torna embaçado o bastante para minha pele ficar impecável. Para ser honesta, com todos os filtros, em todo o mundo, desafio qualquer um que possa encontrar uma situação de iluminação mais lisonjeira que a boa e velha luz de velas.

À minha esquerda está Marty, que (se bem me lembro) pausou a fascinante conversa com a garota com quem estava falando a noite toda (alguma velha colega de trabalho minha, acho) só para ter certeza de que seu rosto estava enquadrado.

Estou feliz nessa foto.

Achava que tudo fosse acabar bem.

Mudei-me para Londres, consegui um diploma razoável e tinha o mundo inteiro aos meus pés. Não estava apenas esperando me tornar escritora; tinha certeza de que seria uma. Sabia que, após um ou dois anos de tentativas, teria meu primeiro livro publicado. Talvez com uma ou duas críticas um pouco embaraçosas, mas, de qualquer forma, aumentando meus seguidores, preparando-os para o livro número dois.

E, no entanto, aqui estou eu, com 29 anos, não exatamente escritora, sem falar com minha melhor amiga, filha de futuros pais divorciados e me sentindo toda corada porque algum estranho disse que gostou da minha foto de perfil.

Homem Misterioso
Prometo que não sou superficial

Bella Marble
Quero dizer, é um pouco superficial

Homem Misterioso
Um pouco, talvez

Bella Marble
Mas, pelo menos, é um elogio

Homem Misterioso
É, sim

Homem Misterioso
Funcionou?

Homem Misterioso
Podemos nos encontrar?

Odeio que esteja funcionando. Eu deveria fazer a coisa certa. Pense no homem-lobo: ele a chamou de bonita, e veja aonde isso a levou! Ele deveria querer me encontrar por causa da minha inteligência e do meu bom humor. Mas como poderia ver isso até que realmente me encontrasse?

Bella Marble
Sim, continue

51

Enquanto resolvo a logística de tempo e lugar, Maggie coloca a cabeça para fora do escritório. Olho com culpa para o telefone, mas, na verdade, ele não está tocando. A presença de Maggie é, portanto, confusa; que eu saiba, não fiz nada de errado. Olho para ela.

— Posso ajudá-la com alguma coisa? — pergunto, na voz mais inocente.

— Sim. Henrietta está prestes a chegar, a qualquer minuto — diz ela, com naturalidade. Pisco para ela, algumas vezes. Ela pisca de volta para mim. Ouço o tique-taque do relógio, ao fundo.

— OK — digo, um pouco confusa. — Eles ainda não ligaram lá de baixo.

— Ah, não. Pensei que ela já estivesse aqui — confirma Maggie.

Uau! Essa conversa está ficando difícil.

— OK. Bem, posso chamar você quando…

— De acordo com Cathy, foi você quem a encontrou.

— Cathy?

— Sim, Cathy me disse que você a encontrou e a trouxe para a nossa apreciação.

O quê? Isso não é típico meu. Tenho sido terrível em ler as submissões. Sempre tenho boas intenções, mas me distraio com facilidade, e, sendo honesta comigo mesma, não tenho lido nada, a menos que você me conte...

O telefone toca, e Maggie acena para ele com a cabeça, com expectativa.

— Estou com a senhorita Lovelace na recepção, para você — diz a recepção.

— Sim, mande-a subir agora — respondo, de maneira automática, antes de desligar.

Espere. Lovelace? Henrietta Lovelace?

A B-Reader que encontrei logo no início de tudo isso.

Olho para a tela do computador para confirmar, antes de ver o aceno de cabeça de Maggie em minha direção. Meu coração está pulando um pouco; meus ouvidos estão zumbindo. Não posso acreditar que alguém que encontrei no B-Reader conseguiu atravessar a primeira barreira nesta indústria ridiculamente difícil.

Por minha causa.

Olhando para a agenda agora, lá está ela. Eu nem sequer percebi. Isso prova a frequência com que leio as agendas, para saber por quem esperar na porta. Quando me tornei tão ruim no trabalho?

Henrietta Lovelace. Reunião geral. Maggie Tomlinson e Robert Musgraves.

— Vocês estão oferecendo um contrato a ela? — pergunto, animadamente.

Maggie está sorrindo agora, percebendo que acabei de descobrir, mas sendo educada demais para dizer.

— Não, não. Ela é nova, e seus seguidores são poucos. Mas mostra potencial, e gosto do estilo dela. A parte sobre o barco no oceano era lindamente sutil. Hoje, não encontramos esse tipo de escrita caprichada com muita frequência.

— O barco?

Era o mesmo que eu havia lido? Não me lembro de um barco.

— Sim. Capítulo... não sei, três, talvez?

Eu fora tão negligente que não tinha sequer lido além daquele capítulo que me deixou absolutamente cativada. Estava tão obcecada em ver meus próprios seguidores crescendo que não pensara em olhar o trabalho de mais ninguém. Eu nem mesmo notara que seu pequeno capítulo, que eu havia lido, já tinha, de alguma maneira, triplicado.

— Ah, sim — minto, rapidamente. — Ah, o barco. Sim, totalmente lindo.

Se Maggie percebe a mentira, não diz nada.

— Bem, foi uma boa descoberta sua — continua Maggie.

Sorrio de orelha a orelha, antes mesmo de perceber que estou sorrindo. Nem sei por que estou sorrindo. Em geral, não me importo nem um pouco com os escritores que passam pelo escritório, mas este foi encontrado por mim. Sinto uma estranha sensação de orgulho tomando conta, como se Henrietta fosse minha filha no primeiro dia de aula ou algo assim.

A porta do elevador se abre, e uma mulher nervosa e nerd, na casa dos cinquenta anos, aparece, olhando para as estantes de madeira ao redor, com absoluta admiração.

Ela não é como a imaginei. Pensava que seria mais jovem, por alguma razão. Ela era nova na escrita, o que, em geral, significava nova para o mundo, mas é claro que isso nem sempre é verdade. Mesmo enquanto olhava para ela, percebi que tinha que ser ela, com o cabelo preto amassado na cabeça e um cardigã largo complementando as lentes de vidro de uma polegada de espessura. Ela era alguém que provavelmente havia escrito a vida toda, mas só agora fora notada.

Por mim.

Meu trabalho, meu trabalho porcaria e esquisito, fez diferença positiva na vida de alguém. De repente, faz minha presença aqui se sentir validada, de alguma forma.

— Continue com o bom trabalho, Bella. Você tem olho bom. — Viro-me para Maggie, que está acenando com a cabeça para mim, como uma professora devolvendo um trabalho com nota A. É como se o mundo estivesse girando em câmera lenta. Um elogio? De Maggie? — Viu o que acontece quando você não fica apenas olhando para o telefone o dia todo? — acrescenta ela, assim que Henrietta Lovelace abre as portas duplas do hall do elevador e entra em nosso escritório.

Henrietta sorri para mim como uma velha amiga. Pergunto-me se vai me agradecer.

Quais foram as palavras dela?

"Não consigo dizer a você o quanto isso significa para mim. Pensei em desistir disso — achava que ninguém estivesse interessado em ler meu trabalho —, mas saber que tem alguém por aí é o suficiente para eu perseverar. Então, obrigada, estranho."

— Olá, querida — diz ela, com voz cerca de dez anos mais velha que a própria aparência. — Estou aqui para ver Maggie.

Pisco de volta para ela.

Ela não me reconhece. Claro que não. Ela só me conhece pelo meu nome de B-Reader, @B.Enchanted. Ela só me conhece como o estranho desconhecido que gostou do que viu.

Henrietta está esperando por uma resposta, mas meus pensamentos estão lentos, analisando essa situação bizarra. Eu a observo como uma fã confusa, incapaz de cumprimentá-la de maneira adequada.

Maggie desistiu de esperar por mim, e não a culpo por isso.

— Henrietta, Maggie. Que prazer conhecê-la! Você pode me acompanhar por aqui? — interrompe Maggie, em uma fração de segundo, antes que a pausa seja embaraçosa para todas nós. Embora esteja um pouco aliviada, também estou irritada por não ter tido a chance de dizer nada. Eu as vejo desaparecer em um escritório lateral e fecho a porta. Robert, um homenzinho de aparência borbulhante, pula para dentro, depois.

É só quando elas se vão que percebo como Maggie foi passivo-agressiva comigo, antes de sair: "Viu o que acontece quando você não está apenas olhando para o telefone o dia todo?".

Estou mais que um pouco irritada, agora. Olho para a porta fechada do escritório, e meu aborrecimento só aumenta. Deveria estar naquela sala. Deveria estar falando com Henrietta sobre como suas palavras são bonitas. Deveria estar cantando elogios a ela e pedindo que mantivesse contato, não Maggie.

Quase em protesto, pego meu celular e começo a rolar a tela. Em seguida, porém, coloco-o na mesa. Viro a cabeça para a porta fechada do escritório em que eles estão conversando e me pergunto o que deve estar se passando na cabeça de Henrietta. Isso deve ser tão excitante para ela. Falar com dois editores conhecidos, no complexo mundo editorial. Isso prova o que ser notado em uma plataforma como a B-Reader pode realmente fazer por você.

Sorrindo com a felicidade que Henrietta deve estar sentindo, volto para a tela do meu computador e entro no B-Reader. Há mais quatro capítulos da obra-prima de Henrietta, prontos para mim. De repente, estou feliz por não estar naquela sala. Mal posso esperar para mergulhar neles.

52

No fim da semana, tenho — quero dizer, tremo, só de pensar nisso — mais de 100 mil visualizações.

São 100.009 pessoas, para ser exata.

Mais de 100 mil pessoas leram alguma parte do meu trabalho e gostaram o suficiente para me seguir por causa disso. Eu nem sequer conheço 100 mil pessoas. Nunca estive em uma sala com 100 mil pessoas. Eu me pergunto com quantas pessoas já falei na vida, incluindo todos os garçons e assistentes de varejo, e o telemarketing ativo de venda enganosa de seguro de proteção ao crédito. Mesmo isso, provavelmente, não somam 100 mil pessoas. É inacreditável! Esses são números estúpidos. Esses são os meus seguidores.

Enquanto estou andando da estação para o pub que o Homem Misterioso sugeriu, recebo uma mensagem.

Homem Misterioso
Estou ansioso por isso

Mensagens imediatamente antes de um encontro? Isso é uma coisa legal. Coisa de cavalheiro. Envio uma mensagem de volta, depressa:

Bella Marble
Eu também

E o engraçado é que realmente estou. Eu tinha me esquecido desse sentimento. Esse maravilhoso sentimento nervoso de que ele poderia ser o cara. Esse cara, bem, ele é bem engraçado, gosta de jogos, visita museus... OK, talvez isso seja um pouco aleatório, mas, ainda assim, é legal.

Se eu gostar dele, o que faço com o restante do livro? Simplesmente... o quê? Inventar tudo? Não, não posso fazer isso. Sou uma escritora totalmente dedicada à minha arte. E se meus mais de 100 mil seguidores sentirem o cheiro da mentira? E se o que precisam é de autenticidade ou nada? Literalmente, acabei de ver o que o B-Reader pode fazer com a carreira de um escritor — com certeza, não posso ignorar isso.

Porém, se ele for ótimo, então deixo esse marido potencial se afastar por causa de uma história?

Irritantemente, é a voz de Ellie que está na minha cabeça. Até mesmo pensar nela me deixa triste.

Eu imaginara que ela teria dado o braço a torcer antes de mim. Achei que teria recebido alguma coisa, algum posterior "Sinto muito pelo que eu disse. Mark deveria ser o único a se desculpar, e sinto muito por tê-la feito sentir que não era tão importante para mim quanto ele é" ou um "Mark pode ser um idiota. Sinto muito pelo terrível comportamento dele com você". O que realmente teria amado seria um "Terminei com ele. Ninguém pode falar com você daquele jeito", mas sei que isso nunca vai acontecer.

No entanto, desde as mensagens de texto daquela noite, não recebi nem uma mensagem de Ellie em todo esse tempo. Nenhuma ligação em quase uma semana inteira. Nenhuma foto de filhote marcada no *Instagram*, ou um comentário no *Facebook* sob um vídeo de bebê rolando. Nada.

Ela, de fato, está me dando um tempo.

Ela realmente espera que eu me desculpe com aquele imbecil.

Não, pare de pensar em Ellie agora. Pense no Homem Misterioso.

Entro no bar. Não posso deixar de ficar um pouco decepcionada com o local. Ele prometeu algo diferente, emocionante e único, e agora está no bar mais genérico que se possa imaginar. Verifico três vezes a série de mensagens, para ter certeza de que estou no lugar certo, e parece que estou exatamente onde está o pequeno marcador no mapa que ele enviou. Olho para trás, ao redor. Não é terrível, de modo algum, apenas incrivelmente básico. É moderno e cheio de vidro, com pequenas luzes penduradas no teto e cabines escuras o bastante para esconder os derramamentos noturnos de álcool. Tem uma pista de dança, com uma bola espelhada pendurada sobre ela, como quase todas as pistas de dança de todos os tempos, e as paredes são tão livres de pinturas que têm aparência de clínica. É totalmente "normal", diferente do tipo de *vibe* que eu estava recebendo do Homem Misterioso. No entanto, talvez isso não seja tão ruim assim. Afinal, este é um primeiro encontro. Talvez ele não queira, tão cedo, ser muito original.

Está abarrotado, porém — não sei como vou encontrar esse misterioso Homem Misterioso, caso esteja aqui. Ele conheceria meu rosto, é claro — o aplicativo teria mostrado isso a ele —, mas não tenho absolutamente nada, nesse momento.

Sinto aquela famosa torção no estômago, de nervoso. Já posso sentir a respiração apertando no peito. Olho em volta, mas a maioria das pessoas ao meu redor está em grupos. Encontrar alguém sozinho, neste amontoado, vai ser um pouco difícil. Só posso esperar que este homem misterioso me veja primeiro, quando...

Ah, merda!

Lá está ele.

É claro que é ele.

53

QUAIS FORAM AS PALAVRAS DE CATHY, NOVAMENTE?

"Ele sai com mulheres que acha parecerem trágicas, depois escreve sobre como eram terríveis."

Ai, caralho, o que estou fazendo?! Pois lá, na minha frente, está Henry Pill, o infame do B-Reader.

Antes mesmo de eu ter tempo de pensar em me esconder ou sumir, ele me vê.

— Bella! — A voz dele é lenta e arrastada, como a dos maconheiros dos programas de TV dos Estados Unidos.

Endireito o rosto bem rápido. Não quero que chegue ao escritório a informação de que fui rude com nosso mais novo autor contratado. O trabalho dele vale mais que o meu para a editora. Gostaria de saber se sair com um cliente é um delito passível de demissão. Quer dizer, tecnicamente, foi ele quem me abordou aqui; eu não sabia quem ele era, e não é como se eu tivesse alguma opinião sobre o contrato do livro dele.

— Tão bom conhecer você, finalmente!

Conhecer você? Mas ele já me conheceu. No escritório. Ele literalmente passou pela minha mesa, há duas semanas. Ninguém seria tão escroto de não se lembrar de algo assim. Literalmente, ninguém é tão esquecível. Nem mesmo Mark.

— Devo dizer que, quando vi sua foto de perfil, achei você bonita, mas vendo-a agora... uau! Você é muito mais bonita do que eu poderia ter imaginado.

Mantenho o sorriso no rosto, como se meu trabalho dependesse disso. Por dentro, porém, já estou gritando.

Não sei o que é mais difícil engolir: o fato de eu ser realmente tão esquecível ou que estou claramente sendo preparada para ser o próximo capítulo do seu pequeno livro bosta de seis dígitos.

Que pequeno imbecil.

54

Ele já está tornando isso embaraçoso.

Vou para um abraço; ele vai para um aperto de mão. Ele corrige para um beijo na bochecha e, quando me afasto, inclina-se desajeitadamente para um segundo beijo, que perco, e depois volto para um atrasado, apenas para encontrá-lo sentado outra vez. Ele ri, como se fosse a primeira vez que isso lhe acontece. Não é, é claro. Sei que não é, porque literalmente li que ele fez isso antes, em um de seus outros capítulos.

Se eu não soubesse, porém — se pensasse seriamente que este era um encontro misterioso —, esse é o tipo de detalhe sobre o qual teria agonizado pelo restante da noite. Teria deitado na cama sozinha, dizendo a mim mesma quão estúpida fui de ir para o abraço.

Que idiota total, fazendo as mulheres se sentirem assim.

Pergunto-me se devo ir. Talvez devesse contar tudo a ele, dizer quem sou e desejar-lhe sorte em sua inscrição no concurso para imbecil do ano. Talvez devesse desaparecer.

Mas não consigo. A situação é muito, muito tentadora. Aqui está um homem que, claramente, não sabe que sei quem ele é, e que, com certeza, está prestes a afundar nosso encontro de propósito, em nome da comédia. Estou fascinada para saber como isso vai se desenrolar.

Ademais, mal sabe ele que estou quase jogando o mesmo jogo.

Homem Misterioso transformado em demônio esquisito e misógino? Isso soa bem como um personagem de conto de fadas; só preciso descobrir qual.

— Não sou o que você esperava? — pergunta ele.

Ele é bem confiante e, embora odeie admitir, bonito de perto, de um jeito suave de menino skatista. Alto e magro, com braços longos e cabelos desgrenhados, indomáveis. Tento não parecer que gosto do que estou olhando.

— Eu não sabia o que esperar — respondo, delicadamente, sentando-me diante dele. Ele passa a segunda bebida na frente dele.

— Peguei uma vodca com Red Bull pra você. Tudo bem?

Não. Não, não está. É claro que não está. Este é um encontro, não uma noite de balada de garotas da escola. Não tomo vodca com Red Bull desde que tinha, mais ou menos, dezoito anos e vivia a vida na pista de dança. Porém, já posso ler em seus olhos que ele está me testando. Está olhando entre mim e uma bebida que sabe que provavelmente está incorreta, e me medindo, tentando obter uma reação.

Também li isso em um de seus capítulos. Com uma garota com quem saiu, ele passou a noite pegando bebidas cada vez mais bizarras e observando, já que ela era educada demais para corrigi-lo. Ela ficou bêbada, é claro, porque é isso que muita mistura de destilados faz com o ser humano. Ele escreveu uma frase, bem mal construída, sobre como o vômito dela ricocheteou na parede da balada, como um temporal de gotas de chuva pegajosas, repletas de rum.

Para mim, ele nem está sendo original. Foda-se ele!

— Não estou descobrindo o álcool pela primeira vez, então, não — respondo, teimosamente. — Vou pegar alguma coisa que adultos bebem.

Ele está surpreso.

Para ser justa, também estou surpresa. Não costumo ser tão franca. Espero que ele fique ofendido e cancele a noite inteira. No entanto, a sobrancelha levantada parece mais impressionada que qualquer outra coisa. Afasto-me dele, puxando a carteira da bolsa e ficando de pé outra vez.

— Você quer alguma coisa enquanto eu estiver lá? Licor de pêssego e limonada, talvez? Um copo de leite?

Ele está me encarando agora, e mantenho o contato visual, com ousadia.

Ele está vestido para a ocasião, mas não estou surpresa, dada a quantidade de dinheiro que sei que foi depositada em sua conta bancária. O suéter azul-marinho parece velho, mas é claramente novo, talvez de grife, e folgado e disforme, daquele jeito de alta-costura.

Quando saí, preocupei-me que poderia estar um pouco malvestida, com meu jeans escuro e regata de cetim creme, tendo em vista o que esperava desse encontro. Esperava parecer "cool e casual", complementando o *look* com botas pretas de salto alto, batom vermelho fogo, para combinar com meu cabelo encaracolado e olhos esfumaçados. Agora, parece um desperdício de boa maquiagem.

Seus olhos vasculham meu rosto, e acho que ele está prestes a surtar.

Só que, em vez de desmontar, ele começa a rir. É genuíno. Você pode fingir o som, mas não o brilho da água nos olhos. Ele está, de fato, achando isso hilário. Continuo encarando-o, sem achar graça.

— Só um para mim, então — finalmente respondo, prestes a sair.

— Não! — grita ele. — Por favor, permita-me. Vou pegar algo para você.

Ele se levanta, tirando a carteira do bolso de trás.

— Hum, vou dizer não.

— Eu insisto!

— Não confio que não vá voltar com algo sabor maçã. — Ele está rindo outra vez, com lágrimas nos olhos. Sinceramente, não sou tão engraçada.

— O que você quer? Vinho branco? — pergunta ele.

— Uma cerveja Pale Ale.

— Ale?

— Gaguejei?

Ele coloca o braço no meu e me senta de volta. Está gostando muito disso. Está rindo de verdade, o suficiente para virar algumas cabeças em nossa direção.

— Eu cuido disso. Eu cuido disso, por favor.

Penso em insistir de volta. Então, lembro-me de quanto dinheiro ele ganha e de quanto eu ganho.

— Claro. Mas, se voltar com algo de abacaxi ou algo do tipo, você que vai beber.

55

— Então, o que você faz, Homem Misterioso? — pergunto, após beber meia cerveja. — Além de atrair mulheres para encontros, com uma foto de perfil desfocada.

Ele também ri disso. Para ser sincera, não sei por quê. Não estou sendo engraçada. Estou falando muito sério.

— Sou veterinário.

— Papo-furado. Tente novamente.

— Não acha que sou veterinário?

— Sei que não é veterinário.

Ele faz uma pausa, ponderando as opções.

— O que me entregou?

— Suas mãos — digo, rapidamente, porque não quero que ele saiba que eu sei. Isso suscita mais perguntas, e não as quero.

— Minhas mãos?

— São macias demais. Você não pode fazer nada físico e ter mãos iguais a essas.

Descobri que sou muito boa em reagir rápido. É verdade, também, o lance das mãos — pelo menos, é verdade para Marty. Ele geralmente tem um novo arranhão ou dois, perto dos nós dos dedos, de um gatinho travesso. Além disso, se você sentir as pontas ou os polegares, todos estão desgastados, por anos de uso excessivo. Suponho que seja o mesmo para todos eles. Marty é o único veterinário que conheço.

— E aí, vai me contar? Ou vamos ficar de brincadeira a noite toda?

Ele faz uma cara, como se eu tivesse acabado de lhe dar o melhor enigma do mundo.

— Sou escritor — ele responde de volta, inclinando-se para a frente. Linguagem corporal positiva. Ao contrário da *vibe* que estou emitindo, isso eu garanto. Aposto que ele leu o livro sobre a "arte de seduzir as damas", e tomou isso como evangelho.

— Você é? — pergunto, fascinada. Pelo menos, pareço fascinada. Estou mais fascinada por ele não ter mentido para mim uma segunda vez. Dos poucos capítulos que li dele, acho que ele não admitiu isso antes.

— Sou.

— E que tipo de escrita?

— Biografia pessoal — diz ele, escolhendo bem as palavras. Então ele está indo para a verdade completa comigo. Vamos ver qual será a profundidade desse túnel.

— E o que o torna tão interessante que as pessoas podem querer ler sobre você?

Ele olha ao redor do bar, em busca de inspiração. Seu rostinho de toupeira olha para baixo.

— Não sou tão interessante — responde ele. Está sorrindo, mas seus olhos parecem um pouco tristes, como um cachorrinho perdido. Por um segundo, apenas por um segundo, acho que ele parece um pouco envergonhado. Isso é diferente do Senhor Autoconfiança que ele era, no início.

Espero que continue, mas ele não o faz.

— Aparentemente, não — digo a ele.

Mais uma vez, ele ri (não faço ideia do porquê; ainda não estou sendo engraçada).

— Você é sempre tão franca?

E finalmente me dou conta de por que ele está rindo. Isso é choque. Essa é a risada confusa de um homem que, claramente, nunca levou uma bronca por nenhum de seus erros. E aqui estou, com meu radar de papo-furado em alerta máximo e minha tolerância a idiotas no nível mais baixo de todos os tempos. Não estou sendo engraçada; estou sendo honesta. No entanto, isso é novo para ele. Ele está inquieto, fora da zona de conforto. Por isso, está rindo.

— Não — respondo com sinceridade, antes de acrescentar uma voz perfeitamente afinada para ser condescendente. — Você é especial.

Ele está brincando com a bebida agora, sem dúvida um pouco nervoso — algo que não sente com tanta frequência, acho. Claramente, esta não é a noite que planejou. Amo isso.

— Não escrevo sobre mim. Escrevo sobre... é... bem, vou a encontros e escrevo sobre eles.

— Como este?

— Como este.

Estou maravilhada. Ele já tentou esse método antes? A tática da verdade final?

— E o que diz sobre esses encontros?

E ele me diz (estou surpresa com isso, de verdade). Até me mostra um pouco daquilo em que está trabalhando. Não faz isso de bom grado, mas pergunto a ele, e, por fim (um pouco timidamente), ele me mostra parte de um capítulo. Não digo a ele, é claro, mas li isso antes. É um dos mais legais; um dos que o mostra sob uma perspectiva um pouco mais favorável. Por uma pequena margem.

— Bem, você não é o Romeu moderno — digo, jogando o celular de volta sobre a mesa. Ele está mordendo o lábio. — Não recebeu amor suficiente quando criança ou algo assim?

— Uau! Você é especial! — diz ele. Sua risada quase sumiu agora, mas ele ainda parece impressionado, de verdade.

— Você também é, ao que parece.

Ele toca o celular nervosamente.

— Você quer mesmo saber?

— Não gosto de desperdício, e ainda tenho uns bons cinco minutos da minha bebida. Diria que é tempo suficiente para esclarecimentos.

Ele passa as mãos na nuca. Talvez seja um tique nervoso. O bar está enchendo, pronto para uma verdadeira noite de sábado. Agora, também consigo perceber por que escolheu o lugar. Se conseguisse deixar uma garota bêbada o bastante, ela provavelmente acabaria fazendo papel de boba na míni quase pista de dança. É o tipo de coisa que eu teria feito, se achasse que aumentaria minhas chances. Ele se prepara, limpando a garganta.

— Sabe, costumava ser um menino introspectivo quando criança. Mal conseguia falar com outras pessoas, muito menos com garotas. Foi por isso que comecei a escrever, em primeiro lugar, acho.

É como se todo seu tom, de repente, tivesse mudado. A confiança com que começou foi praticamente arrancada dele. Como se ele, por fim, estivesse sendo seu eu autêntico, tão separado do babaca sobre o qual li. Tão diferente do homem que conheci, quando entrei no bar. Ele continua, com voz crua e sem filtro. Tenho que dizer que, certamente, foi uma boa mudança.

— Quando eu tinha, tipo, dezesseis anos, convidei para sair uma garota que estava sendo legal comigo. Ela disse sim, e planejei a coisa toda, com jantar e bebidas. Sei que é um pouco extremo, porque nessa idade ninguém espera mais que apenas "sair" para algum lugar e, talvez, uma sorrateira latinha de cerveja. Acontece que ela nem sabia que era um encontro. Foi terrível. Ela passou o tempo todo falando comigo sobre outro cara da classe que ela achava que gostava dela. Quando eu disse que eu gostava dela, ela riu e... quero dizer, na época ri com ela, mas a coisa toda me fez querer nunca mais namorar.

— Então é por isso que você odeia as mulheres? — Faço uma pausa. — Porque uma garota o fez se sentir mal quando tinha dezesseis anos?

— Não odeio as mulheres — diz ele.

Ele está mantendo tudo leve, mas posso sentir o calo em que pisei. Este encontro mudou, e nós dois sabemos disso. Faço uma careta vagamente apologética, e ele se prepara para o próximo capítulo.

— Enfim, acabei escrevendo, mas fingindo que eu era ela, e ela era eu. Encontrei este site *on-line* para novos escritores, então o publiquei... e houve muitos *likes*. Tipo, muitos *likes*. Depois, escrevi outro. Totalmente *fake*, veja bem. Tudo sobre esse encontro terrível, onde tudo deu errado, ainda pior que o último, e postei de novo, e lá estava ela. A validação. Então, continuei. Escrevendo cada vez mais, e tornando os encontros muito mais ridículos, e, quanto piores eram, mais curtidas recebiam, e... não sei, tudo meio que decolou.

— Espere! Esses são falsos? — pergunto, surpresa, apontando para o telefone dele, mas acidentalmente apontando para a virilha dele. Ele se mexe de modo um pouco desconfortável, enquanto afasto o dedo.

— Bem, eram. A princípio. Só que, quando eu tinha, tipo, vinte anos, comecei a ficar sem ideias. A essa altura, já havia crescido bastante, e algumas pessoas estavam interessadas de verdade. Então, eu meio que assumi a *persona* que havia inventado para mim e comecei a ter os encontros reais. Acontece que toda a coisa de "fingir até conseguir" funciona.

Estou prestes a dizer algo sarcástico e rude, mas me contenho, mudando de tática. Se ele mudou o tom, provavelmente também deveria mudar o meu.

— Em quantos encontros já esteve? — pergunto.

— Mais do que consigo contar.

— Caramba! — digo, recostando-me na cadeira, absorvendo tudo. — E daí? Você escolhe pessoas que parecem trágicas e esperam pelo melhor?

— Não!

— Não?

Ele olha para mim, dando de ombros.

— Não importa com quem é o encontro. É fácil sabotar um, depois de fazer uma boa leitura de alguém. Ver como as mulheres reagem é a parte interessante.

— Você está me dizendo tudo isso para obter uma reação minha? Uma sobre a qual pode escrever?

— Não, estou lhe contando tudo isso porque você pode ser a primeira mulher com quem saio e que realmente me fez rir. Eu tinha me esquecido desse sentimento. Você tem toda essa política verdadeira rolando, que é... bem, é animadora. Estou gostando disso.

Ele está falando sério, de verdade. Acaricio meu cabelo para trás e me inclino para a frente.

— Quer um conselho? — pergunto.

— Você vai me dar, mesmo assim?

— Pare de tratar as mulheres como merda. Já nos sentimos mal o bastante em relação a nós mesmas, para também termos os homens nos tratando dessa maneira.

Termino meu drinque, bato o copo na mesa e limpo a boca de uma forma que meu pai desaprovaria. Coloco a carteira na bolsa e a fecho, pronta para ir.

— Deixe-me pegar outro. Ainda por minha conta. Devo isso a você.

Rio dele, desta vez.

— Um é suficiente, acho — digo a ele.

— Vamos, você não pode ir agora. Só falei de mim! Não sei nada sobre você!

— Você acabou de resumir a maioria dos primeiros encontros que tive, e os outros caras não pareciam se importar muito com isso — respondo.

Estou afiada essa noite!

— Ainda nem te disse meu nome!

— Não precisa me dizer seu nome.

— Está com raiva de mim?

— Não estou com raiva.

— Está, sim. Está com raiva da minha escrita. Sabia que não deveria ter mostrado. As mulheres podem ser tão ruins quanto nós — diz ele, na defensiva.

— Ah, não — digo, sorrindo maliciosamente. — Os homens podem ser muito, muito piores.

Pego meu casaco, saio do cubículo e vejo seu rostinho desanimado virar-se para baixo, para olhar para o próprio copo vazio. Nunca vi um homem tão bonito parecer tão infeliz.

— E aí? — pergunto a ele.

Ele olha para cima, confuso.

— E aí? — responde ele.

Jogo a bolsa no ombro direito e enfio as mãos nos bolsos, com um brilho consciente nos olhos.

— Na sua casa ou na minha? — pergunto.

56

Sento-me diante do meu notebook, de volta à minha própria mesa, depois do que foi apenas uma noite medíocre, com um homem bonito o suficiente para olhar, em um apartamento de frente para o rio que nunca poderei comprar. Ele mora sozinho, em um apê próprio com dois quartos, onde a característica mais óbvia é uma tevê do tamanho de uma parede, com dispositivos e consoles espalhados por baixo dela, uma variedade de distrações para escrever. Para ser justa, se um dia chegar lá, tenho certeza de que faria algo bem parecido.

Para um homem que escreveu muito sobre como uma mulher tem sorte de cavalgar seu pênis mágico, ele não era tão bom assim. Era desajeitado, e voltado a si mesmo, como só aqueles com menos de vinte e cinco anos podem ser — sem a desculpa de muito álcool para justificar. Quando parei de fazer os barulhos falsos que acidentalmente comecei, por força do hábito, ele começou a ficar cada vez mais inseguro.

— Puta merda! — disse ele, encostando-se para trás, depois que terminamos. — Isso foi incrível!

Não foi, mas foi gentil da parte dele dizer, de qualquer forma. Levantei-me, pegando minhas roupas e fazendo a bagunça de sempre, para evitar muita exposição. O quarto tinha iluminação *downlight*, o que era lisonjeiro, mas também era vermelho-brilhante, como uma cabine em Amsterdã. Ele gritava dinheiro novo e mente jovem, e, embora tenha me perguntado, em determinado momento, se poderia ter sido romântico, não pude deixar de sentir que foi feito para ter o efeito oposto.

— Não precisamos mentir um para o outro — disse a ele. — Não estamos comprometidos.

— Foi, sim!

— Foi... bom.

— Só bom?

Perguntei-me se deveria me incomodar. Ah, que seja! O que havia a perder? Pelo menos a próxima garota pode me agradecer.

— Aquela coisa que fez com os dedos... — disse a ele. Ele concordou maliciosamente com a cabeça, já orgulhoso de si mesmo por um truque de festa que a maioria dos homens acha que é sua especialidade, mas não é. Prossegui, deixando-o confuso: — Diminua isso da próxima vez.

Eu me perguntei se ele ia ficar todo mal-humorado e ofendido. Em vez disso, ele realmente parecia um pouco pensativo.

— Anotado — respondeu ele, levantando-se.

Sentei-me na ponta da cama, colocando as meias, quando, de repente, senti os lábios dele no meu pescoço, prontos para uma segunda tentativa. Eu já havia tido o suficiente para a noite, mas foi fofo. Ignorando-o de leve, levantei-me, estendendo a mão para pegar meu casaco.

— Você está indo embora?

— Trabalho cedo.

— Você não precisa.

Virei-me para olhá-lo. Ele era, de fato, musculoso, o que era surpreendente para um homem tão alto e magro. Deve ter tempo para treinar em sua agenda de escrever, jogar e ir a encontros. Talvez sejam as únicas quatro coisas que faz com seu dia, ponto-final. Ele parecia, ao menos, bem honesto, o que admiro em alguém que provavelmente está prestes a escrever sobre mim, de alguma maneira horrível, para impressionar sua próxima rodada de leitores.

— Está tudo bem. Sei como isso acaba.

— Como o que acaba? — perguntou ele, inocentemente.

Ri, juntando minhas últimas coisas e bagunçando o cabelo, o melhor que pude, no topo da cabeça, para o ônibus noturno de volta.

— Durma um pouco. Você vai precisar. Preciso de você na melhor forma, quando estiver colocando esse encontro no papel.

— Não seja tão estúpida! Não vou escrever sobre isso.

— Sei que vai. Não ligo.

— Mas não vou!

— OK, claro — respondi, com sarcasmo. Não me importo, de verdade. Sobretudo porque estou prestes a fazer exatamente a mesma coisa com ele.

Ele se levantou depressa, pulando na minha frente, para bloquear minha fuga rápida.

— Você não precisa ir.

Eu o beijei, basicamente por educação, antes de passar por ele e sair pela sala de estar com a TV gigante. Pena que não iria assistir a nada nela — embora meus olhos pudessem se queimar com as intensas emissões de luz e a proximidade. Ouvi a voz dele me seguindo, mas ele não estava. Então, quando cheguei à porta, sabia que finalmente nosso capítulo juntos estava no fim.

Uma hora depois, quando cheguei à segurança do meu próprio quarto, vi que o *Mirror Mirror* tinha uma nova notificação à minha espera. Era ele. Óbvio.

> *Homem Misterioso*
> Deixe-me, ao menos, pegar seu telefone

> *Homem Misterioso*
> Podemos sair deste aplicativo estúpido

Agora, de volta à minha mesa, olho as conversas anteriores que tivemos, nome de menino após nome de menino, e sei que deveria deixar isso para lá. Sei que deveria cair fora. Eu me diverti. No entanto, não consigo me conter.

Sentada diante do notebook, pronta para satisfazer aos meus mais de 100 mil leitores com outro trágico conto de fadas que deu errado, recosto-me na cadeira.

> *Bella Marble*
> Vou te dizer uma coisa

Bella Marble
Adivinhe

Homem Misterioso
Adivinhe?

Bella Marble
Sim, adivinhe

Bella Marble
Se acertar, vou te dar a noite da sua vida

Homem Misterioso
Adivinhar 11 dígitos aleatórios?

Homem Misterioso
Isso é impossível

Bella Marble
É improvável. Não impossível

Bella Marble
Na verdade, vou te dar uma pista

Bella Marble
Começa com 07

Homem Misterioso
Essa não é uma pista muito útil

Bella Marble
As mesmas chances que você me deu, eu acho

Homem Misterioso
Você nunca adivinhou meu nome

Bella Marble
Não preciso adivinhá-lo

Homem Misterioso
Ah, é?

Bella Marble
Eu já sei

Homem Misterioso
Qual é, então?

É o próximo nome do capítulo do meu livro, meu amigo.

Bella Marble
Rumpelstiltskin

Então, sem pensar duas vezes, deslizo o perfil do Homem Misterioso para a esquerda. E lá foi ele, de volta para a nuvem de onde veio.

57

— Alô?

— Oi, querida, sou eu. É o papai aqui.

— Eu sei, pai. Os telefones agora têm telas. Vi seu nome, antes de atender. Acredite ou não, realmente "escolhi" falar com você.

— Ah, bom. Bem, precisamos que venha em casa. Hoje, se puder. Para o almoço.

— Mamãe vai cozinhar?

— Não, eu vou.

— Bom. Por quê?

— Porque não queimo a comida.

— Não. Por que precisa que eu vá então?

— Só precisamos falar com você.

— Você e mamãe estão voltando? — tento, esperançosamente. Há uma pausa na linha, o tipo de pausa longa e profunda que os médicos dão antes de dar más notícias.

— Não, querida — responde ele, em tom solene.

Valeu a tentativa, pelo menos.

De qualquer forma, é por esse motivo que vou passar a tarde com meus pais, pronta para ter meu coração partido outra vez.

Eu: 11 Out, 09:09
Você não está em casa, está?

Marty: 11 Out, 09:09
Estou

Eu: 11 Out, 09:09
Em casa, casa?

Marty: 11 Out, 09:09
Em vez de em casa, casa, casa?

Eu: 11 Out, 09:10
Não, doido — Casa de infância

Marty: 11 Out, 09:11
Ah, não. De plantão

Marty: 11 Out, 09:11
Precisa que eu esteja?

Eu: 11 Out, 09:12
Se preciso?

Eu: 11 Out, 09:12
Se enxerga, Marty

Eu: 11 Out, 09:12
Ninguém precisa de você

Acontece que meus pais me arrastaram até aqui porque precisam que eu esvazie meu quarto. Bem, isso não é genial?

Estão colocando a casa à venda. Minhas opções eram que eles arrumassem tudo e decidissem o que vale a pena manter ou que eu mesma o fizesse. Os corretores imobiliários que vieram pareciam inflexíveis sobre a casa ser vendida muito rapidamente. Portanto, queriam ter certeza de que tudo estaria pronto.

Enquanto estou de pé no canto do mesmo quarto em que vivi durante quase toda a vida, sentindo o cheiro familiar dos legumes assados que comi aos domingos, desde a infância, cozinhando nas mesmas panelas, sinto como se o mundo estivesse prestes a explodir.

— Você precisa de ajuda? — pergunta minha mãe, encostando a cabeça na porta.

Tento ignorar o fato de que ela está vestindo uma combinação de jeans e suéter azul macio quase idêntica à minha. Porque gostaria de pensar que meu estilo nasceu do meu bom gosto, não só de uma imitação da minha mãe. Infelizmente, dado que ela também tem sardas em abundância, e seu tom mais escuro de vermelho é apenas decorrente da tintura de cabelo escondendo os brancos — que ela finge não ter —, literalmente pareço um pouco uma versão mais jovem dela, nesse instante.

Balanço a cabeça. Acho que provavelmente vou desmontar em algum momento. No entanto, com minha mãe comigo, estarei em um mar de lágrimas, antes mesmo de chegar à primeira estante.

— Chame, caso precise de mim.

Ela vai embora dizendo o próprio adeus silencioso ao quarto em que me viu crescer e desaparecendo no andar de baixo.

Sei que é estúpido. Na realidade, não moro neste quarto desde meu último verão na universidade, e isso foi há mais de uma década. Poucas pessoas com vinte e tantos anos ainda têm quartos na casa dos pais. Contudo, para ser sincera, nunca pensei que teria que me despedir do meu. É um carimbo de data/hora da minha história. É um lembrete da felicidade e do amor que uma família traz. É meu lar. Exceto que, em alguns meses, será o lar de outra pessoa.

Sento-me na beirada da cama, sem nem sequer saber por onde começar. Em momentos como esse, realmente eu poderia me beneficiar de uma fada-madrinha de verdade. Apenas alguém que apareceria como mágica, quando me sinto mais perdida, para tornar tudo um pouco mais fácil.

— Sabe, sempre o achei superassustador enquanto crescia. Mas acho que, estranhamente, vou sentir falta daquele castelo.

A respiração sai de mim no mesmo instante. Olho para a porta, completamente surpresa.

— Marty?

Não ouvi ninguém subir as escadas. Ainda assim, lá está ele, encostado no batente da porta do meu quarto, com os braços cruzados, vestindo sua camisa xadrez azul. O lado esquerdo dos lábios dele se curva em reconhecimento, enquanto ele vira a cabeça para examinar a cena gigante de conto de fadas que cobre metade da minha parede.

— Pensei que tivesse dito que não estava em casa neste fim de semana — digo, incapaz de esconder um sorriso. Não poderia estar mais grata por ter um amigo, agora. — Você não estava de plantão?

— Estou de substituto — diz ele, dando de ombros. — Só estou de plantão se o veterinário que realmente está de plantão for chamado. É bem raro.

— E você veio me ver? — digo, docemente, batendo as pálpebras, para efeito cômico. Marty ri, mas não morde a isca.

— Minha mãe ligou. Faz tempo que não venho aqui, então pensei em visitá-la.

— Ela não liga, tipo, todos os dias?

É verdade. Nunca vi alguém falar tanto com a mãe quanto Marty fala com Niamh. Marty dá de ombros, despreocupado, mas posso ver suas bochechas corarem um pouco.

— Você só veio aqui para me ver — digo, presunçosa.

— Minha mãe me disse que este lugar estava à venda. Achei que você não ficaria muito feliz com a coisa toda, e minha mãe queria companhia — diz ele, ficando ereto e vagando um pouco mais para dentro do meu quarto. — Como está, afinal? Deve se sentir estranha empacotando tudo isso.

Ele folheia alguns livros nas minhas prateleiras, pegando algum por acaso, antes de recolocá-lo novamente. *Harry Potter*; a trilogia *Fronteiras do Universo*, de Philip Pullman: lembranças, de cada um deles. Meus olhos seguem os dele, enquanto olham ao redor.

— Eu meio que me sinto um pouco entorpecida, pra ser honesta — respondo, recostando-me no estrado da cama. — Nunca achei que teria que fazer isso.

— Pensou que viveria para sempre em um quarto de princesa? — diz ele, sorrindo, mas seu tom ainda é bastante solidário.

— Não — respondo, depressa. Minhas bochechas brilham, vermelhas, antes de me lembrar de que é apenas Marty. — Não é como se eu ainda morasse aqui. Mas, não sei, pensei que sempre teria um quarto de princesa disponível para mim, para sempre.

— Sim, entendo. É uma merda quando você não tem controle sobre coisas assim — responde Marty, com a voz mais suave que o habitual. De forma engraçada, isso me acalma. Talvez ele, de fato, seja minha "fada-padrinho".

Depois de perambular, ele se aproxima um pouco mais. Com uma pequena torção, joga-se na cama, ao meu lado.

— Pense assim: talvez um novo menino ou menina se mude para cá, em seguida, e olhe para aquela parede todas as noites, assim como você fez. Talvez ela também os inspire.

Ele está deitado, e ainda estou encostada na cabeceira da cama. No entanto, mesmo de esguelha, posso ver que ele olha para mim, para ver minha reação. De repente, minha mente se enche com a visão de outra criança, toda encolhida, à noite, com uma pequena lanterna sob as cobertas, olhando para aquele mural e sonhando com seu futuro.

— Acho que nunca pensei nisso dessa forma — digo, por fim. Uma adorável sensação de calma toma conta de mim.

Olhamos para ele por algum tempo, em um silêncio feliz.

— Ou talvez eles pintem por cima dele — acrescento, rapidamente.

— Sim, mas isso também não seria tão ruim. Uma bela tela em branco, para alguém recomeçar — Marty concorda, de maneira ponderada.

— Além disso, provavelmente será melhor para eles, a longo prazo. Você sabe que ele é um empata-foda gigante, certo?

— Também nunca pensei nele dessa forma — rio. Isso me tira um pouco dos meus pensamentos.

— Nunca pensou nisso? Bem, o que os caras diziam quando você os trazia pra cá?

— Eu nunca trouxe homens pra cá.

— O quê? Tipo, nunca? — Ele parece chocado.

— Não.

— Nenhum cara?

Levanto uma sobrancelha para ele, ainda rindo.

— Eu estava muito ocupada procurando pelo "cara" para, de fato, dormir com qualquer outra pessoa. Pelo menos era esse o caso, quando eu morava aqui.

— Caramba! — suspira Marty, enxugando uma lágrima do olho. — Você deixou escapar.

— Sim, bem, nem todos nós podemos ser babacas como você — digo, canalizando minha verdadeira voz sabe-tudo de Hermione Granger, enquanto rio através dela. Talvez esteja inspirada pelos arredores.

— Como eu? O que te faz pensar que eu seja um babaca?

— Ah, você sabe o que quero dizer — digo, rapidamente.

— Não, continue — insiste ele.

Por um segundo, acho que o ofendi. No entanto, ele parece bastante orgulhoso do insulto.

Ainda assim, percebo que posso ter sido rude. Não quis sê-lo, não com ele — quero dizer, eu o chamo de babaca o tempo todo e nunca me ocorreu que ele poderia realmente não gostar do termo.

Como se sentisse que o clima pudesse mudar, ele se inclina e começa a me fazer cócegas. Grito, rindo, enquanto pego um travesseiro para me defender.

— Continue, então! — diz ele, evitando por pouco a fronha roxa que tento jogar nele. — Diga-me! Por que sou um babaca?

— Só quero dizer... — contorço-me, livrando-me de sua pegada, para me acalmar um pouco. Enxugo as lágrimas dos olhos enquanto ele recua, deixando-me recuperar o fôlego. — ... você está sempre com uma garota diferente, todas as noites, e nem sequer pensa nisso.

— Garotas que sabem qual é o acordo e, ainda assim, querem ir pra casa comigo. Isso não é ser babaca. Isso é ser herói.

Que idiota presunçoso! Agora, não me preocupo em ofendê-lo.

— Ah, fala sério! — digo. — Toda garota com quem você dorme está, no fundo, esperando mais que isso.

— Não, você quer mais que isso quando dorme com as pessoas. Não projete monogamia em todas as outras mulheres só porque está caçando um marido.

— Isso é... — tropeço nas palavras. Ele está sorrindo para mim, como se já tivesse vencido a discussão. Minha veia competitiva toma conta. — OK, bem, e aquela garota da outra semana? Aquela que você deixou no quarto enquanto saiu e me encontrou em Brixton? Você literalmente tomou um drinque comigo no bar, e me fez um chá naquela noite, enquanto ela estava o tempo todo esperando por você! Esse foi bem um lance de babaca.

Alegremente, ele coloca as mãos atrás da cabeça, arrumando o travesseiro, para ficar confortável.

— Ela não estava me esperando. Estava dormindo.

— Escutei você fazendo sexo naquela noite!

— Ela estava dormindo — diz ele, com os olhos brilhando de orgulho, enquanto continua. — Só acordou quando voltei para o quarto e queria outra rodada.

— Ha! Bem, você ainda a deixou! Portanto: babaca.

— Isso não é nem um pouco o que aconteceu.

— Ah, é? — instigo.

— É — responde ele, imitando meu tom moralista.

— Me dê uma luz, então.

— Tudo bem, que tal isso: recebi uma mensagem de uma certa idiota bêbada dizendo-me que estava sozinha, em uma noite de sábado, no meio de uma boate em Londres, cercada de homens bêbados, pelos quais, provavelmente, eu não podia colocar a mão no fogo, e, por algum motivo bizarro, sem sapatos.

— Eu tinha um sapato! — tento, pessimamente. Estou rindo, mas posso sentir o calor crescendo nas bochechas.

— Então, eu disse à garota... Gemma era o nome dela. Eu disse a ela qual era a situação e que precisava ter certeza de que você estava segura, e ela concordou e escolheu ficar. Não pedi a ela que me esperasse, assim como não a expulsei às três da manhã, porque esse teria sido o lance do babaca. Dei a ela uma escolha, e ela escolheu ficar, na cama quentinha, na qual já estava.

Certo, quero dizer, colocando dessa forma...

— Tudo bem, vou deixar essa passar — digo, por fim, um pouco envergonhada, de verdade. Marty se espreguiça, vitorioso. — Embora também esteja errado — acrescento, fracamente.

— Ah, é?

— Não estou à procura de um marido. Não mais.

Ele abre o olho direito, para espiar.

— Isso tem a ver com essa aventura sexual de contos de fada em que tem estado?

— Aventura sexual?! Só você usaria essa expressão! — Isso me faz rir. — Sabe, tive mais sucesso e mais... mais diversão, acho, nas últimas semanas, que em mais de uma década tentando encontrar o "cara". Acontece que é muito menos divertido tentar encontrar o "felizes para sempre" de contos de fada que procurar por...

— "Finais felizes" de verdade? — tenta Marty, com um meio-sorriso.

Isso me faz rir de novo.

— Eu ia dizer "reviravoltas".

Marty fecha o olho novamente, feliz.

— Bem, bom — diz ele —, é hora de você começar a se divertir um pouco mais na vida. — Que velha fada-madrinha engraçada ele é. — Além disso, você não precisa ser "babaca", como diz, para ter uma vida sexual saudável.

— Então, você não precisa — concordo. — Tudo bem, tudo bem, retiro o que disse. Você não é babaca.

Suspiro, com os olhos ainda traçando o contorno do castelo de contos de fada, do qual estou prestes a me despedir. Estranhamente, isso traz à tona uma lembrança diferente.

— Embora... — adiciono — ... e aquela vez que você xingou o senhor Knot?

— Ha! — ele bufa. — Sim, eu estava sendo um verdadeiro babaca com ele. Não sei, eu estava o tempo todo com raiva, naquela época. Ressentia-me de qualquer homem da idade de Stuart. Pensava que todos fossem escória.

Isso me surpreende mais do que deveria.

Não tenho certeza se já o ouvi falar sobre o pai. Não assim. De forma tão casual e calma. Acho que nunca o ouvi se referir a ele antes pelo nome verdadeiro.

Fico um pouco em silêncio, absorvendo.

O pai dele realmente estragou as coisas para os dois, incluindo Ellie. Quero dizer, no fundo, eu sempre soube disso. No entanto, acho que saber algo e entender algo são duas coisas muito diferentes.

Eu costumava ficar muito confusa sobre por que ela nunca se preocupava em caminhar até o altar do jeito que eu me preocupava. Agora entendo, acho, ou, pelo menos, entendo melhor. Deve ser difícil ficar animada com um grande casamento branco quando o exemplo mais próximo que ela tem de um relacionamento adulto é Stuart deixando todos eles, como se não significassem nada.

Jamais tive isso. Tive dois pais que nunca me fizeram sentir que eu não era boa o suficiente. Tive dois pais que me amavam e se amavam. Que ainda se amam, acho. Apenas de maneira diferente.

Não é de admirar que Ellie nunca tenha sonhado com as coisas que sonhei. Não é de admirar que Marty não seja muito fã de compromisso.

A decisão egoísta de um homem moldando, para sempre, a vida daqueles que ele tão impensadamente deixou para trás.

Um pequeno ruído de bipe surge, antes que eu tenha a chance de dizer qualquer coisa. Rapidamente, Marty pega o pager na cintura.

— Ah, merda! Cassie acabou de ser chamada para uma visita domiciliar.

— Precisam de você no trabalho?

— Alguém deveria estar no consultório. Só por precaução. Ei, vim para ajudar e não fiz basicamente nada. Que tal isso?

— Você me animou. Já é alguma coisa.

— Sou basicamente incrível! — Ele ri, pulando para ficar de pé, pronto para sair.

— Obrigada, Marty — digo, genuinamente tocada por ele ter se dado ao trabalho de vir. Só o fato de estar aqui fez com que me sentisse melhor.

Ele para na porta, e acho que está prestes a fazer outra piada. Em vez disso, ele só acena com a cabeça.

— Sempre que precisar — responde ele. — Sempre que precisar.

58

Vinte minutos depois, ainda não me mexi, nem uma única mala foi feita, quando meu celular toca. Tiro-o do bolso. Por alguma razão, acho que deve ser Ellie.

Parece certo que seja Ellie.

O número de vezes em que me sentei no tapete branco macio e usei todos os meus minutos livres para enviar, inutilmente, mensagens de texto, sabendo que, em uma hora, ela provavelmente estaria por perto, para o jantar… Mandar mensagens para Ellie e estar neste quarto é tão natural para mim quanto nadar e estar no oceano.

Exceto que, agora, parece que estou me afogando.

Nenhuma mensagem nova. Nem de Ellie, nem de ninguém.

Verifico de novo. Aquilo foi estranho. Talvez esteja sentindo vibrações fantasmas — tão desesperada para saber dela que acredito que ela deve ter enviado uma mensagem.

Olho para as últimas mensagens que ela mandou enquanto eu saía da casa dela, na semana passada.

A Elsa da minha Anna: 4 Out, 21:08
Entendo que você possa precisar de algum tempo.
Só, por favor, por favor, ligue, assim que estiver
pronta para conversar

A Elsa da minha Anna: 4 Out, 21:08
Estarei aqui quando estiver pronta

A Elsa da minha Anna: 4 Out, 21:08
Amo você

A Elsa da minha Anna: 4 Out, 21:08
Bjo

De repente, algo sobre o que Marty disse me faz pensar que deixar isso se prolongar não vale a pena. Minha briga não é com Ellie, é com Mark, e, ainda assim, por algum motivo, eu a estou punindo com meu silêncio. Não quero ser a pessoa na vida dela que simplesmente vai embora ao primeiro sinal de problema.

E daí se Mark e eu não nos dermos bem? Nossa amizade não deveria sofrer por causa isso. Talvez a vibração estivesse tentando me dizer algo.

Começo a escrever um texto:

Eu: 11 Out, 12:02
Sinto sua falta. Muito.

Porém, não envio. Algo me impede. Algo físico. Meu celular vibra, mais uma vez.

Esquisito. Saio das mensagens de Ellie, mas ninguém mais enviou mensagem. Isso não era fantasma. Senti isso. Minha mão inteira formigou e... não, acabei de verificar, não estou tendo um ataque cardíaco ou um derrame.

Mirror Mirror não tem novas notificações. Até aí, nenhuma surpresa. O B-Reader também não. Desativei as notificações, porque fiquei nervosa demais para continuar checando. Quarenta minutos após o *upload* de O Verdadeiro Rumpelstiltskin, eu já tinha visto curtidas de mais de cinco mil pessoas. Toco nele rapidamente, agora. Maldito inferno, meu coração está martelando no peito! Sozinho, esse capítulo mais recente teve mais de cinquenta e cinco mil visualizações.

Sinceramente, não parece real. Na verdade, parece tão irreal que saio dele.

Estou de volta a Agatha Christie, torcendo meu bigode e tentando resolver o caso da vibração fantasma. Verifico todos os outros aplicativos e saio sem nada. Checo as configurações de vibração, e nada.

Então, percebo: é o botão que nem me incomodei em checar, porque, literalmente, nunca o checo. Tenho e-mails demais que não foram lidos, para nem sequer tentar examiná-los. Dado que realmente uso e-mail apenas para compras *on-line*, não faz sentido vasculhar o lixo, a menos que eu saiba que estou esperando algo. Faço isso agora, de qualquer maneira, desesperada por distração, e... aí está, aí está a fonte da pontada na palma da mão. É o e-mail marketing da revista *Time Out*, contando para mim quais são os dez cafés mais instagramáveis do noroeste de Londres. Genial! Isso valeu os cinco minutos perdidos examinando o telefone.

Contudo, agora que estou no e-mail, de repente percebo outros e-mails do início da semana, os quais nunca me preocupei em olhar.

Um do relacionamento com o cliente do B-Reader, de sexta-feira.

Isso é interessante.

Clico nele, esperando não ter violado nenhuma regra que possa me expulsar.

Prezada B. Enchanted,

Espero que não se importe de a contatarmos diretamente. Nós, da B-Reader, ficamos incrivelmente impressionados com sua jornada em nosso site. Gostaríamos de conversar com você, pois fomos recém-contatados pelos agentes literários da Hummingbird sobre suas últimas postagens. Embora nunca enviemos o endereço de e-mail de nenhum de nossos usuários, muitas vezes gostamos de informar aos nossos autores quando pessoas do mundo editorial entram em contato conosco. Você pode já ter um agente literário. Se esse for o caso, por favor, avise-nos, para não a contatarmos sobre qualquer assunto como esse.

Se quiser que passemos seu endereço de e-mail ao agente da Hummingbird, ou quaisquer outros detalhes de contato, por favor, informe a nós, e teremos prazer em colocá-la em contato com ele. Caso não tenhamos notícias suas, presumiremos que não deseja que eles entrem em contato com você.

Estamos ansiosos por seus próximos capítulos e esperamos que tenha gostado de sua experiência conosco.

Atenciosamente,
Freya Baxter
Gerente de Relacionamento com Autores
B-Reader

Ah, minha nossa! Ah, minha NOSSA! AH, MINHA...

Meu coração está pulando. Meu mundo está girando. Isso é tudo com que sempre sonhei. Quer dizer, não exatamente, mas este é o primeiro passo em uma estrada onde sempre sonhei estar.

Respondo de volta, na mesma hora.

Oi, Freya,

Seu e-mail alegrou meu dia.

Por favor, vá em frente e passe meu endereço de e-mail ao agente da Hummingbird. Estou muito ansiosa para ouvi-los.

Atenciosamente,

Bella

Sento-me no meio do quarto, olhando para o celular, como se ele pudesse vibrar de novo, no mesmo instante. Procurei "Hummingbird" no Google. É uma agência literária pequena, mas reconheço alguns dos autores das estantes. Não publicamos nenhum de seus clientes, mas alguns de nossos concorrentes mais estabelecidos publicaram. Examino todos os agentes listados, tentando descobrir qual acho que possa ser.

Percebo, depois de aparentemente cerca de meia hora, que é domingo. O e-mail foi enviado na sexta-feira. Suponho que essa Freya Baxter trabalhe em horário normal, como todos os outros no mundo. Assim, é improvável que esteja *on-line* em uma tarde de domingo. Estou tão brava comigo mesma por não ter visto isso antes.

— Como está indo aí em cima? — minha mãe chama, das escadas. — O almoço está quase pronto!

Afasto-me do celular e me dou conta de que já faz muito mais que só meia hora. O quarto ainda não foi tocado. Começo a trabalhar instantaneamente, não mais como o coelhinho preguiçoso que era, mas, agora, como uma tartaruga eficiente que, lenta, porém constantemente, começa as pilhas de Preciso Guardar e Preciso Jogar Fora.

Eu deveria estar mais triste. Deveria estar mais nostálgica. No entanto, não posso deixar de sentir que, de certa forma, parte da minha vida está chegando ao fim, mas talvez — talvez — a próxima porta tenha acabado de se abrir.

59

— Bellabon!

— Niamh?

De pé, segurando uma caneca de chá quase vazia, ao lado da mesa da cozinha, está minha antiga professora primária e — o mais importante — matriarca da família Mathews. Para ser sincera, ela se parece tanto com Ellie. São como duas ervilhas em uma vagem, apenas com coloração diferente e um nariz ligeiramente diverso. Sei que é algo estranho de dizer, mas, para ser honesta, parece Photoshop, e tem sido assim desde que a conheço. Ela está vestindo um cardigã de tricô, como sempre usou, e jeans folgados, ao contrário das calças pretas que precisava usar quando era minha professora.

Dou nela o abraço que estava tão desesperada para dar em Ellie. Há aquele cheiro familiar de lavanda enchendo minhas narinas.

Percebo que, no fim das contas, nunca mandei uma mensagem a Ellie. Deveria fazê-lo agora.

Na verdade, agora é melhor ainda. Posso contar a ela tudo sobre como a aventura de contos de fada realmente funcionou para mim, afinal. Quero dizer, não preciso que esse seja um momento "foda-se o Mark" — eu queria entrar em contato, antes mesmo de ter descoberto. No entanto, não vou mentir, isso seria a cereja no topo de um bolo já lindo. Posso tomar a decisão adulta agora e ser toda "Sinto sua falta. Quero ver você. O livro de contos de fada é, de fato, um enorme sucesso, e Mark estava errado (ele pode se desculpar quando quiser), mas vamos deixar tudo para trás e continuar de onde paramos".

— Espero que meu filho tenha ajudado você lá em cima de verdade, não apenas feito travessuras — ri Niamh.

— Ah, Marty acabou de sair — digo a ela.

— Eu sei. Vida de veterinário! Sempre correndo por aí, em cima da hora.

— Você vai ficar para o almoço?

— Não, não. Só vim para uma xícara rápida. Também queria ter certeza de encontrar você, antes de sair. Marty me disse que está escrevendo de novo?

Aquele menino fala com a mãe sobre quase tudo.

— Sim, estou — digo, timidamente. — Na realidade, acabei de ser abordada por um agente!

— Um agente? Você não nos disse isso, Bells! — diz meu pai, atrás de uma bandeja fumegante de legumes que está trazendo à mesa. Graças a deus, ele está vestindo uma camisa xadrez cinza ou nossa família estaria combinando, como em um cartão de Natal.

— Acabou de acontecer! — respondo, ainda no brilho de todo o evento.

— Bem! Mal podemos esperar para ver seu nome nas prateleiras! Minha própria aluna, uma autora publicada! Que tipo de livro é?

Eca. Estamos falando de minha antiga professora primária. Ela me viu crescer. Parece… não, não consigo.

— É só a história de uma garota… encontrando o amor.

— Ah! Um romance! Adoro um bom romance!

— Qual agente? — pergunta meu pai, maravilhosamente entusiasmado.

— Que história é essa de agente? — acrescenta minha mãe, entrando no cômodo.

— Bells conseguiu um agente.

— Um agente?! Bells! Por que não nos disse?

— Não tenho um agente; fui abordada por um. E acabei de descobrir!

— Isso é incrível! Qual?

— Foi o que acabei de perguntar — disse meu pai, entusiasmadamente.

— Ainda não tenho certeza. Vou descobrir, em algum momento da próxima semana. Mas, enfim, ainda é cedo. Sim, estou escrevendo. — Viro-me para a senhora Mathews, que não poderia parecer mais orgulhosa.

— Ver vocês todos crescidos! Isso me mata, para ser honesta!

— Sei o que quer dizer, Niamh — canta minha mãe, enquanto passa um pano de prato para meu pai, para proteger as mãos dele do forno.

É um pequeno gesto, eu sei, mas, estranhamente, ao observá-lo, sinto um sorriso se arrastar pelo rosto. Quero dizer, vi minha mãe passar panos de prato para meu pai durante 29 anos. Então, é uma cena bastante normal, mas acho que é exatamente essa a questão.

Com a família Mathews, quero dizer, meu deus! Eles tiveram que se reajustar a tudo, da noite para o dia. Stuart saiu sem avisar, e Niamh, de repente, ficou sem ninguém para passar panos de prato a ela. Marty e Ellie tiveram que aprender a ficar sem um dos pais, sem nenhum tipo de período de transição, como o que me foi dado.

Não estou dizendo que estou feliz com nada disso, não estou. No entanto, posto em perspectiva, dessa forma… toda essa coisa de "separação dos pais"… poderia ser muito pior.

Minha mãe continua:

— Temos Marty, um veterinário qualificado. Você está prestes a ser uma autora publicada. E Ellie, é claro, fazendo toda a coisa do noivado, em um mês!

— Eles já estão noivos. Sei disso. Eu estava lá — digo, lembrando-me do celular. Ellie! Eu ia mandar uma mensagem a Ellie! Caramba, com a mãe dela aqui, fiquei um pouco distraída. No entanto, o universo está me dizendo para enviar uma mensagem a ela. Não posso ignorar o universo.

— Ah, você sabe o que estou querendo dizer! — responde minha mãe.

— Niamh, desculpe! Nós ainda não confirmamos presença — diz meu pai, jogando o suculento bife assado no balcão da cozinha.

— Ah, confirmamos — minha mãe o corrige.

— Ah, você confirmou?

— Para nós dois, esta manhã.

— Ah, ótimo! — respondeu meu pai.

— Precisa confirmar? — pergunto.

— Bem, provavelmente você não precisa, querida — diz Niamh, confusa. — Você é uma certeza!

— Qual é a certeza?

— Que vai estar lá.

— Estar aonde?

— Na recepção de noivado.

— Ainda não consigo acreditar no código de vestimenta deles. É a coisa mais parecida com Ellie que já vi — diz minha mãe.

— Bem, é Halloween.

— Nem consigo me lembrar o que queria ser, quando era jovem — pondera meu pai.

— Eu consigo. Você queria ser o coelhinho da Páscoa.

— Bem, dificilmente vou me vestir assim, não é?!

Que porra está acontecendo aqui?

— Recepção de noivado? — Dizer que estou escondendo a confusão e o horror na voz seria uma mentira deslavada. — Quer dizer, neste Halloween? O Halloween que está a três semanas de distância?

Há um silêncio constrangedor na cozinha. Meus pais estão olhando um para o outro, o que posso ver pelo espelho pendurado atrás da porta da cozinha. Niamh está concordando com a cabeça, insegura sobre o que está acontecendo. Ninguém parece confortável.

— Mas é claro que você sabe! Mandei os convites eletrônicos esta manhã! Pensei que você tivesse estado constantemente na casa dela, para planejar isso! Vocês sempre parecem incapazes de planejar qualquer coisa uma sem a outra — diz Niamh, antes de ela também perceber o que aconteceu.

Meu celular já está na palma da mão, apertado. Então, clico na última mensagem de Ellie e pressiono o ícone do envelope, para abrir meus e-mails, mais uma vez. Eu os examino, e meus olhos mal olham para a mensagem do B-Reader enquanto vasculho os alertas de liquidações de outono, procurando-a.

Nada.

Checo o lixo eletrônico.

Nada, ainda.

— Enviei a todos da lista de Mark!

— Mark fez a lista?

— Foi ele que me enviou... — diz Niamh, entrando em pânico, enquanto verifica seu telefone. — Aqui está ela, viu?

Pego o celular da mão dela, ignorando quanto isso é rude, e vasculho a lista de endereços de e-mail enviada a ela, da conta de Mark.

Não estou lá. Verifico-a três vezes. Minha mãe, sim. Meu pai, sim.

Eu, porém, não estou lá.

Sei que Mark e eu brigamos, há uma semana. Sei que todos dissemos coisas. No entanto, minha melhor amiga vai fazer uma recepção de noivado daqui a vinte dias, e, ao que parece, seu noivo idiota decidiu que eu não me qualifico mais como uma "amiga boa o suficiente" para ir. Ellie Mathews está dando uma festa, uma grande festa, para o evento de uma vida, e eu, sua melhor amiga desde a infância, a outra metade de sua alma, nem fui convidada.

60

NIAMH SAIU LOGO DEPOIS, ALEGANDO QUE DEVERIA SER APENAS UM ENGANO. Contudo, conheço Mark melhor que isso. Não é um engano. De jeito nenhum.

No final, precisei de ajuda, tanto da minha mãe quanto do meu pai, para acelerar o processo de embalagem, uma vez que fiz muito pouco antes do almoço. E ele foi feito quase em silêncio, enquanto eu fervia de raiva.

Quando saí, potencialmente dando adeus à última refeição que nós três teríamos sob aquele teto, mal olhei para a porta azul-brilhante da casa em que cresci. Estava tão furiosa... tão ridiculamente irritada e magoada com Mark por ter feito isso comigo.

Eu já estava no trem, quando meu telefone vibrou.

Chamada perdida: A Elsa da minha Anna.

Duas chamadas perdidas: A Elsa da minha Anna.

Aí está. O primeiro contato de Ellie, em sete dias. Algumas horas atrás, eu teria ficado em êxtase ao receber um contato dela. Agora, porém, sei exatamente por que ela está quebrando o silêncio. A mãe deve ter dito a ela.

Mesmo que não estivesse magoada, mesmo que tivesse atendido ao telefone, o trem poderia entrar no túnel e perder o sinal, e eu não podia deixar isso acontecer. Não queria tornar a coisa toda pior do que já estava. Precisava de tempo. Então, na terceira vez em que Ellie tentou ligar, desliguei. Não recebi outra chamada, na sequência.

Fiz de tudo para me distrair. Entrei no *Mirror Mirror* e enviei mensagens aleatórias, a *matches* aleatórios. Percorri o *Instagram*, foto após foto photoshopada, de pessoas que levam uma vida melhor que a minha. Pessoas que, ao contrário de mim, provavelmente receberam convites para a festa de noivado de Ellie, todas elas. Por fim, até isso estava me deixando triste. Então, voltei para o único aplicativo que estava me enchendo de alegria absoluta: o B-Reader.

Havia conforto nisso. Veja meu incrível número de seguidores. Veja como cresceu. Veja todas essas pessoas que gostam de mim e me respeitam, muito mais que Mark Maldito Reynolds, que, ao que parece, considera a amiga mais antiga de sua parceira indigna de um convite eletrônico. Foda-se ele!

Leio alguns dos milhares de comentários:

@CatcherInTheLibrary
Esta é a melhor coisa que já li!

@BookWormsUnited
Vamos, garota, você pode encontrar seu Príncipe Encantado!
#TeamDreamComeTrue

@CallieLDawson
Mal posso esperar por mais!

Conforme ando da estação de trem até o metrô, é tudo em que penso. Preciso manter meus seguidores felizes. Preciso de algum tipo de vitória. Preciso que fiquem comigo, enquanto meus outros amigos, meus amigos mais antigos, estão sendo afastados de mim.

Mal posso esperar por mais.

Vou lhe dizer quem mais mal pode esperar por mais. Na primeira vez em que fiquei triste, encontrei meu Smurf. Na segunda, encontrei meu médico. Meu interlúdio com Henry Pill foi empoderador pra caralho. Agora, mais que nunca, quero me sentir empoderada. Quem vai dormir comigo para me tirar essa raiva? Quem vai me levar de volta à felicidade?

Mal posso esperar por mais.

Enquanto o metrô chega a Balham, fico imaginando qual é a próxima história que posso tentar. Qual é o próximo conto de fadas que posso escolher para embarcar? Preciso de algo grande. Preciso que o próximo aconteça depressa. Esta noite? Isso é possível?

Mal posso esperar por mais.

Desço a rua principal e viro na minha rua de conexão. Vamos lá, devo ser capaz de pensar em alguma coisa. É domingo, e, apesar da minha libido crescente, não quero abordar um total desconhecido de novo, como fiz com o Doutor Olhos Arregalados.

Devo ser capaz de encontrar alguma coisa. *Mirror Mirror*? Não há como conseguir alguém para sair comigo hoje à noite por lá. Há apenas três deles, e não falei com esse grupo tempo suficiente para nem sequer ver suas ocupações.

O que mais?

Mal posso esperar por mais.

Mal posso esperar por mais.

Ao virar a chave do meu apartamento, ouço vozes flutuando da cozinha. Percebo, com uma pontada repentina, que não vejo Simon ou Annie há uma semana. Simon tem ficado na casa de Diego, e Annie... bem, só deus sabe. Ela tem evitado os alemães, isso é tudo que sei.

Instantaneamente, paro, quando a razão retorna a mim. Em que estava pensando? Não preciso de um homem.

Talvez amizade seja tudo de que preciso.

Vou para a cozinha, pronta para abrir o coração e a alma para meus colegas de apartamento. Então, em vez das covinhas adoráveis de Simon e dos glúteos fortalecidos de Annie, sou confrontada com Hans e Gertie meio expostos e muito risonhos.

Nenhum conforto aqui, então.

Há farinha e açúcar de confeiteiro em quase todos os lugares. Gertie está coberta dele — mais coberta de pó branco que de roupa, ao que parece. Seu sári está enrolado em um lenço, de forma precária o suficiente para cobrir apenas um de seus mamilos, e ela está com um short fio-dental desfiado, bastante elaborado, para reunir todo o conjunto. Hans não está melhor — ambos os mamilos estão cobertos de fermento em pó, e sua cuequinha branca apertada é tão apertada que, na realidade, nem precisaria existir.

— Bella! — diz Hans, como se isso fosse uma descoberta comum.

Ah, caramba, ele está chapado pra caralho! Suas pupilas parecem estar prestes a explodir, no branco da estratosfera dos olhos. Viro-me para Gertie, que está montando o que parece ser uma monstruosidade, feita de biscoitos de gengibre. Se era para ser uma casa, falhou.

Por um segundo, acho que vou explodir. Só por um segundo, acho que posso liberar toda minha raiva sobre eles e gritar, mas não o faço. Não é culpa deles. Além disso, sei que é estranho, mas, na verdade, estou achando tudo isso muito... qual é a palavra? Engraçado.

— Olá, Hans. Gertie — digo, olhando em volta, para a toda bagunça que faria Simon surtar. Minha voz está estranhamente calma. Nem eu esperava por isso. — Annie e Simon estão por aqui?

— Os dois estão fora — responde Gertie, tentando cimentar mal uma tampa, em uma metade da estrutura. O efeito dominó de seu fracasso faz com que uma seção totalmente diferente se desfaça, e ela ri disso, histérica. Não tenho muita certeza de onde procurar.

— Annie saiu há uma hora. Simon não volta faz um tempo. Você gostaria de um pouco de biscoito de gengibre? Está carregado de coisas boas — acrescenta Hans, sacudindo um saco grande e quase vazio na minha frente, com os restos de erva no fundo.

— Esperem! Esses são bolos de maconha?

— São casas de maconha — Gertie me corrige. Seu movimento acidentalmente tira um seio do lugar. Sem o menor constrangimento, ela o arrasta, devagar, de volta para dentro.

Não estou sendo esquisita, mas o sotaque deles, enquanto estão chapados, é muito cômico. Talvez seja a raiva borbulhando dentro de mim, porém tudo diante de mim é, de alguma forma, completa e totalmente hilário. Ainda não consigo acreditar que estão tentando fazer uma casa de biscoitos de gengibre enquanto estão chapados. Não posso acreditar que Hans e Gertie estão construindo uma casa de biscoitos de gengibre.

Ah, puta merda!

Acabo de encontrar meu próximo capítulo.

— Posso... me juntar a vocês? — pergunto.

Gertie vira-se para Hans, e os dois trocam um olhar cúmplice. Gertie quebra um pedaço de biscoito de gengibre da arquitetura dolorosamente frágil e caminha até mim, com o erotismo dos anos noventa. Como se eu tivesse pedido de maneira explícita, ela o coloca na minha boca, com delicadeza. Foda-se, é sensual! Nunca me alimentaram com uma guloseima de carboidrato de modo tão selvagemente erótico. Estou com raiva, estou animada e estou prestes a ficar muito, muito chapada.

Estou contando com isso. Preciso de toda coragem que conseguir.

— Quanto mais, melhor — sussurra Gertie.

61

Ainda estou confusa, um pouco chapada e dolorida, em lugares que não sabia que poderiam doer. Gertie e Hans. Houve um momento, em algum lugar no meio de tudo, em que eu não conseguia descobrir quais partes do meu corpo eram meu corpo e quais eram de Gertie. Era estranhamente bom tê-la por perto. Ela foi muito... qual é a palavra? Solidária. Estava lá, em todos os momentos certos, e não estava lá, em todos os outros. Nunca fui tão longe com uma garota antes, mas pareceu muito, muito natural. Tudo pareceu natural. Eu estava mais chapada que nunca, e quase tudo estava me fazendo rir. Então, tudo parecia muito "uno com a natureza", não importa de que maneira você veja isso.

Hans foi uma fera. Estava se movendo de modo que eu não achava que os seres humanos pudessem. Torceu e meteu como um herói absoluto, e meu corpo estava formigando, independentemente de ele estar dentro ou fora de mim. Mesmo chapado, foi um garanhão.

O relógio bate uma da tarde, e percebi que não saio do quarto há mais de seis horas. Não para fazer xixi, não para comer, nem mesmo para tomar um pouco de ar fresco. Fui direto do quarto deles para o meu; desde então, não me mexi. Estou usando meu pijama de pinguim e o mesmo suéter azul, que passou do cheiro do belo assado do meu pai para algo um pouco menos identificável — que, mesmo assim, de alguma forma, está me deixando com fome. Pergunto-me se isso é ruim. Então, lembro-me de que tenho tudo de que preciso, bem aqui. Tenho um notebook, a internet e mais de cem mil amigos que me apreciam muito mais que qualquer outra pessoa no mundo lá fora.

Siga as Migalhas já é um dos meus capítulos mais bem avaliados, e só foi colocado *on-line* duas horas atrás. Por outro lado, tendo-o relido, não estou surpresa. Enquanto fui um pouco puritana em alguns dos outros, e omiti algumas das descrições mais detalhadas, fui com tudo neste pequeno passeio pela estrada de contos de fadas. Ainda devia estar chapada quando escrevi. A quem estou enganando? Eu estava completamente chapada quando escrevi. Na verdade, no fim do terceiro parágrafo, realmente coloquei a cabeça no travesseiro, dormi durante três horas, acordei pouco depois das quatro da manhã e continuei a escrever, com a ajuda de um pouco mais de biscoito de gengibre.

Como é segunda-feira, liguei para o escritório esta manhã para dizer que estava doente. Não ligo fingindo que estou doente faz quase quatro anos. Além disso, havia perdido a hora, com meus dez despertadores. Mais ainda, se sair do quarto, posso esbarrar no casal, e, bem, a noite foi... bem, ela foi o que foi, mas sou inglesa e desajeitada demais para enfrentar o que aconteceu. Portanto, só tenho uma coisa a fazer: evitar meus colegas de apartamento pelo resto da vida.

Ainda assim, valeu a pena. Valeu muito a pena, porque olhe esses seguidores crescendo.

62

VERIFIQUEI NOVAMENTE SE MEU E-MAIL HAVIA SIDO ENVIADO AO PESSOAL DA B-Reader. No entanto, durante toda a segunda-feira, enquanto girava os polegares e cochilava com mais um documentário, fiquei checando a caixa de entrada, e nada.

A Elsa da minha Anna: 12 Out, 14:40
Por favor, atenda.

A Elsa da minha Anna: 12 Out, 14:40
É claro que você está convidada! Não era para minha mãe ter enviado aqueles convites!

Tentei ignorá-la, tentei. Porém, após um tempo, não consigo me controlar. Sinto-me ansiosa e estranha, provavelmente efeito da ressaca do biscoito de gengibre, mas mesmo assim...

Eu: 12 Out, 15:02
Vi a lista que Mark enviou. Sei que eu não estava nela.

A Elsa da minha Anna: 12 Out, 15:03
Isso foi porque ele achou que eu fosse te convidar pessoalmente! O que, é claro, eu iria!

A Elsa da minha Anna: 12 Out, 15:03
Ia te ligar mais tarde. De verdade, realmente ia.

Sério? Ou isso é uma péssima desculpa para as ações dele?

A Elsa da minha Anna: 12 Out, 15:03
Você tem que acreditar em mim!

A Elsa da minha Anna: 12 Out, 15:03
Por favor, atenda.

A Elsa da minha Anna: 12 Out, 15:04
Adoraria conversar. Bjo

Como ela ainda não o vê pelo que ele é? Como o está justificando?

Nem sei como falar com ela depois disso. Claro, a erva que sobrou em mim pode estar me deixando um pouco mais paranoica do que deveria em relação a isso, mas também está me dando uma espécie de clareza enevoada: Mark oficialmente me excluiu da vida deles. Viu que Ellie e eu não estávamos nos falando (tudo por causa de uma discussão que tive com ele, devo acrescentar) e aproveitou a chance para me derrubar de uma vez.

Tenho certeza de que ela adoraria discutir como Mark, o maravilhoso e impecável Mark, decidiu que sair comigo não é adequado para um estilo de vida saudável. Tenho certeza de que ela adoraria ouvir como, por não ter seguido o grande conselho de seu garoto-maravilha Mark para me tornar freira, minha vida caiu em desgraça.

Só que não caiu, meu amigo. Estou vivendo a vida ao máximo. Estou vivendo cada dia como se fosse o último. De certa forma, pelo menos. Quer dizer, se hoje fosse, literalmente, meu último dia, passei 90% dele na cama, desesperada para fazer xixi, pensando seriamente em qual recipiente poderia usar como penico. Não que este fosse o pior último dia, mas esta é a ressaca para um último dia melhor, sabe?

63

Depois da minha terceira soneca do dia, acordo, para ser precisa, às 17h56, com o melhor e-mail de todos os tempos.

Oi, Bella,

Que bom estar em contato.

Recebemos seu e-mail de um dos membros do B-Reader, que mencionou que você sabia que lhe escreveríamos. Como já deve saber, lemos seus capítulos e achamos que há algo realmente promissor aqui.

Por que não nos encontramos para bater um papo? Seria ótimo saber para onde você acha que esse romance está indo e quaisquer outras ideias que teve.

Fico aguardando seu contato.

Atenciosamente,
Becky Hamill
Agente literária Hummingbird

Na mesma hora, eu a busco no Google. É uma agente nova. Era assistente de um agente, depois de deixar a Universidade de Nottingham, com um diploma de inglês. Há alguns anos, fez a transição para atender os próprios clientes. Até tem um assistente, ao que parece, que colocou em cópia neste e-mail: ConnerDash@HummingBirdLiterary.com. Uma agente com o próprio assistente? Sei que é um detalhe tão pequeno, mas ele me diz que ela é legítima. Está vencendo na vida. Tem tudo de que precisa. E está interessada em mim.

Ela parece amigável na foto. Está vestindo um suéter de lã e uma longa saia plissada. O cabelo escuro é curto e espetado, e seu rosto é caloroso e redondo. Ela tem um cachorro no colo, como todo agente literário deveria ter. É uma daquelas cachorras de *A Dama e o Vagabundo.*

Eu a amo, no mesmo instante.

Impeço-me de responder, de imediato.

Não devo soar muito ansiosa.

Não devo estar muito ansiosa.

Depois de uma hora, justifico que já passou tempo suficiente.

Oi, Becky,

Parece ótimo!

Não, muito entusiasmado.

Oi, Becky,

Isso parece ótimo.

Sem ponto de exclamação, o que é melhor, mas pareço um pouco, não sei, datada.

```
    Oi, Becky,
    Isso parece ótimo.
    Diga-me algumas datas boas para você e verei o que
consigo organizar.
    Ansiosa para conhecê-la,
    Bella
```

Passo o mouse sobre o botão enviar, com uma pequena borboleta me dizendo para reescrever a mensagem, mais uma vez. No entanto, quando acho que o farei, eu me recomponho. Isso é tudo o que preciso dizer. Chegou a hora, então pressiono o botão. Em um piscar de olhos, posso ouvir o familiar aviso sonoro do e-mail flutuando para fora da minha tela, e para a de Becky.

Sento-me, encarando a tela, esperando minha caixa de entrada tocar um aviso outra vez. Nada. Desvio o olhar da tela, caso sejam meus olhos que a estejam agourando. Olho de novo para ela. Nada.

Olho para o relógio.

19h02.

Ah, sim, pode ter algo a ver com isso. Encontro no Google o horário de funcionamento da Agência Literária Hummingbird. Fecha às 18h. Droga!

Releio o e-mail de Becky, e, com um toque dramático, jogo-me de volta na cama, em plena felicidade. Uma agente literária enviando-me um e-mail. E não porque quer checar a chegada de um dos clientes ao meu local de trabalho, mas porque eu poderia ser uma das clientes dela.

Poderia ser escritora. Uma escritora de verdade, real.

Minha cabeça flutua com a pequena frase: "Seria ótimo saber para onde você acha que esse romance está indo".

Espere. Para onde está indo? Ela, provavelmente, quer um resumo, capítulo por capítulo — uma lista de todos os homens, em todos os contos de fada descritos.

Sento-me dramaticamente, e o sangue corre para minha cabeça no mesmo instante, em uma onda que me manda de volta. E agora? Não tenho mais nada planejado. Não tenho nada previsto.

Então, por onde começar, Becky? Por onde começar...

64

Eu: 12 Out, 23:02
Vai ficar com Rachel esta semana?

Eu: 12 Out, 23:02
Ela tem 10 amigas?

Annie Colega de Apartamento: 13 Out, 05:59
Na casa da Maya, no momento

Annie Colega de Apartamento: 13 Out, 05:59
10 amigas?

Annie Colega de Apartamento: 13 Out, 06:01
Como está a casa?

Annie Colega de Apartamento: 13 Out, 06:01
Nossa cozinha está arruinada para sempre?

Eu: 13 Out, 09:02
Depende. De certa forma, tornou-se mais útil.

Eu: 13 Out, 09:02
Se ficar sem farinha, acho que eles não se importarão de você usar um pouco da que está grudada nas paredes

Annie Colega de Apartamento: 13 Out, 09:03
Não consigo lidar com isso agora

Eu: 13 Out, 09:03
Você vai sair com as garotas esta semana?

Annie Colega de Apartamento: 13 Out, 09:05
Que garotas?

Eu: 13 Out, 09:06
Quaisquer garotas. O ideal seriam 12 delas, ao todo

Annie Colega de Apartamento: 13 Out, 09:06
Eu nem sequer conheço 12 garotas

Mudo de conversa.

Eu: 13 Out, 09:06
Você acha que *12 Princesas Bailarinas* é muito obscuro?

Marty: 13 Out, 09:06
Como o quê?

Eu: 13 Out, 09:06
Como um conto de fadas, idiota

Marty: 13 Out, 09:06
Nunca ouvi falar

Eu: 13 Out, 09:06
Tem um filme da Barbie disso

Marty: 13 Out, 09:06
Sim, e assisti a todos os filmes da Barbie

Marty: 13 Out, 09:06
🤨

Marty: 13 Out, 09:06
Conheça a porra do seu público

Eu: 13 Out, 09:07
Conheça a porra dos contos de fada

Marty: 13 Out, 09:07

Eu: 13 Out, 09:07
Procure no Google

Outra mensagem de texto mostra a cara feia dele.

A Elsa da minha Anna: 13 Out, 09:08
Acabei de ler seu último capítulo no B-Reader

A Elsa da minha Anna: 13 Out, 09:08
Achei incrível. Muito engraçado, muito caloroso

A Elsa da minha Anna: 13 Out, 09:08
Não é à toa que é tão popular

A Elsa da minha Anna: 13 Out, 09:08
Realmente, estou orgulhosa de você

A Elsa da minha Anna: 13 Out, 09:09
Por favor, ligue pra mim, quando tiver um segundo

Não tenho cabeça para isso agora. Algo ótimo acabou de acontecer comigo, e não quero ser colocada para baixo, por alguma desculpa esfarrapada que ela tem para proteger Mark. Não, obrigada. Volto para a conversa com Annie, cuja mensagem de texto salva o dia.

Annie Colega de Apartamento: 13 Out, 09:10
Na verdade, vou te dizer exatamente onde há 12 garotas

Annie Colega de Apartamento: 13 Out, 09:10
Você está livre na quinta à noite?

Eu: 13 Out, 09:10
Se encontrar pra mim 12 garotas em um local, te vejo lá

65

Foda-se ela!

Quero dizer, realmente gosto dela, mas é claro que jamais seria a noite pela qual eu esperava. São sete da noite de uma quinta-feira, e Annie está fazendo um detox. Eu poderia ter adivinhado, mas tinha mais fé. Assim, aqui estou eu, esperando na porta da aula de dança aeróbica, com outras dez mulheres e um homem (próximo o suficiente) que não entendo direito o que faz ali.

A instrutora chega toda alegre, cabelo preso, com atitude de "isso só vai doer um pouco", e o arrependimento bate forte.

— E deslizem para a esquerda! — gritou a General, uma mulher com talvez metade da minha idade, a qual, ao que parece, tinha as qualificações necessárias para me dar ordens e me fazer querer chorar o tempo todo. Saltei, desajeitada, para a direita, porque sou um pouco descoordenada e porque, naquele momento, estava tão delirante que pensei que fazer apenas uma ação, não importa qual, seria o bastante para impedi-la de gritar. Meus olhos estavam embaçados de suor e lágrimas, quando colidi com a pobre garota à minha direita. Ela se recuperou mais rápido que eu.

— E pulem para a direita! — berrou a Gritona da Silva. Pulei em uma direção, depois girei para outra, quando vi outra pessoa fazendo isso, e presumi que também conseguiria. Acontece que não consigo. Acontece que girar é algo reservado apenas aos mais delicados entre nós, pois, em vez de girar, eu estava galopando em direção a uma parede. Quando a escuridão chegou até mim de maneira inevitável, eu a aceitei, de braços abertos.

66

Meus olhos estão embaçados, ainda escurecidos nas bordas, mas o rosto que paira diante de mim é uma imagem bonita de ver. Suspenso acima de mim, com sobrancelhas curvadas de preocupação, e cheiro muito mais doce que o ambiente, está um homem tocado pelos próprios deuses. É um Idris Elba que conheceu o fisiculturismo, e posso sentir meu corpo inteiro tremer de expectativa.

Meus olhos voltam à realidade. A encantadora luz branca que o cerca é apenas o brilho áspero e luminoso do estúdio de dança. Estou exatamente onde caí.

Por um segundo quente, estou mortificada. Quente, porque ainda estou completamente suada; mortificada, porque aqui está um homem bonito, com grandes olhos castanhos piscando para mim, e ainda estou sentindo que o mundo inteiro está girando, de lado. Posso sentir como minha respiração está tensa. Por quanto tempo fiquei apagada?

— Agora, cuidado. Não se sente muito rápido — diz ele, com voz mais sedosa que seda, e eu me sinto derreter.

Espere, é isso. Isso é exatamente o que esperava: meu salvador, que veio para me salvar; meu cavaleiro, para a noite. Meu próximo capítulo já está se formando.

Este lindo estranho é o mesmo homem que estava na sala conosco, as doze princesas dançantes. É o único homem com quem nem sequer tive a chance de fazer isso funcionar, e, embora tenha feito completo papel de boba, aqui está ele, vindo em meu socorro.

Bem no alvo.

— Como está se sentindo?

Ah, este homem maravilhoso se preocupa com meus sentimentos. Importa-se comigo. Isso é um bom presságio para o que está prestes a acontecer.

— Meu herói — flerto, sem vergonha nenhuma.

— Não, meu nome é apenas Bill.

Toda essa coisa de transar pelos contos de fada está provando ser fácil demais! Nunca percebi quão simples era encontrar homens para transar.

Viro-me, para olhar atrás dele. A maioria das garotas está saindo; outras estão calçando os sapatos. Algumas delas até parecem que tiveram tempo de tomar banho. Annie desapareceu, mas, pensando bem, ela nunca foi de demorar. Melhor ainda, para que essa fantasia se desenrole. Isso é simplesmente perfeito! Eu não poderia ter escrito isso melhor, se tentasse.

— Oi, Bill — digo, tentando soar toda tímida e doce.

— Como está se sentindo? — pergunta ele, mais uma vez.

— Eu me sentiria melhor com um drinque na mão.

— Quer um pouco de água? — diz ele, virando-se para pegar a própria garrafa. Que verdadeiro cavalheiro.

— Não, não... um drinque, drinque.

— Ah — diz ele, rindo. Há um brilho real em seus olhos.

Ele pisca de volta para mim enquanto sorri.

— Quer tomar um drinque comigo? — Abro um meio-sorriso, levantando-me na altura dele, de modo a ficarmos olhos nos olhos.

— Um drinque?

— Um drinque muito forte. Gostaria da sua companhia.

Minha mão encontra o caminho para o joelho dele. Pisco para ele. Isso é muito fácil. Muito, muito fácil. Sou boa nisso. Ele sorri para mim, todo encantador e maravilhoso. Ah, esta noite vai ser divertida.

Já posso ver o título se formando:

Doze Princesas Dançantes, e Ele Me Escolhe

— Então? O que acha? — pergunto.

— Não.

Eu o ouvi errado?

— Não?

— Não. Não posso.

Sinto uma pedra bater no estômago, e é tudo o que posso fazer para não cair de novo.

Ah, puta merda!

Ele está me rejeitando.

— Você não pode? — gaguejo de volta, como uma completa idiota. Quero que o chão todo me engula inteira e nunca mais me cuspa de volta.

— Desculpe-me, eu só...

— Não, não, está... não, está bem, eu... eu quis dizer só um... está bem.

— Como está ela? — diz uma garota, rondando, ao fundo. É a instrutora; meu deus, isso só vai piorar! — Como está, querida?

— Estou bem, estou bem.

— Sem dor de cabeça?

— Não, estou bem, juro.

Ela se ajoelha, e seu rosto de sargento agora está repleto de preocupação. Tudo que quero é que vá embora. Tudo que quero é que os dois saiam.

— Tem certeza? Não há nada que eu possa fazer por você?

Não sei quantas vezes mais tenho que dizer a eles, antes que saiam, mas eles finalmente se levantam.

— Pronto, então? — ela pergunta a ele, com a mão na parte inferior de suas costas.

Isso é estranho. Não é? Olho para ambos, um pouco confusa, antes que, de repente, perceba — ah, merda, Bill é namorado da instrutora! Acabei de convidar o namorado da instrutora para sair.

Bem, isso não é simplesmente perfeito? Faz sentido. Homem lindo, incrivelmente em forma, ditadora linda; eles combinam demais, tenho certeza. Lá se vai minha chance de uma noite de conto de fadas inesquecível. Que desperdício de exercício físico.

— Estou indo — responde ele, virando-se para mim com os grandes olhos castanhos. — Vai mesmo ficar bem?

Aceno com a cabeça, como uma garotinha corajosa o faz para os médicos. Ele sorri de volta, com um sorriso tragicamente bonito.

— Chegue bem em casa — diz ele, com docilidade, enquanto passa pela porta, seguindo a mulher que acabou de passar uma hora me traumatizando.

Ele me deixa lá no chão, quebrada e confusa, desejando que pudesse voltar no tempo. Posso ver minhas bochechas vermelhas brilhando para mim, de todos os ângulos, como uma luz de neon, nos espelhos ao redor de um salão de dança. 360 graus do desastre suado e vermelho-rubi que sou. Estou parecendo o Elmo.

Fecho os olhos, esperando que nunca mais se abram. Por que fiz isso? Por que me coloquei nessa situação? O que estava pensando?

Não consigo dizer o que está mais dolorido: minhas coxas ou meu ego.

67

— É UM TURBILHÃO! TODA VEZ QUE ACHO QUE POSSO ADIVINHAR O QUE VAI acontecer, é como se toda a história fosse em outra direção! Quero dizer, Seguindo as Migalhas... De onde isso veio?!

Após o desastre da dança aeróbica, esta reunião certamente me animou de novo.

Rio alto, jogando a cabeça para trás e quase derramando minha bebida.

Eu a amo.

Eu a amo. Eu a amo. Eu a amo. Eu a amo.

Ela cheira a margaridas frescas e, embora tenha a minha idade — talvez seja até um pouco mais nova —, tem esse ar experiente, como se fosse especialista em tudo. Agarro-me a cada palavra dela, bebendo o chá que ela comprou para mim e me perguntando o que já fiz na vida para merecer essa bebida de duas libras e trinta centavos com a incrível Becky Hamill, famosa pela Agência Literária Hummingbird.

Ela é mais alta do que eu imaginava, e seu cabelo cresceu um pouco mais desde que a foto do site foi tirada. O cabelo chanel escuro agora fica logo acima dos ombros, como o de uma princesa francesa, com a franja presa por um grampo, para mostrar que ela está falando sério.

Ela está usando um vestido amarelo brilhante, o que é ousado para meados de outubro. No entanto, apesar das esporádicas chuvas frias lá fora, ela faz com que pareça primavera. O lugar para onde me levou é aconchegante, o tipo construído para escritores e amantes de confeitaria. Agora, às quatro da tarde de sexta-feira, está preenchido com a incrível Becky Hamill e a pequena e velha eu.

— Então, o que vem a seguir? — pergunta ela.

Nunca estive tão preparada para uma pergunta em toda minha vida. Descrevo o próximo capítulo, de forma agradável e clara. Estou observando o rosto dela mais que ouvindo minhas próprias palavras.

— Estamos falando de: bem no meio da pista de dança, com a bunda nua dele exposta, refletida em todos os trezentos e sessenta graus de espelhos.

OK, está bem. Então dei um final feliz à minha "falsa eu". A história não seria uma história de outra forma, e, nesse meio-tempo, não tive tempo suficiente para sequer encontrar outro homem para compensar isso. Quando digo "tempo", o que realmente quero dizer é que aquele "não" derrubou minha autoconfiança sem fim, e eu não poderia enfrentar outra rejeição antes desta reunião. Não poderia estar em uma situação ruim para ela. Assim, peguei o que tinha e tornei-a uma história de sucesso perfeita. Dança aeróbica encontra *Cinquenta Tons*. Cinco capítulos para cinco transas de uma noite bem-sucedidas.

Percebo que o brilho nos olhos dela se desvanece, só um pouco. Ela parece... qual é a palavra para isso? Um pouco... desapontada.

— O que... não gosta dele?

Ela pode sentir o cheiro de mentira. Sei que pode. Por que tentei mentir para ela? Ela pode enxergar através de mim!

— Não, não, eu gosto. Tenho certeza de que você o tornará brilhante no papel; é que... — Ela parece hesitante. Inclino-me para a frente, tentando não reagir de maneira muito óbvia, mas estou tão nervosa que estou tremendo. — Você se importa?

Sim, eu me importo, de verdade. Fodi tudo. Menti para ela e, agora, estraguei tudo.

— Não, não, pode falar!

— Bem, é só... um pouco comportado em comparação ao último, sabe? Quero dizer, você aumentou o nível, pouco a pouco. Quase parece que precisa empurrar a protagonista para ainda mais longe nesse caminho, entende? Explorar, de fato, quão longe ela consegue ir.

OK, não é bem o que eu estava esperando. Comportado?

Ah, Deus, ela está certa. Foi comportado. O que acabei de descrever a ela foi censura catorze anos, quando dar uma smurfada em um banheiro e cavalgar em dois pares de coxas alemãs são apostas muito mais altas.

Bem, é claro que foi comportado. Na realidade, não aconteceu. Isso é o que acontece quando não tenho a verdade real para escrever. Comportado é o que acontece quando não tenho experiência da vida real para dar suporte. Minha imaginação é chata e "comportada".

Concordo com a cabeça, sentindo que acabei de arruinar tudo. Esta era minha única chance de ter um agente. Este foi meu primeiro gostinho de sucesso, e está desaparecendo no nada, porque não tive uma noite mais selvagem. Porque não tive uma "noite" real.

Becky confere o relógio e faz um daqueles comentários do tipo "para onde foi o tempo?", que não escuto completamente, porque já estou em uma espiral de confusão.

— Então, o que vem a seguir? Qual será a próxima etapa? — pergunto, tentando não parecer desesperada.

— Bem — diz Becky, docemente —, como pode imaginar, a preparação para o Natal é sempre um pouco movimentada no mundo editorial. Mas por que não nos encontramos novamente logo após o Ano-Novo? Ficaremos de olho em novos capítulos, é claro; porém, se seus leitores continuarem crescendo na mesma proporção, acho que algo realmente empolgante poderá surgir disso.

— É claro — repito, distraidamente, tentando não esconder a decepção. Quaisquer que fossem as palavras que saíram dos lábios dela não foram: "Deixe-me representá-la". Era mais como: "Estou interessada, mas suas ideias não são boas o bastante para que eu assine com você agora".

— Bem, prometo a você que tenho bons planos sobre como posso, de fato, levar a coisa toda adiante — digo, depressa, tentando parecer entusiasmada.

— Ah, espero ansiosamente por isso, então! — diz ela, pegando suas coisas e me levando para fora do bom café.

— Fique de olhos abertos.

Becky se vira na porta com o vestido amarelo balançando atrás dela, enquanto estende a mão e pega a minha. É tão profissional. Eu a amo. Eu realmente, realmente, a amo.

Conforme me despeço e começo a me afastar, tento não parecer tão triste quanto estou. Sinto o telefone vibrar e olho para a tela, apenas para ver — surpresa, surpresa — que A Elsa da minha Anna está ligando novamente. Eu a atenderia, sim, só que preciso pensar exatamente no que vou dizer, para que ela perceba a verdade: que Mark não é o homem que ela pensa que é. Até que consiga isso, qualquer conversa que tenhamos só me deixará mais triste. Já estou me sentindo derrotada. Não posso lidar com Ellie agora, também.

— Ah, Bella?

Viro-me, deixando o celular cair nas profundezas da bolsa, assim que ouço a voz doce de Becky.

— Sabe, você não é o que eu esperava — diz ela, bloqueando minha saída rápida.

— Ah, não?

— Nem um pouco. É tão adorável, calorosa e feliz, e sua protagonista, bem, ela é complicada, não é?! — Ela me olha de cima a baixo, de forma agradável e reconfortante. No mesmo instante, sinto-me muito melhor. Sorrio para ela, genuinamente desta vez, enquanto termina o pensamento. — É engraçado que façamos suposições sobre um autor com base em seu corpo de trabalho. Adoro uma escritora que consegue se colocar no lugar de outra pessoa, com a maior competência possível. Mostra talento de verdade, sabe?

Talento de verdade.

Isso foi o que ela disse. Isso é o que tenho. Mal sabe ela, porém, que só pareço ter talento quando uma experiência é, de fato, autêntica.

Esta reunião me fez perceber o quanto quero isso. Meu primeiro gostinho real de ser uma autora real. É um sonho tornado realidade — ou um deles, ao menos. Não posso deixar isso escapar entre os dedos. Simplesmente, não posso.

Então, acho que só há uma maneira para isso: preciso encontrar algumas reviravoltas na história, o mais rápido possível.

Parte 4

68

Minhas aventuras começam muito bem. Nunca estive tão determinada a qualquer coisa, porque, se puder impressionar Becky Hamill, minha carreira dos sonhos estará esperando por mim.

Ademais (e sei que isso é mesquinho), cheguei a uma conclusão enquanto assistia a *Lilo & Stitch* no fim de semana (tentei encontrar uma história lá para copiar, mas falhei): se isso funcionar, poderei enfiar um grande e gordo EU TE DISSE direto na cara estupidamente esquecível de Mark. Posso voltar até eles com a cabeça erguida. Posso provar que ele estava errado em relação a tudo, e Ellie (em vez de se desculpar por ele) será forçada a ver o que já vejo, com clareza: que Mark foi contra mim, desde o início.

Ele jamais gostou de mim, eu sempre soube disso. Agora, porém, Ellie também verá isso. Não vai mais escolher ele em vez de mim. Não vai mais ficar do lado dele, cegamente. Verá meu sucesso e estará de volta ao meu lado, mais rápido que um raio pode cair.

Decido me ater às princesas dançarinas (porque quero mostrar a Becky que posso aceitar críticas), mas não consegui inventar um novo ponto de vista para ele. Se ela precisa de algo verdadeiro, eu o darei a ela. Vou entregar a Becky e aos meus 332.078 (e crescendo!) outros seguidores, em uma bandeja, algumas boas e velhas verdades de contos de fada proibidos para menores.

E é por isso que me encontro, depois do trabalho, na segunda-feira à noite, do lado de fora de um bar, perto do Palácio de Buckingham. É, sem dúvida, a maior armadilha para turistas da capital, e encontrei três candidatos potenciais alinhados e prontos. Bebo um copo grande de Merlot e olho para os três: camisa vermelha, camisa branca, camisa azul.

O de camisa vermelha não mantém meu contato visual por muito tempo. Voltarei a ele depois. O de camisa branca sorri de volta para mim; porém, uma mulher próxima percebe e lhe dá um tapa. Não para o de camisa branca. O de camisa azul parece interessado; isso pode ser promissor. Está com um grande grupo de outros homens, no que pode ser uma despedida de solteiro. No entanto, mantenho o olhar nele por um segundo — não, o de camisa vermelha já saiu do prédio. Então, será o de camisa azul.

Depois de uns quinze minutos piscando com força e sorrindo com timidez, o de camisa azul se aproxima, rapidamente. Quanto mais se aproxima, mais percebo quão perfeito é. Ele é maior que o humano médio, em quase todas as dimensões, mas menos ao estilo "menino de rúgbi" e mais ao estilo "gosta de donuts". Não o culpo: eles são uma delícia. Ele não tem aparência terrível, de maneira nenhuma, mas talvez um pouco desproporcional. O cabelo está um pouco irregular, e, quando ele abre a boca, posso ver que falta um dente na parte de trás. Só preciso de mais uma coisa. Apenas mais uma.

— Descuuulpe meu inglês, mas posso te pagar um drrrinque?

Lá estava ele. Aquele glorioso sotaque francês que eu estava procurando. O jogo começou, oficialmente.

Quanto mais conversamos, melhor sei que vai ser. Ele costumava ser boxeador semiprofissional, mas aposentou-se após uma lesão no joelho. Hoje, ganha a vida como treinador. Está em visita à cidade por uma noite, e apenas por uma noite (detalhe absolutamente registrado). Ele é — não, falo sério aqui — bem do centro de Paris. Já posso ver o nome do capítulo se formando em minha mente: O Ex-Campeão Peso-Pesado de Notre-Dame.

Exceto que, quando disse uma noite, realmente quis dizer "uma noite". Seu voo é à meia-noite. Como nos encontramos às 20h, e ele só me contou toda a situação do voo às 21h, isso só nos deixou cerca de meia hora para encontrar um local e mandar ver. Digo-lhe que consegue, de qualquer maneira, soando toda sensual e forte. No entanto, ele apenas ri. Sou inglesa demais para corrigi-lo. Então, agradeço a ele o drinque e vou embora para planejar a reviravolta mais uma vez desde o início, evitar o par alemão e terminar a noite cedo.

Estou tentando não sentir que isso é uma rejeição. Foi má sincronicidade, só isso. Ignore-a. Deixe-a para trás. Deixe-a pra lá.

Vamos para o próximo.

69

Na terça-feira, checo minha conta do B-Reader apenas para descobrir que agora tenho 341.181 seguidores.

São 341.181. Nem sei como processar esse número. Ele me deixa tão feliz, tão incrivelmente orgulhosa, tão validada.

São 341.181 pessoas.

No entanto, também há outras 341.181 pessoas esperando por um capítulo seis, é claro. Assim, é melhor eu me mexer.

Faço uma pesquisa rápida no Google, e a inspiração vem, quase de imediato.

Veja, passei pelo mesmo artista de rua durante três dias consecutivos, na viagem de volta do trabalho, na semana passada. E parece que ele ainda está lá. Com um monte de mamães atraentes assistindo a ele, ele tem uma *vibe* meio *O flautista de Hamelin*, só que um pouco menos esquisita e com uma guitarra. Também não é ruim — pouco sofisticado, talvez, com barba desgrenhada e uma combinação casual de jeans e moletom com capuz. Porém, provavelmente, não está longe dos trinta. E canta como James Bay, que eu amo — suave e sedoso.

Paro em frente a ele, no caminho de volta do trabalho, e fico pairando no fundo. Fico durante três músicas, porque, se ficasse mais, eu me sentiria uma assediadora. A primeira é uma música animada, que meu pai poderia escutar — não exatamente a *vibe* perfeita. Depois disso, ele começa a cantar algo mais moderno, mas não consigo identificar o que é. Não conheço a melodia, porém estou balançando a cabeça, e ele me olha nos olhos, ao longo do segundo refrão. Ele sorri, todo charmoso, enquanto volta a atenção para sua guitarra. Bem, isso é um bom sinal. Ele agradece a uma jovem que coloca uma libra no estojo da guitarra e me olha novamente nos olhos. Outro olhar de desejo — dessa vez, eu vejo com clareza. Sorrio de volta. Isso está, de fato, indo muito bem. A terceira música é a última do dia, e, olhando bem nos meus olhos, ele diz à pequena multidão que é uma canção de amor.

Sim. Estou dentro. Rapidamente, procuro um pedaço de papel na bolsa, só para lembrar que não é algo que tenho nela. Procuro fundo nos bolsos, e não encontro nada, além de chiclete. Um pouco desesperada, retiro o chiclete, rasgando o papel do lado de fora. É grande o suficiente para meus onze dígitos, e escrevo meu número de telefone, com meu delineador preto de emergência. Seguro-o nas mãos, certificando-me de que seja minimamente legível. Está bom o bastante.

À medida que a música chega a uma bela conclusão e a pequena multidão se aproxima para deixar cair uns trocados, coloco meu número de telefone.

É isso, a ação está feita. Viro, toda tímida e doce, e começo a me afastar, certificando-me de que minha caminhada seja superatrevida. Porém, ouço uma voz chamar atrás de mim. Eu me viro, e... sim, isso mesmo, é ele. Melhor ainda. Pensei que poderia ser um arranjo para outra noite, mas, caso ele queira começar agora, estou súper dentro.

Rapidamente, ele se aproxima de mim, abandonando o estojo por um minuto. Segura meu número na palma da mão.

— Sim? — pergunto, piscando.

— Não jogue lixo no meu estojo. Estou trabalhando aqui.

Ah, deus, ele está... falando sério?

— Não, não é lixo. É meu...

— Não me importo quando as pessoas assistem à apresentação e não pagam algumas libras no fim. É a vida. Mas não jogue lixo. É desrespeitoso.

— Não, não, é...

— Apenas pegue e encontre uma lixeira de verdade, OK?

Engulo em seco, sem palavras. Ele está falando sério e bem alto. Alguns dos pais estão acenando para os filhos, todos eles apontando a cabeça para mim. Ah, meu deus, sinto que estou na escola, de novo. Sinto-me incrivelmente constrangida e preciso ir.

— Desculpe — murmuro. Eu me viro e fujo, sabendo que jamais poderei voltar.

Passo o restante do caminho para casa me perguntando por que não disse, com mais clareza, que meu número estava no papel. Talvez, então, as coisas tivessem sido diferentes. Talvez tivéssemos rido juntos: ele teria se desculpado, e eu estaria tocando sua flauta agora, em vez de onde estou, sentada em um metrô lotado, tentando, desesperadamente, não chamar a atenção de ninguém.

No entanto, eu não disse. Não disse nada, porque, ao que parece, estava canalizando o ódio do meu pai ao confronto e congelei. Assim, jamais saberei o que poderia ter acontecido lá.

Confiança — é isso de que mais preciso, e é apenas uma atitude mental. Consigo fazer isso. Definitivamente, consigo fazer isso.

Minha determinação volta instantaneamente, pronta para me entusiasmar, mais uma vez.

Como observação paralela, agora também preciso encontrar um novo caminho para chegar ao trabalho.

70

Acordo na quarta-feira me sentindo muito mais forte. Deixo de lado qualquer energia ruim que esteja retendo e estou pronta para qualquer aventura que este novo dia traga.

É o momento perfeito, é claro, pois, em uma caminhada na hora do almoço, passo por uma loja de roupas indie, que tem um logotipo de sapo em metade das roupas. Isso é próximo o suficiente para algum tipo de história, acho. Talvez possa fazer a coisa toda de "beijar um sapo", afinal.

Assim que passo pela porta, sinto o celular vibrar com uma chamada. Rapidamente, corro para atendê-la, pensando que poderia ser Becky Hamill, mas não: é A Elsa da minha Anna.

Mordo o lábio, perguntando-me se deveria atender, de qualquer maneira. Literalmente, não falo com ela há tanto tempo que mal consigo me lembrar de como é sua voz. E eu a conheço: ela é preocupada, e esse é, exatamente, o tipo de coisa com que vai se preocupar.

Porém, de certa forma, quero que se preocupe com isso. Quero que saiba o que Mark está fazendo, excluindo-me de sua vida dessa maneira. Como seria se ele conseguisse que as coisas fossem do jeito dele. Talvez, então, ela percebesse como ele é tóxico, de fato.

Veja bem, talvez devesse dizer a ela que é isso que estou fazendo, apenas para ela saber, entende?

Olho para cima, arrasada, quando o logotipo do sapo me chama a atenção de novo.

Não, não posso atender agora. Preciso pegar um sapo, para que possa provar a ela o quanto estou certa e o quanto Mark está errado. Posso ligar para ela depois disso.

Com poder semelhante ao de um super-herói, vou até o balcão do caixa e convido para sair o único cara que trabalha lá. O nome dele é Carl, e ele também usa uma camisa polo com sapinho.

— Não, obrigado — diz ele, depressa.

Ele não tem namorada nem nada. Simplesmente, não quer.

Ao sair da loja, sei que ainda não posso ligar para Ellie. Preciso de uma vitória primeiro, depois ligo.

Claro, isso doeu um pouco, mas não posso deixar que me puxe para baixo. Sou uma mulher forte e confiante, e o próximo capítulo está em algum lugar, esperando por mim, e só preciso encontrá-lo primeiro.

71

CERTO. ESTÁ NA HORA DE MUDAR TUDO ISSO. É HORA DE TRANSFORMAR ESSES nãos em sins, sins, sins. Não mais sentir pena de mim, e nada de ego ferido. "Vamos, mulher!", digo a mim mesma. Vamos viver o conto de fadas.

Na quinta-feira, vou ao cabeleireiro e gasto 95 libras em *mega hair*. Nunca tive um cabelo tão comprido quanto este. Sempre corto quando ele se torna um pouco mais complicado de cuidar. Como desce até o bumbum, já posso dizer que isso será um pesadelo. Porém, está tudo certo: é caro, sim, mas, se entrar no livro, poderá ser pago de volta a mim como despesa ou (no mínimo) como dedutível. Guardo o recibo, só para garantir.

Saio pronta do salão, com os cabelos compridos esvoaçantes, e vou direto ao Shard, o prédio mais alto da cidade, com uma vista panorâmica de Londres. É uma torre e o mais próximo de Rapunzel que vou chegar. Agora, só preciso encontrar meu príncipe.

O bar do 33º andar está cheio, o que é bom. Cheio significa mais chances. Do jeito que as coisas estão indo, preciso de tantas chances quanto puder. Peço uma bebida com preço exorbitante e sento-me em uma banqueta disponível. Olho em volta, tentando chamar a atenção de alguém, brincando com meu cabelo supercomprido. Tento desesperadamente não enfiar a mão no bolso e começar a brincar com meu telefone, como faço, em geral, quando estou sozinha. A vista fica distante, e não quero desistir do meu banco no bar. Então, olhar a vista de Londres, de maneira sonhadora, não é uma opção. Nem preciso dizer que meu afastamento do telefone não dura muito. Em vinte minutos, estou no celular, sem nenhum contato visual retornado. Depois de dois drinques solo e nenhuma ação, além do olhar de um homem com uma camisa polo muito mal escolhida, decido que não vai acontecer.

Jogo o recibo do *mega hair* em uma lixeira, do lado de fora. Foram 95 libras para nada.

72

É FIM DE SEMANA, E TIVE REJEIÇÕES DEMAIS PARA CONTÁ-LAS. NUNCA PENSEI que pudesse me sentir tão mal comigo mesma. Nunca precisei de um homem para me validar. Porém, de alguma forma, encontrei-me pedindo aos homens que me validassem e saí querendo mais.

Sozinha em casa, abro uma garrafa para comemorar meu fracasso e minha desgraça. Sem ninguém para compartilhar ou (mais precisamente) me julgar, ela acaba bem rápido. Abro outra, porque está lá, e (como antes) ninguém está por perto para me impedir ou comentar.

Pergunto-me, mais uma vez, sobre ligar para Ellie. Essa recepção estúpida de noivado será em uma semana, e ainda não conversamos sobre isso. Talvez devesse apenas perdoá-la e seguir em frente. Talvez seja isso que vai me fazer sentir melhor em relação a esta semana, deixando essa merda do Mark para trás.

No entanto, quando pego o telefone, sinto-o escorregar, de imediato, entre os dedos, caindo na mesa, abaixo de mim. *Graças a deus pelas capas de celular resistentes*, penso, xingando meus dedos escorregadios. Até me lembrar de que dedos escorregadios são um dos sinais mais óbvios de que a sobriedade já me deixou.

Não, não posso falar com Ellie. Não enquanto estiver assim. Serei excessivamente emocional e dramática, e até eu não confio no que vou acabar dizendo.

Então, em vez disso, envio uma mensagem a Simon. Ele é o único que sobrou, com quem poderia ter alguma esperança.

Eu: 24 Out, 17:30
Você vem pra casa hoje à noite?

Sexy Simon: 24 Out, 18:16
Tô numa festa

Eu: 24 Out, 18:16
Posso me juntar a você?

Sexy Simon: 24 Out, 18:17
É pra um dos amigos do Diego. Não tenho certeza se é legal convidar gente a mais

Eu: 24 Out, 18:17
Não sou estranha!

Eu: 24 Out, 18:18
Ah, por favor, posso ir?

Eu: 24 Out, 18:18
Por favor

Eu: 24 Out, 18:20
Por favor

Eu: 24 Out, 18:25
Por favor

Eu: 24 Out, 18:30
Por favor

Eu: 24 Out, 18:34
Por favor

Sexy Simon: 24 Out, 18:35
Vou te mandar minha localização

73

ACORDO EM MINHA PRÓPRIA CAMA, COM GOSTO AMARGO NA BOCA. LITERALMENTE, não faço ideia de como cheguei aqui. Tipo, nenhuma. Sonhei com a festa?

Vejo um bilhete colado na parte de trás da porta. Isso não é bom sinal. É a caligrafia séria de Simon. São todas letras nítidas e pontuação muito clara. Posso dizer que ele estava com raiva quando escreveu isso. É a mesma caligrafia encontrada em bilhetes passivo-agressivos colados em pratos sujos ou em bebidas derramadas que não foram limpas durante a briga entre Simon e Katie na casa, antes de Annie se mudar.

Talvez eu esteja errada. É possível que esteja errada. Por favor, deixe-me estar errada.

Caramba, Bella, o que há de errado com você no momento? Nunca te vi assim antes!

Eu não estava errada. Ele está bravo. O que fiz? Não consigo me lembrar... tudo parece um borrão surreal. Continuo lendo.

Você quebrou uma cadeira enquanto tentava demonstrar algum tipo de coisa da Rapunzel...

Caramba! Fiz, não fiz? Eu meio que tinha esquecido que fiz isso. O hematoma na nádega esquerda me traz essa memória muito real, e um rubor de vergonha se espalha por todo meu rosto.

Eles vão deixar essa passar, mas disseram que vão mandar pro Diego a conta da limpeza das manchas de vinho tinto do sofá.

Ah, merda! Sim, também me lembro vagamente disso. De onde consegui vinho tinto? Estava bebendo branco, antes de sair.

Você começou a tomar os restos de bebida de todos, às vezes até das mãos deles...

Ah, sim. Foi de onde peguei.

... e acabou vomitando não em um, mas em dois quartos, antes que eu pudesse colocá-la em um táxi para casa.

Busque ajuda. Busque alguma coisa. Simplesmente, não posso ficar perto de você assim. Diego diz que está tudo bem, mas não está. Eu estava tentando causar uma boa impressão, e você estragou tudo pra mim.

A culpa sai de mim como uma casca de maçã cortada aos poucos. O que foi que eu fiz?

Fecho os olhos brevemente, e uma onda de náusea me percorre. Flashes dos eventos da noite batem em minha cabeça, um a um, como um tapa na cara.

Abro os olhos com rapidez, para me livrar deles, não tendo mais certeza se o mal-estar que sinto é decorrente do álcool restante ou apenas puro arrependimento. Provavelmente, ambos.

> Envie-me uma mensagem para que eu saiba que está viva. Não sei se vou responder. Ficarei com Diego por enquanto.
> Simon.
> p.s.: o que aconteceu com nossa cozinha enquanto estive fora? Parece um País das Maravilhas de inverno! Sério?

Tecnicamente, a cozinha não é culpa minha. Ainda são as sobras de cozimento de Hans e Gertie, mas não vale a pena corrigir isso agora, nem de longe.

A noite passada foi um desastre completo, fora da escala Richter, encerrando uma semana já desastrosa. Pelo menos minhas rejeições no meio da semana só machucaram a mim mesma. Agora, de alguma forma, arrastei Simon comigo. Simon. Doce Simon. O generoso, maravilhoso Simon.

Instantaneamente, pego meu telefone.

Eu: 25 Out, 10:23
Eu SINTO MUITO

Eu: 25 Out, 10:23
Sinto muito, completamente

Eu: 25 Out, 10:23
Total e terrivelmente arrependida

Eu: 25 Out, 10:23
Não sei por que fiz aquilo

Eu: 25 Out, 10:23
Não sei por que fiz qualquer dessas coisas

Eu: 25 Out, 10:23
Acho que só estou perdida e confusa, e estava fingindo, e NUNCA quis te machucar com tudo isso

Eu: 25 Out, 10:23
Eu simplesmente não quis

Eu: 25 Out, 10:23
Diga-me quanto tudo isso custou — pagarei de volta, imediatamente. Prometo

Eu: 25 Out, 10:23
Só sinto muito, muito, muito

Olho para o telefone, e todos aqueles pequenos tiques ao lado das minhas mensagens marcam duas vezes, em segundos. Ele as leu, então.

Até vejo os três pontinhos aparecerem, mostrando que ele está me mandando uma mensagem de volta. Sinto-me mal, mas mantenho a posição, preparando-me para o impacto.

E, então, os três pontinhos desaparecem.

E nenhum texto vem.

Isso é muito pior que um texto irritado. Sinto cada veia e artéria do meu corpo queimar, como cimento de secagem rápida.

Acho que enfiei na cabeça que estava tentando algum tipo de perspectiva de *Cachinhos Dourados*, bebendo bebidas que não me pertenciam, dormindo em camas que não eram minhas… mas tudo que fiz foi foder tudo além da reparação, deixando-me sem conto de fadas, sem final feliz, sem dignidade e, o que é pior, sem amigos.

74

Literalmente, não sei o que fazer comigo mesma. Tento ligar para Simon em um momento, pensando que ouvir sua voz (mesmo gritante e furiosa) pode, de alguma forma, me fazer sentir melhor. Porém, ele não atende. Não está pronto para falar comigo.

É justo, é claro. Eu não estaria pronta para falar comigo. Não depois do que fiz. Realmente, fodi tudo. Realmente, realmente, fodi tudo.

Ando ao redor do meu quarto silencioso e solitário, com apenas meus pensamentos como companhia e lembranças se repetindo em minha mente — não só da noite passada, mas mais profundas. Mais escuras.

Flashes de toda semana passada começam a me atingir, um a um. Cada rejeição é repetida em câmera lenta. Cada fracasso é capturado de todos os ângulos possíveis. Cada amizade que coloquei em risco, sem pensar duas vezes.

O que há de errado comigo?

É como se eu tivesse estado possuída recentemente. Como se este livro de folclore e esses estranhos desconhecidos que me seguem tivessem se tornado a única coisa que importava.

Isso não está certo. Essa não sou eu.

Sempre me orgulhei de ser uma pessoa legal. Ainda assim, da noite para o dia, de alguma forma, tornei-me esse ser humano idiota e egoísta, não me importando com quem derrubei no processo. Tudo por causa de malditos contos de fada que nem sequer se tornaram realidade.

Quando penso nisso, quando penso devidamente nisso, não há desculpa para nenhuma de minhas ações, desde que todo este livro começou...

Simon — bem, é bastante óbvio onde errei, mas não é só ele.

Basicamente, manipulei Marty a abandonar os próprios planos e me buscar na balada, na noite em que perdi meu sapato. Nem me lembro de agradecer a ele por isso. Ele pagou o Uber e me deixou passar a noite na casa dele. No dia seguinte, roubei seu moletom e um par de tênis, e saí, sem dizer uma palavra. Nem pensei em agradecer ou em devolver as roupas. Ainda posso vê-las agora, jogadas no canto do meu quarto, sujas.

Também estraguei tudo para Annie, é claro. Arruinei seu vestido branco, sem qualquer tipo de pedido de desculpas. Além disso, quando pedi a ela que me levasse a um lugar com doze mulheres — algo que ela fez —, não só fui embora sem agradecer como também reclamei disso. Como se ela não tivesse feito exatamente o que pedi, para me ajudar, porque estava sendo uma boa amiga.

E com Ellie.

Sem este livro, ainda estaríamos nos falando agora. Ainda estaríamos enviando memes ruins e vídeos do TikTok uma para a outra. Mark e eu não teríamos explodido em um jantar (um para o qual eu me convidei, devo acrescentar), e eu não só iria à sua recepção de noivado no próximo fim de semana, mas provavelmente teria ajudado a planejá-la com Ellie, com ou sem a aprovação de Mark.

Mark é um idiota, é claro, mas é o idiota dela. E eu não precisava gostar dele para apoiá-la. As pessoas odeiam os parceiros dos amigos o tempo todo, isso é normal. No entanto, você engole isso, fica de boca fechada e se mantém presente para eles, apesar de tudo. Não grita com eles em uma mesa pequena e lindamente decorada depois de um delicioso jantar caseiro de porco assado.

Tive o menor indício de sucesso e o considerei mais importante que a felicidade da minha melhor amiga.

Pego o telefone, sem muita certeza do que dizer, até que já cliquei em enviar.

Eu: 25 Out, 11:06
Desculpe por ignorar suas ligações

Eu: 25 Out, 11:06
Eu te daria minha lista de desculpas, mas nenhuma delas faz sentido nem mesmo pra mim

Eu: 25 Out, 11:06
Só tenho estado muito confusa no momento

Imediatamente, meu telefone toca. Olho para o nome dela enquanto ele vibra na palma da minha mão — A Elsa da minha Anna —, e meu dedo paira sobre o botão de aceitar. Só posso sentir as lágrimas brotando dentro de mim.

Na realidade, não consigo atender. Vou ter um colapso no telefone, e isso não é justo.

Com ela, isso não é justo.

Eu: 25 Out, 11:08
Não posso falar agora

Minto.

Eu: 25 Out, 11:08
Só queria que soubesse que espero que tenha uma noite muito divertida no próximo fim de semana

Eu: 25 Out, 11:09
Estou falando sério

Sua resposta de volta parece instantânea.

A Elsa da minha Anna: 25 Out, 11:10
Por favor, venha para minha recepção

A Elsa da minha Anna: 25 Out, 11:10
Foi tudo um grande mal-entendido, juro. Claro que quero você lá

A Elsa da minha Anna: 25 Out, 11:10
Não posso imaginar isso sem você

Só para constar, não acho que ela esteja mentindo. Acho que me quer lá.

No entanto, Mark não me quer lá.

Se eu for, Mark certamente trará alguma coisa à tona, algum comentário, ou... não sei. Não posso confiar em como vou reagir, em especial depois do meu comportamento na festa de Simon. Não posso prometer que não vou ficar muito bêbada de nervoso e fazer uma cena, gritando com ele de novo.

Então, penso nisso. Por um longo segundo, realmente, realmente, penso nisso.

Eu: 25 Out, 11:12
Não, não posso

Digo, antes de acrescentar rapidamente:

Eu: 25 Out, 11:12
É melhor para todos se eu não for

Eu: 25 Out, 11:12
Mas tudo bem

Eu: 25 Out, 11:13
É a sua noite

Eu: 25 Out, 11:13
Vamos comemorar juntas em outro momento

Eu: 25 Out, 11:13
E vamos colocar o papo em dia, depois

Eu: 25 Out, 11:13
Corretamente

Eu: 25 Out, 11:13
Eu te amo. Bjo

Já posso ver os pontos dela enviando a resposta. Porém, rapidamente, silencio suas mensagens e saio do aplicativo, por segurança. Ela vai lutar, porque é quem ela é, mas preciso ser fiel: isso não é sobre mim — é sobre Mark e Ellie. Se Mark não me quer lá, eu não deveria estar lá. Posso deixá-los ter isso uma noite, sem o drama da Bella. Simples assim.

Agora, há outra coisa que preciso fazer.

Se este livro de contos de fada foi o que me colocou nessa confusão, então é hora de encontrar minha saída. E sei exatamente o que vou fazer.

75

Eu poderia ter deixado para lá, é claro. Teria sido mais fácil não dizer nada e deixar que os capítulos que existem fossem o suficiente para mim, sem mais nenhuma palavra sobre o assunto. Talvez tivesse sido mais fácil se eu apenas excluísse minha conta do B-Reader por completo.

No entanto, quanto mais ficava sentada, mais essas lembranças continuavam circulando, e eu sabia que precisava tirá-las de mim.

Além disso, tudo que fiz foi escrever sobre como sou ótima e sobre como é fácil transar por aí, quando isso não é verdade. Eu me esgotei, me humilhei e derrubei inúmeras pessoas comigo.

Quero que essa vergonha, que todo esse constrangimento, esteja lá fora, para todos verem. Quero que todos esses estranhos me julguem da mesma forma que estou me julgando agora. Ademais, quero amarrar tudo perfeitamente, em um *grand finale* — uma moral final para minha história. Um final verdadeiro.

Então, vou até a escrivaninha, que meus pais maravilhosamente encorajadores me deram. Olho a foto deles, juntos, como tantas vezes fiz, sentada àquela mesa.

Também fui uma merda para eles, é claro. Eles estão passando por algo, algo enorme, algo para o qual, talvez, até precisem do meu apoio. Em vez de ouvi-los ou de lhes perguntar como se sentem em relação a essa mudança de vida, apenas agi como uma criança mimada que não conseguiu que as coisas fossem do seu jeito.

Escrevo isso.

Escrevo tudo isso. Em um fluxo de consciência, sem filtro, escrevo sobre cada um dos meus fracassos, removendo todo brilho da minha protagonista principal e expondo-a como a fraude que é. Como a idiota egoísta que se tornou.

Em poucas horas, tenho tudo no papel; cada cagada, pronta para o júri começar o julgamento. Os nomes são alterados, é claro, mas é só.

Por fim, termino tudo, com um título de capítulo:

Perdendo o Sapatinho de Cristal e Outros Fracassos Trágicos de uma Princesa Moderna

Isso é bom. Resume tudo muito bem.

Leio meu capítulo final uma vez, e apenas uma vez, antes de finalmente clicar em enviar, dando fim a tudo. Com um pequeno sinal sonoro, ele voa para as telas de 410.674 pessoas, com as quais não me importo mais.

76

Em seguida, deleto o app.

Posso querer que eles saibam que pessoa terrível sou, mas não quero ler os comentários confirmando isso. Já estou me sentindo mal o suficiente em relação a mim mesma para não precisar que os outros me façam sentir pior.

Esse é só o primeiro passo, é claro. Agora sei a extensão da dor que causei, e é hora de começar a fazer algo sobre isso.

Vou direto para a cozinha. Em parte, porque meu quarto estava começando a parecer uma pequena cela, mas também porque sinto que preciso fazer algo positivo, e há outra coisa que posso fazer aqui. Algo prático.

Posso não ser capaz, ainda, de me desculpar com Simon cara a cara, mas posso facilitar a vida dele. Ele gosta de cozinha limpa, e, no momento, a nossa é um paraíso em pó. Parece que Hans e Gertie não se deram ao trabalho de limpá-la. E nem sequer estão em casa para que eu lhes peça isso.

Não importa que não tenha sido minha bagunça; é uma bagunça que o afeta, assim como afeta a Annie. Embora não possa sequer começar a me redimir pelos problemas que causei a ambos, certamente posso fazer algo a respeito do que está bem na minha frente.

Coloco as luvas de borracha. Pego todos os produtos de limpeza disponíveis debaixo da pia e começo a trabalhar.

Duas horas depois, toda a cozinha brilha. Honestamente, acho que nem estava tão limpa quando me mudei, quase uma década atrás. Não há sinal de farinha; nenhuma superfície foi deixada manchada. O chão está tão limpo que eu o lamberia (exceto pelo fato de que o cheiro forte de alvejante provavelmente me diria para não o fazer).

Dou um passo atrás, admirando meu trabalho. OK. Pelo menos é um passo na direção certa. Um passo muito pequeno, muito insignificante. Ainda assim, um passo. E isso é bom. É ótimo, na verdade, limpar minha merda.

Só que agora não tenho mais passos imediatos, e posso sentir o silêncio do apartamento vazio me preenchendo como água em um navio que está afundando.

Volto para o quarto. Ando para lá e para cá dentro dele, perguntando-me o que mais fazer. Há tanta porcaria por toda parte: pilhas de livros caídos, casacos jogados no canto, roupas espalhadas pelo chão.

Mais uma vez, a inspiração toma conta. De repente, sei exatamente o que fazer a seguir.

77

BATO NA PORTA COM TANTA FORÇA QUE MEUS DEDOS DOEM. ESTÁ FRIO O SUFICIENTE para luvas. No entanto, apesar de minha bolsa ter quase todas as outras coisas que existem na terra, roupas quentes, ao que parece, não estavam na lista.

Também não telefonei antes, o que, é claro, agora percebo que é rude demais nos dias de hoje. Quem ainda faz isso? Quem simplesmente aparece sem ser convidado?

Não há resposta por algum tempo, e me ocorre que ele pode nem estar em casa. As pessoas, em geral, não estão, a menos que você planeje com antecedência.

No entanto, antes de me virar, começo a ouvir passos batendo nos degraus.

— Bella? — pergunta Marty, quando a porta se abre. Está vestindo uma calça de pijama xadrez vermelha e um moletom preto liso. O cabelo está uma bagunça completa.

— Trouxe seu moletom e seus tênis. Sinto muito por ficar tanto tempo com eles.

Marty pega a sacola plástica da minha mão estendida, claramente um pouco confuso. Ele olha para ela, como se fosse algum truque, antes de se virar para mim.

— Bella, você está...

— E obrigada — continuo, rapidamente, antes que me esqueça — por me buscar naquela noite, na balada. Você deixou sua cama quente para ter certeza de que eu estava segura. Não agradeci na época, por isso quero agradecer agora. Então, obrigada.

Ele pisca algumas vezes, olhando para a sacola, como se ela pudesse conter algumas respostas.

— Sem problemas — diz ele, por fim, com a voz calma e suave. Bem, então é isso. Mais um passo dado. Isso é bom. Isso é bom. Isso não é bom? Por que ainda me sinto tão mal?

— Bella, você andou chorando? — pergunta ele.

— O quê?

— Seus olhos. Sua maquiagem está escorrendo.

— Ah, deus! — digo, depressa, estendendo a mão para me cobrir.

Não me examinei direito antes de sair do apartamento, mas é claro que pareço a morte. Não me arrumo decentemente desde a bagunça da noite passada.

— Não, eu... — Como por mágica, quando ele fala sobre o choro, isso, de repente, lembra a meus canais lacrimais que eles funcionam. — Sim, eu... — Ah, deus, eu comecei a chorar.

Segura a porra da sua onda, Bella. Puta que o pariu!

— Entre — diz ele, abrindo mais a porta.

Balanço a cabeça, esfregando as lágrimas dos olhos.

— Não, não — digo, fracamente. — Você deve estar com alguém ou fazendo alguma coisa...

— Apenas entre, sua idiota — diz ele, com carinho.

Faço o que ele manda, é claro, fungando as lágrimas de volta.

É como se tudo voltasse para mim em um instante. Alguém está sendo legal comigo, e, de uma hora para outra, lembro-me de todas as razões pelas quais ninguém deveria ser legal comigo. Porque não mereço que ninguém seja legal comigo. Não agora, com certeza.

Marty me segue escada acima, caminhando imediatamente em direção à cozinha, enquanto fico de pé, um pouco desajeitada, no centro da sala.

A TV está pausada em uma imagem da Antártida. Um cobertor está jogado grosseiramente sobre o braço do sofá, onde Marty, é óbvio, acabou de descartá-lo. E há sobras de pizza na mesa lateral.

Interrompi uma noite em casa.

— Eu deveria ir — digo, rapidamente. — Eu não quis... Eu só quis...

— A chaleira já está fervendo. Então, sente-se — diz Marty, pegando as canecas de sempre.

Eu argumentaria, mas, de repente, percebi quanto preciso de companhia agora. Apenas ter uma pessoa, qualquer pessoa. É exatamente de que preciso.

Antes que perceba, estou sentada na beirada do sofá com as pernas cruzadas e uma xícara quente na mão.

— Quer falar sobre isso? — pergunta Marty, tomando seu lugar.

— Não — respondo depressa. Porque não quero. Realmente, realmente, não quero. A última coisa de que preciso é de alguém que me ouça choramingar meus próprios problemas. Não quando fui tão negligente com os problemas que causei aos outros ao longo do caminho.

Marty acena com a cabeça, olhando-me de cima a baixo, como um robô, procurando por sinais. Por fim, dá de ombros. Pega o controle remoto, apontando para a TV.

— Já viu esse?

Olho para a tela. Aparentemente, estou desatualizada. O último documentário que vi foi com chitas. Balanço a cabeça.

— Bom — diz ele, finalmente, sentando-se e jogando as cobertas sobre nós dois.

Ele aperta o *play*.

Só falta uma coisa, é claro. Desde sempre, estive em sofás assistindo a documentários com Marty, mas nunca apenas com ele.

Quero tanto ver Ellie. Eu a quero aqui, enrolada ao meu lado, assistindo conosco a esses pequenos pinguins gingando.

Quero tanto que dói.

Porém, ela está com Mark. Está com Mark, e agora preciso deixá-la ficar com Mark. Preciso me tornar melhor em ser uma amiga encorajadora, mesmo quando não concordo com suas escolhas de vida. E, caso não possa ser isso agora, posso, ao menos, ficar fora do caminho deles, até estar pronta para tentar.

Estou fazendo uma coisa boa. Estou fazendo a coisa certa — mas mesmo assim... Ellie.

Sinto falta dela.

Como se sentisse que estou perdendo alguma coisa, Marty empurra para mim o prato com sua pizza que sobrou. Na verdade, estou morrendo de fome. Então, pego um pedaço rapidamente.

— Obrigada — digo. Porque finalmente me lembrei de como é importante dizer isso. Mesmo quando são as pessoas mais próximas a nós fazendo coisas que fazem o tempo todo.

— Sem problemas — responde ele, enquanto nos sentamos em extremidades opostas do sofá, tomando nosso chá e comendo pizza. Tento não pensar em Ellie de maneira nenhuma, enquanto o documentário nos leva a uma jornada muito, muito distante.

Parte 5

78

O trabalho é o maior fardo de todos. Posso sentir as horas me esgotando, e cada tique-taque do relógio é uma batida contra meu crânio já dolorido. A segunda-feira afunda até a terça. A terça-feira se arrasta até a quarta. A quarta-feira se descasca até a quinta, até que a recepção de noivado surja à minha frente.

Sei que decidi não ir, e tudo mais, e sei que, no fundo, é a coisa certa a fazer. Só que dói saber que não estarei lá para Ellie neste momento de sua vida. Isso dói, fisicamente.

Lembre-se: o único lado positivo, é claro, é que pelo menos não preciso ver Mark. Não suporto ver seu rosto presunçoso dizendo-me que estava certo, afinal; que toda essa coisa de contos de fada acabou sendo um desastre, conforme previu. Irritantemente, estou pensando tanto nisso que, de maneira estranha, posso ver seu rosto assombrando-me em todos os lugares, como um espírito do submundo. Onde as capas de uma centena de livros se alinham nas estantes, cada capa é apenas seu rosto crítico pairando sobre mim e me encarando. Nas paredes, todas as fotos, de todos os autores, são apenas de Mark tendo sucesso na vida onde estou falhando, com um doloroso "eu avisei" em todo seu rosto presunçoso e esquecível. Os *post-its* ao meu redor têm a caligrafia de Mark, as vozes ao telefone são todas de Mark, a pessoa que sai do elevador e caminha em minha direção é Mark.

Ah, merda! Espere. Esfrego os olhos.

A pessoa na minha frente é realmente Mark. Tipo, literalmente, de fato, Mark. Em carne e osso. Seus irritantes olhos redondos piscam para mim.

— Mark? — pergunto, completa e totalmente confusa. — Você é autor?

— Não que eu saiba.

— O que está fazendo aqui?

— Preciso falar com você.

— Como entrou?

— A segurança não é muito rigorosa aqui. Eu precisava te encontrar.

— Mas estou no trabalho.

— Sim, por isso vim aqui.

O telefone toca. Olho para o telefone. Olho para Mark. Olho para o telefone.

— Você acha... — começa ele.

— Preciso atender isso — digo, interrompendo-o. Atendo, usando minha voz mais profissional. O tipo que me deu o prêmio de melhores maneiras ao telefone da Porter Books, por quatro anos consecutivos (há quatro anos). — Porter Books, como posso ajudar?

É a recepção. Obviamente.

— Tenho um senhor P...

— Mande-o subir — digo, instantaneamente, ao ver Cathy se aproximando. Deve ser alguém para ela. Preciso tirar Mark daqui antes que alguém perceba isso. Desligo o telefone.

— Quando você faz uma pausa? — pergunta Mark.

— Não faço.

— O quê? Sem pausa para o almoço? Sem pausa para o café?

— Não.

— Você só está dizendo isso porque não quer falar comigo?

Salva pela Cathy. Ela entra, toda *sexy*, com uma camisa branca decotada. Honestamente, ela nasceu para ser modelo. Só deus sabe por que quis a vida editorial. Poderia estar curtindo a vida em algum iate, agora.

— Oi, Cathy. Eu só estava dizendo a esse... entregador... para ir embora.

— Ah — responde ela, despreocupada. Mark não se move nem me corrige. Apenas fica ali, desajeitadamente. Cathy dá de ombros.

— OK. Bem, sabe se Henry já chegou?

Viro-me para Mark de cara fechada, porque ele não entendeu a deixa.

— Ele já está subindo... Henry?

— Sim, Henry.

— Henry Pill?

Cathy olha para mim, como se fosse uma pegadinha.

— Sim... — responde ela, lentamente.

Ah, merda! Henry Pill. Eu não o vejo desde... preciso sair daqui. Preciso me esconder. Preciso...

— Mark, tenho uma pausa agora. Vamos lá. — Corro para fora da mesa e pego meu casaco.

— Espere, o quê?

— Cathy, tudo bem você deixar Henry entrar, não? E peça a um desses estagiários que me substitua um pouco. Preciso tomar um café com esse... entregador, para discutir assuntos urgentes de entrega.

— Sim — diz ela, confusa.

Já saí. Mark está atrás de mim, devagar, aos tropeços.

— Mark, venha rápido! É agora ou nunca! É sério! — Corro duas vezes mais rápido, batendo os dedos com força nos botões do elevador, rezando para que o que estou chamando chegue depressa. Ele chega e entro. Este elevador fica de frente para o outro. Então, fico o mais próximo possível da parede, enquanto aperto o botão do andar térreo. Mark corre atrás de mim, finalmente na minha velocidade.

— Você está bem?

— Vou ficar! — digo, tensa, quando as portas, por fim, começam a se fechar. É, literalmente, bem na hora. Posso ver as portas opostas se abrirem no outro elevador e o rosto estúpido de Henry Pill emergir. Naturalmente, ele está olhando para a frente. Pulo atrás de Mark, que fica rígido como um pilar, enquanto as portas se fecham. Nunca fui tão grata por seu físico de urso e por minha altura menor que a média, pois ele me cobriu por completo. Expiro, um longo suspiro de alívio. É por isso que preciso começar a ler a maldita agenda.

— Você quer me dizer…

— Não — respondo, rapidamente.

Mark acena com a cabeça, caindo em silêncio mortal, enquanto o elevador desce, aos poucos, para o andar de baixo. Bem, pelo menos consegui escapar de uma confusão. Que venha a próxima.

79

Ele coloca o café que acabou de comprar para mim na mesa entre nós e um suco de frutas para ele. É um cappuccino, com canela salpicada por cima, não chocolate. Exatamente como gosto. Eu nem sequer pedi. De alguma forma, isso me irrita mais do que deveria. Mordo o lábio, mal-humorada.

— Obrigada — digo, porque sou educada demais para não o fazer. Tomo um gole. É delicioso. Ele escolheu este café artesanal bem pertinho, e eu sempre quis ir, mas não conseguia justificar o preço do café. É requintado. Madeira bem cortada e banquinhos em vez de cadeiras. Algo suave e calmo está tocando ao fundo, enquanto ele se senta diante de mim.

— Olha, isso não é uma… — Ele olha para mim conforme gira o copo de seu estranho suco verde. — Sinto que devo…

Aqui está. Aqui está o sermão "Li seu último capítulo. Eu estava certo. Peça desculpas a mim e pare com isso". Ele olha ao redor do café, em busca de inspiração. É, na melhor das hipóteses, muito inarticulado, embora eu nunca tenha imaginado que ele fosse perder a oportunidade de me derrubar. Especialmente uma em que Ellie nem está aqui para contê-lo. Isso vai ser brutal.

— Olha — conclui ele. — Só queria pedir desculpas.

Engulo em seco. Não sei o que estava esperando, mas, provavelmente, não era isso.

— Desculpas?

— Sim. Desculpe-me. Sinto muito pelo que disse naquela noite. Sinto muito pela forma como reagi, pela confusão dos convites e por ter demorado tanto para me desculpar com você. Sinto muito. Estou completa e totalmente arrependido.

Há uma pausa constrangedora. Tento olhar para o rosto dele.

— Ellie pediu que fizesse isso?

— Ellie não sabe que estou aqui.

— Ah.

Olho ao redor do café, meio que esperando ver o rosto de Ellie. Não tenho tanta certeza se acredito nele. Tomo outro gole do meu delicioso cappuccino. Ele acena com a cabeça, aceitando o silêncio, como se quase o merecesse.

— Sei que deveria ter vindo antes. Sei que deveria ter ligado, ou mandado uma mensagem, ou... alguma coisa. Mas fui muito egoísta, e... não sei. Simplesmente não fiz nada.

Meus lábios se fecham, chocados. Definitivamente, não é onde pensei que essa conversa estivesse indo. Espero ele continuar.

— Eu sempre soube, desde que conheci Ellie, o quanto você significa para ela. Sempre soube que você era grande parte da vida dela. Em nosso primeiro encontro, acho que ela falou mais sobre você e sua vida que sobre ela. Para ser honesto, o quanto ela se importa com as pessoas, o quanto se interessa ativamente pela vida delas são algumas das razões pelas quais me apaixonei por ela. Porém, com você, é mais que isso. Ela confia em você. Você é o porto seguro dela, e eu sou... bem, durante muito tempo, eu era a pessoa a quem ela recorria apenas quando você não estava disponível. Sei que nos mudarmos para longe de você foi algo grande, mas, para mim, ter Ellie um pouco mais, bem... sei que é egoísta, mas adorei. Com você um pouco menos disponível, ela me disse muito mais do que já havia me dito antes. Ela me confidenciou todas as pequenas partes de seu dia, que, em geral, guardava só para você: o que comeu no almoço naquele dia; o que estava pensando quando estava voltando da estação; o que a levou a escolher frango para o jantar em vez de lasanha, a coisa toda. Isso significou mais para mim do que eu poderia dizer. Naquele dia, quando descobri que você viria para o jantar, fiquei tão preocupado que... que isso acabaria, e eu ficaria, de novo, em segundo plano. Então, contei a Ellie. Disse a ela que estava preocupado, e ela me disse que eu não tinha nada com que me preocupar. E eu já sabia que ela estava se preocupando com isso, de qualquer maneira, porque...

— Ela se preocupa — dizemos em uníssono. Estou confusa em relação ao porquê de ele usar esse termo. Esse é o meu termo para ela, não o dele. No entanto, lá estamos nós dizendo isso juntos.

— Exatamente, ela se preocupa. Então, eu estava nervoso, e no limite, de qualquer modo. Eu disse tanta coisa que não queria dizer, palavras que não tinha o direito de dizer. Quando você, com toda razão, lutou contra mim, Ellie já sabia sobre meus sentimentos. Então, também não brigou comigo... como deveria ter feito. Como vocês duas deveriam ter feito. E eu deveria ter pedido desculpas imediatamente. Quando esfriei, percebi o que tinha feito e sabia que deveria me desculpar, mas... com vocês não se falando, de repente me tornei a pessoa com quem Ellie falaria sobre tudo. Bem, sobre você, principalmente. Sobre como ela sentia sua falta. Sobre como estava preocupada com você. Sobre como queria te ver de novo. Ela me disse, noite após noite, o quanto estava triste por você não estar ao lado dela. E eu adorava ser "você" para ela, mas me dei conta de que... se fosse realmente "você", ela não teria nenhum desses problemas, pra começar. Na verdade, tudo o que ela estava me contando eu, de fato, tinha o poder de consertar. Exceto que, em vez de consertar os problemas dela, eu estava apenas escutando, como um completo idiota. — Ele estava balançando a cabeça. — Quando digo isso em voz alta, percebo que fui um imbecil completo. — Ele vira toda a cabeça para cima, olhando-me direto nos olhos. — Tenho sido um idiota da maior magnitude. — Ele toma um gole de suco. Não tenho certeza se devo falar, mas não parece que ele terminou. Então, deixo-o se prolongar mais. — Sabe, eu estava lendo seus capítulos. Eles são realmente brilhantes. Falo sério. Você nos fez rir, e chorar, e... bem, enfim, eu estava lendo esses capítulos, e isso me fez pensar em quem eu era, ou quem seria, no mundo dos contos de fada, e... depois de um tempo, entendi. Estou naquela do cabelo comprido.

— Você acha que é Rapunzel?

— Não, Ellie é Rapunzel. Sou a velha bruxa que a quer só pra mim e a mantém longe, muito longe, e... me odeio por isso. — Ele coloca a mão no coração, como se estivesse, literalmente, doendo. — Não quero ser a razão pela qual vocês não estão se falando, simplesmente não quero. Ellie precisa de você, e eu a tenho excluído. Por favor. Por favor, me perdoe. Mas, mais importante, caso possa me perdoar, ou não, por favor, volte para a vida de Ellie. Por favor, venha no sábado.

Espere! Ele realmente confessou que me deixou de fora? E pediu desculpas por isso?

— Nunca quis ser o vilão nesta história. Nunca amei ninguém mais do que amo Ellie. Nunca acreditei que pudesse amar tanto quanto eu a amo. Sem ela, não sou nada, literalmente. — Ele olha para cima e tosse, como se aquilo tivesse caído, por acidente, de sua boca. — Isso é muito brega, eu sei.

Eu não sabia que Mark era capaz de algo tão legal. Ele sempre foi muito chato. Ele sorri para mim, um pouco sem jeito.

— Ainda preciso pedir desculpas a Ellie. Só espero que ela não me odeie para sempre, pela maneira como agi nas últimas semanas. Só espero que ela ainda queira se casar comigo.

Ah, meu deus, ele está lacrimejando! Agora, nem sei para onde olhar.

— Não era isso que eu planejava dizer. — Ele enxuga uma lágrima, antes que ela tenha tempo de pousar em sua bochecha avermelhada. — O que quis dizer é que sei que Ellie precisa de você lá, no sábado. Essa coisa toda de lista de e-mail foi um mal-entendido, juro. Veja. Veja a lista você mesma. — Antes mesmo de eu dizer qualquer coisa, ele desliza o telefone para o meu lado da mesa, e olho para a tela que ele pré-organizou. — Nem os padrinhos, nem as madrinhas estão nela. Confira. Prima Charlotte não está, ou Hannah, do trabalho de Ellie. Meus padrinhos também não estão. Eles nunca estiveram na lista. Nenhum de vocês estava, porque não estávamos planejando convidá-los por e-mail. Por favor, veja você mesma!

Acho que nem saberia o nome dos padrinhos, para verificar. No entanto, pelo menos sobre Charlotte, ele está certo. Empurro o telefone, devagar, de volta para ele, que o coloca no bolso.

— Eu ainda nem tinha contado para meu próprio padrinho antes de essa lista sair. Então, foi tudo um desastre completo. Nossa internet apresentou problema de novo, e eu temia não ser capaz de apertar o botão de enviar, uma vez que tivéssemos chamado nossos amigos mais próximos. Então, estupidamente, enviei a lista de e-mails e os convites a Niamh enquanto estava no trabalho. Para encurtar a história, nós nos confundimos, e ela os enviou, de imediato. Não que esteja culpando Niamh. Foi claramente culpa minha, mas veja. Você é a dama de honra de Ellie, pelo amor de deus! Ela precisa que esteja lá, mais do que precisa de mim lá, posso te dizer.

Dama de honra? Engulo em seco. Mesmo assim, minha garganta parece que tem serragem.

— De qualquer forma, eu não queria… Eu só… Eu só queria dizer que sinto muito por isso. E me desculpe por ter sido um idiota naquela época. E me desculpe por ser um idiota agora. Só sinto muito, totalmente.

Estico as mãos em volta da caneca, tentando absorver tudo. Estou chocada demais para saber como meu rosto está agora. No entanto, não deve ser tão encorajador, porque Mark rapidamente olha para baixo e para longe.

— Não quero fazê-la se sentir desconfortável. Sei que deveria estar trabalhando, e não quero tomar todo seu tempo ou colocá-la em apuros nem nada.

Preciso dizer algo. Ele acabou de fazer tudo isso, e eu deveria dizer algo. Realmente, realmente, eu deveria dizer algo. Não deveria?

Só que estou achando isso tão difícil de processar. Nunca, em mil anos, esperaria isso de Mark. Estou totalmente em choque.

— Olhe — diz ele, antes que eu diga qualquer coisa —, realmente, realmente, espero que esteja lá no sábado, mas... entenderei se não for. Seja como for, sempre gostei de você. Muito. Sei que nem sempre sou sua pessoa favorita, mas... não sou tão terrível. Nem sempre. Talvez um dia você também goste de mim.

Com isso, ele se levanta. E sai, com um tapinha rápido e levemente desajeitado no meu ombro.

— Mark, sinto... — começo.

Porém, é tarde demais.

Ouço o pequeno carrilhão de madeira da porta tilintar, enquanto ela abre e fecha, atrás dele.

Não demora muito para eu cair em soluços altos e desajeitados. Tenho certeza de que todo o café está olhando para mim, mas não me importo.

Esse era Mark. O Mark que eu achava incapaz de decência humana, fazendo exatamente a coisa certa: pedindo desculpas. Assumindo a propriedade de suas ações. Tentando acertar as coisas.

É possível? É realmente possível que talvez ele não seja um vilão, afinal?

80

QUANDO VOLTO PARA MINHA MESA, TUDO PARECE ESTRANHAMENTE SILENCIOSO. A princípio, não percebo, pois minha cabeça está tão cheia de pensamentos. Só que, mesmo na recepção, geralmente posso ouvir alguns dos editores ao telefone. Agora, no entanto, não há quase nada.

Um pouco confusa, enfio a cabeça nas salas de trás e encontro a maioria das mesas vazias, na parte aberta do escritório. Imediatamente, minha mente drena a última hora, enquanto uma onda de ansiedade me atravessa. O que perdi?

As poucas pessoas restantes (na maioria, assistentes) estão todas sussurrando umas com as outras, ansiosamente, todas olhando para a maior sala de reuniões do andar. Sigo o olhar delas através das paredes de vidro e vejo que todos os principais editores se reuniram lá. Parece sério.

Depressa, corro de volta para minha mesa, na recepção. Verifico as agendas, mas não consigo ver nada. Nenhum e-mail circulou; nada que, em geral, pudesse causar uma reunião como essa. Sei que não é meu trabalho me interessar por coisas que acontecem do "outro lado" do escritório, mas a curiosidade me domina. Além disso, estou com medo de ter perdido alguma coisa, e, se perdi, Maggie vai me criticar mais tarde — é melhor me preparar para isso agora. Para minha sorte, Cathy está perto do balcão de bebidas, esperando a máquina de café fazer outro cappuccino, que, suponho, ela esteja prestes a levar com ela. Corro para ela, rapidamente.

— Estive fora por, tipo, uma hora — sussurro. — O que aconteceu?

— Henry Pill causou — responde Cathy, balançando a cabeça. Mesmo ao som de seu nome, engulo em seco.

Caramba. Henry.

No mesmo instante, minha mente se enche de horror. Não posso deixar de me perguntar se tudo isso é por minha causa. Talvez dormir com um cliente seja um delito passível de demissão, afinal? Talvez, de alguma forma, eles tenham descoberto e estejam falando sobre o que fazer comigo?

Tento manter a calma, dizendo a mim mesma o quanto isso seria estúpido. Por que todos os editores estariam reunidos em uma sala para falar sobre como me demitir? Isso é um absurdo.

Ainda assim, algo parece errado aqui, e quero saber o quê.

— Continue — digo a Cathy, tentando manter a calma.

— Ao que parece, ele mudou de ideia — diz ela. — Pensamos que estivesse vindo para discutir ideias de capas de livro. Então, ele fez um discurso inteiro sobre como quer sair do negócio todo. Aparentemente, está cansado de fazer as garotas se sentirem "rebaixadas", como parte de seu trabalho diário, dizendo que suas ações podem levar outras pessoas a tentar proezas semelhantes e arruinar a autoestima de pessoas vulneráveis. Ele diz que não quer abrir esse precedente. Não mais. Parece que finalmente se tornou consciente.

Sinto meu estômago revirar.

— Ele disse por quê?

— Bem, uma garota desapareceu da vida dele, e ele encontrou uma história nas tendências no B-Reader que pensou que pudesse ser sobre ele. Não nos deu os detalhes; apenas disse que percebeu como as pessoas se sentiam ao serem expostas dessa maneira, e isso o fez ver o "equívoco de seus caminhos".

Ah, merda! Ah, merda, merda, merda! Henry leu meu trabalho?

— Então ele está desistindo do livro? — pergunto. — Ele pode mesmo fazer isso?

— Quer dizer, tecnicamente, não. Ele já assinou o contrato. Contudo, quando Jenks foi trazida para conversar com ele, ela concordou com novos termos. Em vez disso, publicaremos o próximo livro de Henry, seja lá o que for.

Sally Jenks, a CEO de toda a empresa. Vejo que está sentada agora à cabeceira da longa mesa da sala de reuniões, concordando com a cabeça, seriamente, para o que um dos editores está lhe dizendo. Eu me viro, antes de acidentalmente olhar nos olhos de alguém na sala.

Para ser honesta, acho que vou desmaiar.

— Ela está irritada? — sussurro, tentando impedir que minha mão trema. Se descobrirem que a garota sou eu, estarei fora daqui, com certeza. Talvez coisa pior.

— Irritada? — diz Cathy, balançando a cabeça. — Não, está aliviada! Ao que parece, a reunião entre eles correu muito bem. Uma vez que Henry se foi, ela chamou todos os editores para lhes dizer como essa foi por um triz. Disse que Henry pode ter sido um nome famoso, mas que, pensando melhor, isso não é desculpa para a empresa promover quaisquer vozes que amplifiquem os maus-tratos às mulheres. Disse que somos melhores que isso, que tivemos sorte desta vez, mas que precisamos ter certeza de que a popularidade de um autor não esteja afetando nossos próprios valores naquilo que publicamos.

Como?

— Então... essa garota que desapareceu da vida dele... isso é uma coisa boa?

— É boa — responde Cathy. O alívio me inunda em um instante. — Provavelmente, é boa para toda população feminina, mas é, em definitivo, boa para nós.

Tento não deixar nada transparecer, mas posso sentir meu coração batendo além da conta.

— Então, o que é isso? — pergunto, acenando de volta para a sala de reuniões.

Cathy levanta-se, lembrando-se, claramente, de que estava apenas buscando café.

— Jenks queria outro resumo pessoal de tudo o que estava para ser lançado, com essa "nova perspectiva" em mente, para garantir que nada mais que fosse publicado sinalizasse quaisquer problemas potenciais de relações públicas. Provavelmente, eu deveria voltar para lá. — Enquanto Cathy volta, requebrando, começo a me sentir estranhamente tonta, sem saber como digerir essa notícia. Ela se vira, e tento manter o rosto inexpressivo. — Ah, se não estiver fazendo nada, quer ver se consegue encontrar a escrita daquela garota no B-Reader? Henry não nos deu nenhuma pista sobre qual poderia ser o nome dela ou qualquer outra coisa, mas talvez você tenha sorte.

— Por quê? Ela está em apuros? — pergunto, incapaz de esconder a adrenalina que estou sentindo. — A autora, quero dizer. A autora está em apuros?

— Caramba, não! — ri Cathy. — Só quero ver Henry Pill provando do próprio veneno. Tenho certeza de que todas nós queremos.

81

A reunião dura o restante do dia. Então, não há muito o que fazer na recepção. Isso vem bem a calhar; leva cerca de uma hora para minha adrenalina baixar. Depois disso, fico lá sentada, repetindo os eventos do dia, em um *looping* sem fim.

Passo por vários estágios de me sentir horrível, depois culpada, depois nervosa, depois orgulhosa por Henry Pill ter mudado de ideia por minha causa, depois horrível de novo.

Porque ele, provavelmente, leu meu trabalho. Ele o leu, e isso o fez se sentir um merda. Fiz alguém se sentir um merda. E, mesmo tendo feito isso com alguém tão terrível quanto Henry Pill, ainda não é uma sensação agradável.

Por que nunca pensei que essa aventura sexual de contos de fada fosse uma má ideia? Que pudesse machucar alguém? Por que ninguém me disse que era um erro?

Bem, alguém tentou me dizer. Mark tentou. No início de tudo, ele estava tentando me dizer, e eu simplesmente não queria ouvir.

Ó, deus. Mark.

Enquanto retoco a maquiagem no banheiro, algumas horas depois, o pedido de desculpas de Mark permanece em minha mente.

Sim, ele disse coisas ruins naquela noite. Sim, elas machucaram. No entanto, em vez de manter sua posição ou guardar ressentimentos, teimosamente, como tenho feito durante todo esse tempo, ele fez a coisa certa e se desculpou.

À sua maneira distorcida, tudo o que ele estava tentando fazer era me impedir de me sentir... bem, desse jeito, na verdade. Impedir-me de sentir o arrependimento que estou sentindo agora. Método errado, claro, mas boas intenções.

Grandes intenções, na realidade.

Que pessoa querida.

Por que nunca vi isso nele antes?

Por que nunca percebi que Ellie escolheu um bom homem? Porque nunca quis ver, é por isso. Simplificando: aos meus olhos, ele não era o cara perfeito. Então, não queria que ele fosse o cara perfeito aos olhos dela.

Contudo, ela o viu dessa forma. E agora, contra todas as probabilidades, eu entendo. E daí se acho as histórias dele dolorosamente maçantes? Ellie deve gostar delas. De alguma forma. Deve ser capaz de olhar além do esquecível exterior de ogro e ver... bem... ver seu próprio príncipe encantado...

Me sinto tão estúpida!

Tenho me achado tanta coisa, quando simplesmente não sou.

Agora, o Halloween está se aproximando, e a recepção de noivado de Ellie e Mark, chegando. Nesse momento, sei, com absoluta e completa certeza, que este não é meu conto de fadas. Ela é a Cinderela aqui. Sou apenas a meia-irmã ressentida que finalmente está vendo o erro de seus caminhos. Eu não perderia o baile dela por nada nesse mundo.

82

Eu: 31 Out, 10:36
Você vai esta noite?

Marty: 31 Out, 10:36
Óbvio

Eu: 31 Out, 10:36
...

Eu: 31 Out, 10:36
Que horas vai estar lá?

Marty: 31 Out, 10:36
Por quê?

Marty: 31 Out, 10:36
Precisa de um acompanhante?

Eu: 31 Out, 10:36
É perigoso para uma jovem viajar sozinha

Marty: 31 Out, 10:36
Você não é jovem

Eu: 31 Out, 10:36
Vá se foder

Não sei por que me dei ao trabalho de mandar uma mensagem para ele. Sabia que não ajudaria.

Marty: 31 Out, 10:38
Me mande uma mensagem quando estiver do lado de fora, e vou te encontrar

Eu: 31 Out, 10:38
Obg

O pub é exatamente o tipo de lugar que Ellie escolheria para sua recepção de noivado. Não consigo pensar em um lugar mais apropriado para ela, onde quer que seja. Tem uma lareira, e o tijolo está exposto, como algo saído de um livro de Harry Potter, pronto para nos levar a outro mundo mágico, se soubermos a sequência certa de bater nas paredes.

Fiel à sua palavra, Marty está do lado de fora, parado no frio congelante, esperando por mim, enquanto meu carro estaciona. É apenas mais um lembrete brutal para mim de que, como espécie, os Mathews são gentis e leais. Por causa de minha própria estupidez, tenho agido como uma criança mimada e tirado um deles da minha vida.

Corrigirei isso hoje à noite.

O Mathews diante de mim está vestindo um macacão branco com asas, como um anjo malfeito em uma peça de Natal, e usando um fone Bluetooth no ouvido, como se fossem os anos noventa. Sinceramente, está uma bagunça. Saio do carro, com uma capa me mantendo aquecida, e ele me ajuda a entrar no bar.

— Garçonete da Oktoberfest? — diz ele.

— Você é imaturo! — digo, olhando para baixo e me observando. Meu cabelo ruivo está em tranças, mas está lutando para se desfazer.

Tive que customizar a maior parte da minha roupa, mas o vestido tradicional norueguês em que estava de olho (a saia longa preta, até o chão, e a camisa branca, com um avental nórdico colorido) parece bem autêntico, eu diria.

— Sou uma princesa de Arendelle, só pra você saber.
— Não era isso que queria ser quando crescesse?
— É o que quero ser agora, quando crescer.
— Você é ridícula. Além disso, escolheu a irmã Frozen errada. A outra fica com as melhores músicas.
— Que seja, anormal. O que você é mesmo? — pergunto.
Ele aponta para as asas, como se fosse óbvio.
— Um espermatozoide voador? — tento.
— Buzz Lightyear — corrige ele, revirando os olhos.
— Você nunca quis ser o Buzz. Todo esse julgamento pra mim, e você nem sequer gostou de *Toy Story*. Achou o filho do vizinho muito assustador e molhou as calças, naquela vez.
— Eu tinha, tipo, quatro anos, quando isso aconteceu.
— Mesmo assim, aconteceu.
— Bem, talvez seja eu superando meu medo.
— Você deveria ter sido... não sei... o Doutor Doolittle! Adorou aquele filme!
— Não, você adorou aquele filme. Eu só assistia a ele com você.
— Não foi por isso que se tornou veterinário?
— Surpreendentemente, não baseei minhas escolhas de carreira em nenhum filme infantil.
— Mentiroso.
— Baseei no que as mulheres mais querem ouvir quando você diz a elas o que faz da vida.
É a minha vez de revirar os olhos, enquanto me viro para olhar o restante do lugar. Há pessoas com as quais nós duas fomos para a escola e amigas do trabalho dela que se tornaram amigas íntimas minhas com o passar dos anos. Há a família dela (que é a minha família) e a minha família (que é a família dela). Embora haja pessoas no grupo que provavelmente pertencem ao Mark, eu não poderia me sentir mais em casa entre elas.
No bar, minha mãe (uma bombeira recém-saída da loja de roupas) está no canto conversando com meu pai (ele realmente veio como o coelhinho da Páscoa, Deus o abençoe!) e Niamh (uma bailarina menos embaraçosa). Aceno para eles, e todos acenam de volta para mim, convidando-me a participar. Ainda não, porém. Há outra coisa que preciso fazer primeiro. Meus olhos continuam varrendo os arredores.
— Seus pais ainda estão em termos tão amigáveis — aponta Marty.
— Ainda são melhores amigos.
— Você imaginaria que, com o divórcio, e tudo mais...
— Só porque estão se divorciando não significa que ainda não possam ser melhores amigos.

Marty ri.

— Isso é raro. Você tem sorte.

Meus olhos se voltam para eles agora, rindo juntos de alguma piada de Niamh. De repente, percebo.

Marty está certo, é claro; só demorei um pouco para chegar lá. Tenho sorte. Tenho mais que sorte. Fui criada em uma casa amorosa, por uma mãe e um pai que ainda se amam até hoje, apenas de maneira diferente. Um deles não teve uma crise de meia-idade e desapareceu, como o pai de Marty. Não houve caso ilícito, como o de Mark. Eles tiveram uma conversa aberta e honesta, que levou a outras conversas abertas e honestas, que levaram a hoje: ambos tendo uma conversa perfeitamente feliz com Niamh, tão relaxados quanto qualquer coisa. Como todos em minha vida, eles também evoluíram para o próximo estágio. Sorrio, observando-os com tanto orgulho quanto um pai observa os próprios filhos brincarem.

— Ellie! — grita Marty, ao meu lado.

Eu me viro, como se estivesse em câmera lenta.

Ali está ela. Está vestida como... ah, puta merda!

Está vestida como Elsa. Literalmente. O cabelo loiro está trançado para um lado. O vestido azul é... quero dizer, uau! Ela está deslumbrante. Ela é linda. Ela é minha Ellie. Ela é, literalmente, a Elsa da minha Anna.

— Vocês duas são tão esquisitas. Sabem que *Frozen* foi lançada quando tínhamos vinte e poucos anos, certo? — Marty entra na conversa.

— Não ligo — nós duas dizemos em uníssono completo e absoluto. Ela pisca, olhando para mim, nervosa.

Marty olha para nós duas.

— Vou buscar *shots* para todos nós...

Ele sai. Nós duas não nos movemos durante algum tempo. É como se não houvesse ninguém ao nosso redor. É como se fôssemos só nós. Ela fala primeiro, mas me movo primeiro, pegando suas mãos nas minhas.

— Bella, você veio!

— Não posso acreditar que quase perdi isso.

— Me desculpe por...

— Sou eu que deveria dizer...

— Senti muito sua falta...

— Senti mais a sua. Eu...

Ambas paramos. Ambas engolimos em seco. Lançamo-nos no mais longo, melhor e mais bonito abraço que o mundo já viu. Lá está ela, uma princesa moderna. Aqui estou eu, uma bagunça desastrosa da Idade Média. A Elsa da minha Anna, a rainha da minha princesa, a noiva da minha dama de honra.

— Você tem todo direito de estar com raiva de mim — diz ela. — Não deveria ter contado a ele sobre seus pais.

— Não estou brava. Ele é seu noivo, e eu nunca lhe disse que não contasse a ele. E sei que, no fundo, ele estava apenas tentando me proteger também.

Ocorre-me, neste momento, que essas últimas semanas foram total e completamente inúteis. Um desperdício de tempo e energia.

Eu estava canalizando toda minha raiva para eles, quando não era com isso que estava realmente brava.

Eu realmente só estava com raiva porque as coisas mudam.

Estava com raiva por não poder pará-las.

Estava com raiva por todos os motivos errados.

Mesmo quando o abraço termina, não consigo soltar suas mãos. Sinto que todas as minhas desculpas estão sendo canalizadas das palmas das minhas mãos para as dela. Eu as aperto com força, e ela as aperta de volta, sem se afastar.

Logo atrás dela, vejo a figura sorridente de Batman. Suponho que seja Mark. Na realidade, é difícil dizer, porque ele está de máscara. No entanto, suponho que ninguém mais estaria olhando para nós do jeito que está, se não fosse Mark. Rapidamente, vejo-o ser puxado para uma conversa profunda com um Pikachu e um Power Ranger.

— Estou muito feliz por você, Ellie — digo a ela.

— Mesmo?

— Mark é um cara tão legal — digo. Porque ele fez uma merda, claro, mas admitiu e se desculpou. Como alguém que recentemente fez, por acidente, um monte de coisas muito ruins para as pessoas que amo, entendo um pouco como é difícil assumir a responsabilidade, como ele acabou de fazer. — Realmente, realmente, estou falando sério.

E estou. Aperto as mãos dela mais uma vez, apenas para provar isso.

Sabendo que ela sempre estará lá quando eu precisar; sabendo que sempre estarei lá quando ela precisar de mim; sabendo que nunca estaremos distantes, não importa quão distantes estejamos, finalmente a deixo ir.

83

Estamos no sofá vendo um documentário. Marty abriu um pacote de salgadinho para nós, enquanto um urso-polar começa a rasgar uma foca diante de nossos olhos.

Quando a festa acabou, Ellie e Mark desapareceram em um Batmóvel Uber. Queria ter falado com Mark, eu queria, só que nossos caminhos nunca se cruzaram. Ele estava em uma sala com os amigos, e eu, em outra. Apesar de ele estar com uma roupa bastante icônica, eu mal o vi no meio da multidão, muito menos tive a chance de falar algo. Marty e eu dividimos um táxi na mesma direção. Só que a viagem foi longa, e, quando a sobriedade finalmente me encontrou, lembrei-me de que queria estar muito pouco perto de Hans e Gertie. Então, óbvio, vou ficar com Marty.

— Não quis tentar nada com ninguém? — pergunto.

— Metade daquelas pessoas eram meus parentes. Qual é a sua desculpa?

Suspiro. Sou tão boa com suspiros.

— Cansei de dormir com homens aleatórios. É complicado e confuso, e a rejeição dói pra caralho. Não que você saiba disso.

— Tá de brincadeira? Sou rejeitado o tempo todo!

— Mentiroso — rio. — Você tem uma garota quase toda noite.

— Também sou rejeitado todas as noites. Às vezes, várias vezes, antes de encontrar alguém.

Olho-o nos olhos, e ele não pisca. Não tenho ideia se isso significa que está sendo sincero, mas... bem, certamente, ele parece sincero.

— Como você faz isso? Como se recupera de novo? — pergunto. Ele ri.

— Sei que não importa. Não me importo com essas garotas, então não me importo que me rejeitem. Quando, por fim, sair com alguém de que gosto de verdade, se for rejeitado, então, bem, isso será uma história completamente diferente.

Posso ver as bochechas dele começarem a brilhar e penso em apontar isso ou tirar sarro, mas não o faço. Afasto-me, antes que ele me pegue olhando.

Caímos em um silêncio confortável, enquanto o urso-polar caminha pela tela como um messias, com outra pobre foca presa diante dele, impotente.

— Então, vocês fizeram totalmente as pazes? — pergunta ele, jogando-se para trás, para ficar mais confortável.

— Com o urso?

— Com o Elmo.

Jogo um salgadinho nele, no momento em que a foca é rasgada em duas. Ambos estremecemos.

— Como sabia que estávamos brigando?

— Você tá de brincadeira? Deus, nunca na vida recebi tantas mensagens de texto dela! Você pode ver se Bells está OK? Já falou com Bells hoje?

— Sua imitação de Ellie é horrível.

— Ela é horrível.

— Ela é perfeita.

Jogo outro salgadinho na direção dele. Ele é mais rápido, desta vez. Sua mão aparece, e ela ricocheteia de volta no meu rosto. É um golpe bastante impressionante. A câmera se afasta do urso em direção a pequenos filhotes de urso. Do horror, vem a beleza. Apesar de ter acabado de assistir a essa fera rasgar um par de focas de aparência adorável, de repente estou completa e totalmente apaixonada por ela.

— Ela, de fato, perguntou sobre mim? — questiono, tentando não soar como uma garota falando sobre sua paixão do recreio.

— Ela é preocupada — diz ele, recostando-se no próprio assento. — Ela se preocupou. E, com seu último capítulo, não estou surpreso.

— Você leu aquilo?

— Claro que sim. Parece que serviram outra encrenca para você.

— Acho que servi uma encrenca a mim mesma.

— Não se culpe.

— Culpo. Total e completamente. Saindo todas as noites, tentando dormir com pessoas aleatórias… essa não sou eu. Passei as últimas semanas tentando provar que sou alguém que não sou. Não quero essa vida. O que eu estava pensando?

— Bem, o que você quer?

Boa pergunta. Respiro fundo, sem ter certeza se quero, ao menos, pensar nisso. Ainda sinto que não mereço o que quero de verdade. Não depois de tudo o que fiz. Então, lembro-me de que é Marty. Se não posso contar a ele, a quem posso contar?

— Não posso evitar. Parece que todos ao meu redor estão conseguindo seus objetivos, enquanto estou presa no vácuo. Quero que meus sonhos de escrever se tornem realidade e, bem, quero o que Ellie tem. Desde que consigo me lembrar, queria um grande casamento tradicional.

— Então faça isso.

— Mais fácil falar que fazer. Também não tenho um contrato de publicação.

— Publique por conta própria.

— Também não tenho marido.

— Não precisa de um. Envie convites extravagantes, coloque um vestido branco, tenha um dia caro para você. Isso é o que eu diria. Um homem não precisa estar envolvido.

— Foi você quem me disse para dormir por aí!

— Certamente, não disse.

— Disse! Você disse que encontrasse um homem com quem quisesse passar a noite!

— Não foi o que eu… Só quis dizer que você está tão focada na aliança de casamento, que deixaria seus padrões caírem, por completo, apenas para conseguir uma. Então, dê um casamento a si mesma. Celebre a si mesma. Dessa forma, você poderá desistir de toda essa besteira de casamento de contos de fada e encontrar um cara com quem realmente queira estar.

Levanto uma sobrancelha, incapaz de esconder meu sorrisinho.

— Direto do próprio guru de relacionamentos.

— Não estou indo tão mal.

— Seu relacionamento mais longo tem, talvez, duas horas de duração.

— Absurdo! Temos mais de vinte e cinco anos juntos, pelo menos.

— Eu não conto.

O filhote de urso na tela da televisão caiu, e é tão fofo, que é digno do *Instagram*.

— Então foi por isso que estava lá para mim? Por que Ellie te pediu?

— Não, não dou ouvidos à minha irmã, se puder evitar — responde ele. — Tenho minhas próprias razões.

— Essas razões envolvem que eu seja o ser humano mais belo do mundo inteiro? — digo, batendo as pálpebras.

Acho que ele vai rir, mas não. Em vez disso, ele se vira para mim, olhando-me de cima a baixo.

— Claro. Continue — diz ele.

Isso me tira o fôlego, no mesmo instante. Eu... eu o ouvi corretamente?

— O quê? Sem comentário sarcástico?

Ele balança a cabeça, voltando-se para a tela, mas posso ver que sua mente está em outro lugar.

— Você está doente?

— Não, não estou doente.

— Está bêbado?

— De forma alguma.

— Então por que não está me dizendo que pareço as entranhas daquela foca morta? — pergunto, séria. Ele estende a mão para o controle remoto e pausa o vídeo por completo, antes de se virar para me olhar com seu brilho atrevido ligeiramente contido. Talvez seja a iluminação. Talvez.

— Porque você não se parece com tripas de foca — diz ele, com um tom tão estranhamente sério. — Nunca pareceu. Na realidade, se está me perguntando, sempre achei você linda.

O mundo inteiro parou ao nosso redor.

Ele pisca para mim, respirando tão devagar que posso ver o subir e descer de seu peito. Mantenho os olhos nele, tentando descobrir o que está acontecendo. Que porra está acontecendo em sua mente? Em que ele está pensando?

Ele põe os salgadinhos de lado, gentil e calmamente, tão frio e calculado como sempre. Mal posso me mover, enquanto a mesma mão se coloca na parte de trás da minha cabeça. Ele olha para mim, desafiando-me a pará-lo, mas mal posso acreditar no que está fazendo, até...

Seus lábios são tão macios que deveriam estar em comerciais, são tão completamente inesperados, enquanto envolvem os meus, como estão destinados a fazer. Como estão destinados a fazer? Espere, o quê? O que estou dizendo? Ele está me beijando. Marty Mathews está me beijando. Estamos nos beijando. Estamos...

Ele se afasta, olhando-me nos olhos, para tentar ler meu rosto. Suponho que não haja muito lá, além de completa confusão.

— O que foi isso? — sussurro.

— Quer que eu pare?

Olho-o nos olhos. O que está acontecendo? Não consigo dizer o que me atingiu, mas aqui está Marty Mathews, e aqui estou eu, e ele está me fazendo uma pergunta séria. Uma pergunta real.

Balanço a cabeça.

— Não, continue — digo, puxando-o para mais perto pela camiseta, até que seus lábios estejam de volta nos meus.

As coisas esquentam com muita rapidez. Antes que perceba, ele me levanta, enquanto estou abraçada com ele (meu deus, seus braços são fortes!), e me leva para seu quarto, onde me deita. Em todo esse tempo, seus lábios mal deixam os meus.

Não sei quanto tempo passa. Não sei o que aconteceu com Marty para ele se tornar... bem, apenas isso. Tudo o que sei é que todo meu corpo está formigando, e os lábios de Marty estão quentes e macios nos meus, enquanto todo meu corpo desliza, cada vez mais, para dentro da cama.

Os lençóis cheiram a recém-lavados. Tudo o que respiro é uma mistura hipnótica de amaciante e, bem, Marty. O cheiro de Marty é o mesmo, desde que o conheço. Exceto que agora é inebriante.

— Deveríamos parar — diz ele, afastando-se. Ele não parece convencido.

— Deveríamos. — Eu também não.

— Antes que isso vá mais longe — tenta ele, ainda menos convicto. — Você jurou não sair com homens.

— Jurei — arrasto minha última palavra. — Embora...

— Embora?

Respiro fundo, recuperando um pouco do oxigênio perdido, enquanto meu cérebro funciona em segundo plano.

— Quero dizer... tecnicamente, jurei não sair com estranhos. Você não é estranho.

Olho para ele. Não sei o que dá em mim, mas, de repente, estou de volta em cima dele, com meus lábios descendo por seu peito e minhas mãos abrindo seu cinto. Ele me para. Olho para ele, perguntando-me o que poderia ter feito. No entanto, tudo que vejo é aquele meio-sorriso perfeito voltando, com um fogo atrás dos olhos. É *sexy* pra caralho, agora. De alguma forma, ele consegue arrancar o próprio cinto e deslizar a mão para trás, em volta do meu avental nórdico, até que, do nada, estou completamente nua da cintura para cima e firme em seus braços. É como um truque de mágica que nem vi acontecer. Marty para, suspenso, por um último segundo.

— Você quer isso? — pergunta ele. — Realmente quer isso?

Olho para ele. Seu rosto é tão gentil e doce. O rosto de Marty Mathews, o garoto que (meio que) morava ao lado, pairando sobre mim, sem camisa — e tão quente que posso sentir seu coração pulsando em cima de mim.

Concordo. Puta merda, quero isso. Em um movimento mais suave do que já testemunhei antes, ele me gira e, sem que eu perceba como, apaga as luzes.

84

Já fiz sexo bom antes. Sei que não é impossível, mas com Marty quase parecia inevitável. Não foi apenas bom. Era como se ele já soubesse exatamente o que me faria gritar, e acertou todas as posições que me levariam até lá, uma a uma. Foi lento e deliberado — como é em quase tudo na vida. Aqui, porém, isso agiu muito a seu favor. Ele fez cada fibra do meu corpo se mexer e tremer. Fez partes de mim, que eu nem sabia que podia sentir, entrar em erupção, repentinamente.

Após uma hora me sentindo tão satisfeita quanto já me senti em toda vida, ambos caímos para trás, mas não longe um do outro, enquanto a onda esfria, ao nosso redor.

Ambos estamos sem fôlego.

Ambos estamos quentes, nos braços um do outro.

Com as mãos em volta de mim, em um sentido, e as minhas sobre as dele, no sentido oposto, embalamos um ao outro, suavemente, em um sono muito necessário.

85

A LUZ ESTÁ PASSANDO PELAS PERSIANAS DE MARTY E CHAMA MINHA ATENÇÃO, acordando-me da soneca. Estou tão incrivelmente confortável. Em algum lugar entre seu colchão de espuma e a curva de seu braço em volta do meu pescoço, estou no lugar mais confortável em que já estive em toda vida.

Abro os olhos, e lá está ele: Marty Mathews. Seu peito sobe e desce em movimentos suaves, como ondas que quase embalam meus olhos, para adormecer uma vez mais. Porém, um pensamento me mantém acordada; um que me atinge com força.

Puta merda! Acabei de dormir com Marty Mathews.

Olho para ele, e ele está se mexendo. Pergunto-me se deveria me mexer, sair do caminho dele e rir disso tudo, instantaneamente. No entanto, por alguma razão, não o faço. Fico como estou, ainda, de alguma forma, nua da cintura para cima e enrolada em torno dele, como se ele fosse meu travesseiro pessoal.

— Bom dia, Bells — sussurra Marty, abrindo um olho para olhar para mim.

Ele tem uma cara matinal engraçada. É o tipo de pessoa de quem as manhãs são inimigas, e posso ver isso nele agora. Se a luz não entrasse tão forte através das janelas, ele ainda estaria dormindo, e nós dois sabemos disso. Ele esfrega o rosto com a mão livre, verificando a hora no relógio, na mesa de cabeceira. Geme para qualquer que seja a resposta que encontra.

— O que significa esse som?

— Estou de plantão.

— Você tem que ir embora?

— Não, a menos que me chamem — responde ele, jogando o relógio. Marty provavelmente apontou para a mesa lateral, mas errou, por grande margem. Isso me faz rir, o que o faz rir, o que faz seu peito encher duas vezes e minha cabeça balançar para cima e para baixo, o que faz nós dois rirmos mais.

— Isso parece estranho para você? — pergunto, olhando para ele, uma vez que nós dois nos acalmamos. Ele afasta meu cabelo do rosto e me puxa para mais perto.

— Parece normal — diz ele, beijando minha testa. Sua mão flutua suavemente para baixo e roça as curvas do meu quadril. Sinto-me derreter em seus braços.

— Mas, tipo, é estranho que seja normal?

Ele ri de novo, com a mão macia virando-se para trás e despenteando meu cabelo sobre meu rosto. Estica-se por um segundo, e acho que está tentando se afastar. Eu me movo um pouco para o lado, na deixa, mas ele me puxa de volta, com um sorriso sonolento no rosto.

— Ei, onde pensa que está indo?

— Ah — respondo, enrolando-me de volta no lugar, como se me encaixasse lá. Porque, estranhamente, eu me encaixo. Tudo parece tão natural com ele. É natural quando ele levanta meu queixo e me beija de novo. É natural quando me segura nos braços. É tudo tão inacreditavelmente natural.

— Mas... você é Marty — sussurro.

— Sou Buzz Lightyear, minha amiga.

— Estou falando sério!

— Está falando sério? Bem, isso muda tudo.

— Falo sério! Você é o irmão da Ellie.

— Ai.

— Ai?

— Gostaria de pensar que nos conhecemos há tempo suficiente para eu ser mais que apenas "o irmão da Ellie".

— Bem, sim. Mas você também é isso.

— E?

— E acabamos de transar.

— Sim — conclui ele.

Ele sorri como um herói conquistador, e eu o chuto, debaixo das cobertas.

— Bem? — pergunto.

— Bem, o quê?

— Bem, por que isso não é estranho?

— Acalme-se, Bells.

Ele me puxa para perto do peito, provavelmente para me calar, mais que qualquer coisa. No entanto, está quente lá, e ele cheira a restos de loção pós-barba, o que me deixa feliz.

— Porque... — começa ele. — Porque sempre pensei que isso aconteceria, em algum momento.

Sinto algo borbulhar dentro de mim. Minhas bochechas literalmente brilham com isso; posso sentir sua radiação. Tentando sair da minha própria cabeça, rio.

— Você acha que pode dormir com qualquer uma. — Eu o chuto de novo. — Deus, você é tão convencido!

— Não, eu não quis dizer... — diz ele. Ele se afasta e olha para mim antes de voltar a olhar para o teto. Também me viro, olhando para o padrão de redemoinho acima de nós, deixando-o me hipnotizar, enquanto Marty fala. Sua voz é calma e suave, mais doce que o sarcasmo áspero habitual. Isso me relaxa tanto que quase volto a dormir.

— Você não é qualquer uma, é? Ficou aqui mil vezes. Aquele sofá lá fora é quase sua segunda casa. Você estar aqui é normal.

— Mas nunca dormi aqui... — digo, olhando ao redor do quarto.

Ele ri.

— Considere-se promovida.

— Estou falando sério! Você é o irmão da minha melhor amiga!

Ele bagunça meu cabelo, carinhosamente, enquanto se espreguiça.

— Posso ser apenas o irmão dela pra você, mas você nunca foi nada além de Bells pra mim.

Sinto-me derreter, literalmente. Uma doce onda de pura alegria circula pela minha pele, enviando arrepios pela minha espinha.

— Mas por que isso não é estranho? Por que isso simplesmente parece certo? — pergunto ao mundo.

Marty responde por ele:

— Porque algumas coisas simplesmente estão certas. Certas, de maneira que você nem precisa questionar o porquê. Esta é, com certeza, uma delas.

Ele sorri e me beija, com os lábios macios contra os meus, enquanto me segura tão perto que acho que nada mais importa ao redor.

86

Depois de um tempo, Marty se levanta para fazer chá para nós dois, como um verdadeiro herói (e como um verdadeiro Mathews). Deixada sozinha no quarto, encontro uma camiseta no chão e jogo-a em cima de mim.

Ela me serve muito bem, o que eu já esperava, antes mesmo de fazê-lo. Lembro-me de sempre roubar as camisas dele depois de dormir na casa de Ellie. Ela sempre foi um pouco mais magra que eu. Em seus tops, sempre me sentia repugnante e cheia de protuberâncias, mas nas de Marty sempre me sentia confortável.

Meu celular está com a bateria fraca. Então, encontro um carregador ao lado da cama de Marty e o ligo. Há uma mensagem de Ellie, e meu coração palpita.

É tão bom que estejamos nos falando de novo.

A Elsa da minha Anna: 01 Nov 10:06
Você chegou bem em casa?

Uma pergunta complicada. Tecnicamente falando, ainda não estou em casa. Melhor mudar de assunto.

Eu: 01 Nov 10:36
Como está a ressaca?

A Elsa da minha Anna: 01 Nov 10:36
Valendo a pena

Eu: 01 Nov 10:36
Vai pra balada novamente hoje à noite???

A Elsa da minha Anna: 01 Nov 10:36
Eu iria, mas tenho planos muito importantes que não posso simplesmente cancelar

Eu: 01 Nov 10:36
Ah, sim.

A Elsa da minha Anna: 01 Nov 10:36
Sim. Maratona *Senhor dos Anéis*

Eu: 01 Nov 10:36
Entendo. Sim. Isso é essencial

Eu: 01 Nov 10:36
Mande beijos para Gandalf

Eu: 01 Nov 10:36
E Mark

A Elsa da minha Anna: 01 Nov 10:36
Mandarei. Bjs

Não posso deixar de sorrir de orelha a orelha enquanto olho meus e-mails. Meu coração se esvai novamente. Ah, Deus, é Becky Hamill.

Não falo com ela desde meu trágico último capítulo. Ela, provavelmente, está me dizendo que fodi tudo. Talvez esteja me dizendo que deixei de ser engraçada e ultrajante, e virei uma esquina por onde ela não pode me seguir.

Ah, merda! Fecho um olho enquanto clico no e-mail, como se isso pudesse esconder, um pouco mais, o terror, mas depois me lembro de que está tudo bem. Tudo bem ter um pouco de más notícias. Tive ótimas vinte e quatro horas. Posso lidar com um pouco mais de rejeição, agora.

Bella!

Que sucesso absoluto! Você já viu isso? É tudo o que eu esperava, e muito mais. Que reviravolta para sua personagem – tornando-a cada vez mais trágica, até que esteja no ponto de ruptura.

Eu me pergunto: o que virá a seguir na agenda dela? Será que ela vai, realmente, conhecer o príncipe encantado, afinal?

Estou muito animada para ver aonde isso vai!

Atenciosamente,

Becky Hamill

Agência Literária Hummingbird

Leio duas vezes. O que aconteceu?

O que foi que eu fiz?

Há um link. Olho para a porta. Ainda tenho tempo. Posso ouvir Marty andando por sua cozinha limpa. Clico no link.

As Dez Mais do B-Reader no Reino Unido Agora

Examino a lista, um pouco confusa. Reconheço os dois primeiros; o nome deles sempre estava em algum lugar no site, quando eu clicava no aplicativo. O terceiro, acho que já vi antes, mas o quarto…

Não. Não pode ser!

@B.Enchanted

Sempre quis viver a fantasia? Esta nova B-Reader está vivendo todas elas! Entre no mundo dos contos de fada, de uma maneira que você nunca leu antes, com esta autora estreante.

É o BuzzFeed.

E é meu apelido.

Meu apelido está sendo compartilhado no BuzzFeed.

O que está acontecendo?

Não entra em detalhes, mas está na lista. Número quatro. Literalmente, não consigo acreditar. Escaneio o artigo — já há centenas de comentários apenas neste artigo, com um link direto para minha página no B-Reader.

Eu o checo. Deletei o aplicativo, então eu nem sequer o estava checando.

Ah, meu…

Um milhão de seguidores. Tenho um milhão de seguidores no B-Reader agora. Mesmo enquanto estou atualizando a página, esse número está crescendo.

Minha vida está prestes a mudar. Posso sentir isso.

E, bem na hora, meu telefone começa a tocar.

87

Marty volta, com o peito nu e as mãos cheias de canecas fumegantes de alegria. Ele as equilibra com cuidado, enquanto se coloca de volta ao meu lado.

Mal olho para quem está ligando, antes de enviar para o correio de voz e retornar ao artigo do BuzzFeed.

— Olhe! — digo, empurrando o telefone para debaixo do nariz dele. Ele ri, sem derramar o chá que está tentando me entregar. Observo os olhos dele à medida que lê o artigo.

— Isso é incrível, Bells!

— Isso é mais que incrível! — digo, queimando a língua acidentalmente no chá fervente. — A agente adorou para onde levei a história. Ela acabou de enviar o melhor e-mail de todos os tempos! Estava tão preocupada que ela o odiasse. Estava tão preocupada que tivesse perdido minha chance, e…

Meu telefone toca alto. Outra chamada.

Identificador de chamadas desconhecido. Então, mando-a direto para a caixa postal, de novo. Provavelmente, é alguém tentando me achar "por algum acidente em que me envolvi, e que não foi culpa minha". Tomo outro gole e me queimo de novo.

— Talvez o chá precise de tempo para esfriar — diz Marty, encaixando-se. — Seu nome não está no artigo. Você fez isso de propósito?

— Nada disso foi de propósito. Eu nem sabia que isso existia, até agora.

— Você não deu algum tipo de permissão?

— Não — digo, com cautela. — Mas, quando me inscrevi, pediram um monte de permissões iguais a esta. Pensei que poderia aumentar minhas chances de ser lida, pra começar.

Meu telefone toca alto, mais uma vez. Marty me devolve o celular.

Quem liga atualmente? Olho de novo. Número ainda desconhecido.

Espere! Poderia ser da Agência Literária Hummingbird?

Eles já tentaram três vezes.

— Pode ser a agente. Posso? — pergunto.

— Fique à vontade — diz Marty, estendendo a mão para pegar seu telefone, para passar o tempo.

Respiro fundo. Pode ser isso, digo a mim mesma. Isso pode ser representação — ou, como alternativa, seguro de proteção ao crédito. Só há uma maneira de descobrir.

Atendo, nervosamente.

88

— ALÔ?

— Oi, Bella?

— Sim? Quem é?

— Eu não... isso é estranho, mas... mas acabei de encontrar um sapato com seu nome e número nele.

Faço uma pausa.

— Desculpe, o quê?

— Encontrei um sapato, e, estranhamente, ele tinha seu número.

Faço uma nova pausa, sem entender muito, até que... ah, meu deus!

O sapato.

O sapato da Cinderela.

O sapato que deixei no bar todas aquelas semanas atrás. Meu coração estava vibrando antes mesmo de o telefone tocar. Agora, porém, sinto que estou voando.

Funcionou. Passaram-se meses, claro, mas pus um sapato no mundo, procurando um príncipe encantado. No exato dia em que a agente me escreve perguntando o que vem a seguir, aqui está um homem me ligando sobre ele.

— Desculpe. Eu não deveria ter... ligado desse jeito... sei que é estranho, mas, tipo... Não sei, isso parece um pouco... como Cinderela ou algo assim.

Cinderela?

Ele está... o quê? Falando a minha língua? Isso é um sinal?

Não posso acreditar! Uma agente gosta de mim, tenho um artigo do BuzzFeed a meu respeito, e aqui está um homem do outro lado do telefone devolvendo meu sapato vermelho de salto alto. As estrelas se alinharam.

— Alô? Você está aí?

— Sim, sim, estou aqui — respondo.

— Você... perdeu um sapato?

— Sim, na verdade, sim, perdi.

— Ah, que bom, é você. — A voz dele é suave, repleta de tranquilidade, enquanto minha mente está explodindo com fogos de artifício. Ah, minha nossa! É isso, meu próximo capítulo, a entrada revolucionária do príncipe encantado.

— Olhe, sei que isso é... bem, quem sabe, mas fiquei solteiro há pouco tempo e meio que acredito no destino, então... você não quer... tomar um café, talvez? — pergunta o homem.

Lembro-me do e-mail de Becky.

"Será que ela vai realmente conhecer o príncipe encantado, afinal?"

Quer dizer, pensei que este livro tivesse acabado. Pensei que o último capítulo fosse uma espécie de fechamento de cortina, mas... agora, estou me perguntando se foi apenas a perfeita reviravolta na história para algo completamente diferente. Talvez um romance real, de algum tipo?

Eu não teria procurado por isso nem nada. No entanto, dado que caiu no meu colo desse jeito, só tenho que conhecê-lo. Tenho que conhecer o homem que encontrou meu sapato. As estrelas se alinharam, pelo amor de deus! Você não pode virar as costas para as estrelas.

— Bem, eu deveria, pelo menos, devolver esse sapato — diz ele, para meu silêncio.

Não estou pensando mais. Tudo em que consigo pensar é no próximo e-mail de Becky para mim.

Acho que as palavras estão saindo da minha boca antes que possa detê-las.

— Não consigo agora, mas posso estar pronta em, tipo... Não sei, duas horas?

89

— Então, o que ela disse? — pergunta Marty, assoprando seu chá.

Por um segundo, tinha me esquecido de onde estava. Pisco, olhando ao redor do cômodo — é o quarto de Marty. Claro que é. Só que estou tão animada que meu cérebro não está assimilando nada. Ao meu lado, Marty parece muito calmo agora. Não sei como consegue. Estou borbulhando, ao ponto de ebulição.

— Quem?

— Aquela agente.

— Não, não era ela. Sabe aquele sapato que deixei cair naquele bar, algumas semanas atrás? Aquele com meu número?

— Na noite em que fui e te peguei?

— Exatamente. Bem, acontece que não é um fracasso, afinal. Era alguém que acabou de achá-lo. Ele quer me encontrar.

Marty ri.

— Alguém realmente o encontrou?

— Sim. Ele disse que o viu em algum lugar. Não sei onde.

— Ele?

— Sim. Vou precisar perguntar a ele onde estava. Apenas presumi que teria acabado em alguma van de lixo, em algum lugar.

— Por quê?

— Porque faz muito tempo desde que o deixei.

— Não. Por que ele quer te encontrar?

Rio dele, dessa vez. Tomo um grande gole de chá, e toda minha língua me repreende por isso. Preciso largar esta caneca, antes que me cause mais danos. No entanto, por alguma razão, não o faço. Minha cabeça está preocupada demais.

— Para me devolver meu sapato.

— Por que ele iria querer fazer isso?

— Porque ainda está com ele. Eu disse que poderia ir em algumas horas.

— Bem, isso é idiota.

Idiota?

Pisco algumas vezes, perguntando-me se o ouvi mal. Suponho que sim, só que seu rosto parece concordar com o sentimento. Sinto algo parar dentro de mim, como se a montanha-russa em que estou tivesse parado abruptamente, no meio do trajeto. Engulo em seco.

— Oi?

— Se encontrasse um sapato com um número nas ruas, acha que eu faria o possível para devolvê-lo?

Pisco um pouco mais, incapaz de controlar as pálpebras.

— Bem, não, mas você é você, não é?

— Nessa situação, sou como a maioria das pessoas. Você vê um sapato perdido na rua e o deixa onde está. Não o recolhe, muito menos liga para o número. Por que alguém faria isso?

Faço uma pausa, tentando me lembrar das palavras exatas do telefonema. Se ele tivesse ouvido, teria entendido.

— Bem, ele disse que acreditava no destino e...

— Destino?

— Sim, ele disse que ficou solteiro há pouco tempo e acredita no destino. Então, encontra esse sapato com meu número e...

— Desculpe — diz Marty, balançando um pouco a cabeça, descrente. Está sorrindo, mas parece um pouco forçado. — Você vai a um encontro com esse cara?

— Só um café.

— Um encontro para um café?

Levo o chá aos lábios, sem pensar, antes de parar de novo. Lentamente, coloco a caneca na mesa lateral. De repente, escuto o que ele está escutando.

— Não é um... "encontro", encontro.

— Caramba, Bells! — Ele coloca seu chá na mesa e passa as mãos pelo cabelo.

— Você está fazendo isso soar tão... não é desse jeito, Marty — digo a ele. Sinto que ele está entendendo isso tudo errado. É do príncipe encantado que estamos falando. O príncipe encantado que criei em um capítulo, retornando a outro. Isso é exatamente para onde meu livro tem ido.

— Você está brincando comigo agora? — pergunta ele. Seu rosto está todo corado e suas mãos bagunçam o próprio cabelo, que fica ainda mais fora do lugar.

— Olha, só quero ouvir o lado dele da história — digo, tentando soar razoável. — Não é grande coisa.

— É grande coisa, na realidade. Você ainda está deitada na minha cama, pelo amor de deus, e acabou de organizar um encontro com outro cara!

Ele não está me ouvindo, e posso ver sua mente chegando às próprias conclusões.

— Não, estou te dizendo que não é assim! — digo, rapidamente, colocando meu chá quente de volta na mesa. — Não é um encontro romântico. Não é mais sobre sexo. Ele é apenas o próximo capítulo perfeito! Marty, este é o príncipe encantado na vida real!

Sorrio, em uma má tentativa de manter a conversa leve e feliz. Ele está olhando para mim de maneira mortalmente séria.

— Ele é o príncipe encantado?

— No livro! Exatamente!

— Então, quem sou eu?

— Você? — pergunto, gaguejando um pouco. — Bem, você não é ninguém.

— Melhor ainda, porra! — Ele tenta se levantar, mas me movo depressa, tentando prendê-lo no lugar, enquanto giro e agarro seu braço.

— Não, obviamente você não é qualquer um — tento corrigir. — Você é apenas Marty, sabe? Isso não é nada de fato, é?

— Isso não é nada pra você? — ele parece magoado, traído.

— Quis dizer que não é uma coisa de contos de fada. Isso não é digno de livro — digo, sorrindo, em uma tentativa de mudar o tom. Espero que ele comece a rir comigo, como sempre faz, e limpe essa névoa espessa que se estabeleceu entre nós. Só que ele não ri. Nem um pouco.

— Isso está ficando cada vez melhor — diz ele, puxando de leve o braço para longe da minha mão, com a cabeça enterrada profundamente nas mãos.

— Digno não é a palavra… também não quis dizer isso. Marty, achei que você nem quisesse fazer parte do meu livro!

— Eu não quero! — grita ele.

— Então isso não deveria incomodá-lo!

Posso ouvir sua respiração se aprofundar e desacelerar, claramente processando. Como queria poder começar tudo de novo. Ele entendeu tudo errado. Sento-me um pouco afastada, esperando que o vazio a mais possa lhe dar espaço, mas seu tempo de processamento está muito demorado para que meus níveis de ansiedade consigam lidar com isso. Eu estava tão eufórica depois da ligação, e agora me sinto jogada no chão. Enquanto o silêncio continua, posso sentir minha paciência se transformando em outra coisa completamente diferente: estou começando a entrar em pânico. Não posso confiar no que está prestes a sair da minha boca. Por fim, desmonto.

— Tá bom! — grito. — Tá bom! Vou te colocar no livro! Está feliz agora?

— Se estou feliz? — Ele levanta a cabeça e está rindo agora, mas não é uma risada boa. Não é uma risada nem um pouco boa. — Acredite ou não, nem tudo aqui é sobre seu livro!

Ele se vira, olhando-me direto nos olhos. De repente, desejo que coloque a cabeça de volta nas palmas das mãos, para que não tenha que encarar aqueles olhos desapontados olhando para mim.

Marty respira fundo. Sua risada desaparece, e sua voz é calma e controlada.

— Sinto-me um merda para ser honesto.

— Marty, isso não é sobre nós. É estritamente profissional. Você precisa saber o quanto isso significa para mim. Este poderia ser o "felizes para sempre" da minha heroína. — Tento.

— Você acha que vai ter um final feliz com esse estranho do sapato? Talvez devesse parar de procurar por algum final mágico e perceber o que, na verdade, está bem aqui na sua frente.

— Você literalmente acabou de me dizer que não quer estar no livro e agora quer ser o final do conto de fadas? — Posso ouvir minha voz ganhando velocidade.

— Não, não foi o que eu quis dizer!

— Então não deveria haver um problema aqui! — Posso sentir minha ansiedade reprimida empurrando-me além da razão.

— Claro que há um problema! Você acabou de dormir comigo e já marcou seu próximo encontro!

— É para o livro, Marty!

— Este não é seu livro agora. É a sua vida. É a minha vida. E você, desse jeito, não é a Bella que conheço.

— A Bella que você conhece? — Não sei por que estou brava, mas estou. Não sei por que estou chorando, mas estou.

— A Bella que conheço não me faria sentir tão...

— Tão o quê? — grito. Quando comecei a gritar?

— Tão barato. — Há um silêncio atordoado. Minha loucura cai e flutua no vazio. — Entendo. Você tem uma agente interessada em você. E, sim, isso é entusiasmante, mas não lhe dá permissão para me tratar como um caso de uma noite, com o qual acabou de ficar.

Minhas emoções ainda estão borbulhando perto da superfície. Muito perto da superfície. Não tenho mais controle.

— Mas você é! — grito.

Não quis dizer isso.

Quer dizer, quis dizer isso. Não tenho ideia do que isso seja, mas não queria que soasse assim. O rosto dele entristeceu.

Talvez, mais cedo ou mais tarde, um de nós tivesse quebrado o silêncio, mas o *pager* dele apita. Marty olha para ele, xingando.

Ele sai da cama imediatamente, vestindo as roupas.

— Aonde vai? — pergunto.

— Estou de plantão.

— Está mesmo?

Ele olha para mim, como se não acreditasse que eu sequer o questionei, e joga o *pager* para eu ver. Concordo com a cabeça, sem ousar admitir que não faço ideia de como os *pagers* funcionam de verdade, e o coloco delicadamente de volta, ao lado.

— Sinto muito — começo. — Não quis...

— Não, está tudo bem. Fico feliz em saber qual é o meu lugar.

Ele já está vestido, com jeans e uma camisa xadrez elegante, seu casual elegante habitual. Não sei como isso aconteceu tão rápido. Não tive tempo de me corrigir.

— Marty, por favor...

Ele olha para cima. Sua mão corre pelo cabelo, para colocá-lo de volta no lugar.

Ele olha para mim, por um longo segundo. Achava que fosse apenas sair. Em vez disso, vira-se depressa e caminha de volta para a cama. Vejo isso como se estivesse em câmera lenta.

Seus passos são rápidos, metódicos, e seu caminho é claramente definido. Antes que eu perceba, suas mãos estão em volta da minha cabeça. Ele me levanta e me dá um beijo que nunca quero que acabe. Ele tira meu fôlego, e a suavidade de seus lábios me faz derreter em seus braços.

Ele finalmente se afasta, e sinto a cabeça inteira girando. Quase caio para trás. No entanto, ele me pega e me segura perto, com nossas testas quase se tocando. Jamais quis tanto ser abraçada, em toda a vida. Mesmo sentindo suas mãos quentes ao meu redor, não quero que elas se vão.

— Entendo. Isso não é algo que você esperava. Talvez nem fosse algo que desejasse.

Suas mãos me deixam, e sinto isso perfurar meu estômago. Ele se vira, pegando a mochila no canto do quarto, e se move, depressa, de volta para a porta.

— Eu não esperava ser seu príncipe encantado, ou o que quer que seja, mas também não esperava me sentir como qualquer outro cara para você.

Ele nem sequer está olhando para mim. Como faço para mudar isso?

Como faço isso parar?

Preciso dizer algo. Preciso me desculpar com mais clareza. Preciso dizer... bem, qualquer coisa, pelo amor de deus! No entanto, por alguma razão, não consigo. Meus lábios gaguejam, meu coração martela, mas não sai nada.

— Divirta-se no seu encontro — diz ele.

Com isso, ele se vai, fechando a porta atrás de si e me deixando com duas xícaras de chá esfriando e um coração pesado.

90

Está nublado lá fora. Tentei ligar para Marty, mas o telefone dele estava bem ao meu lado, vibrando.

Espero durante uma hora, perguntando-me se ele pode voltar imediatamente, mas até eu sei que não é o caso. Uma chamada de emergência veterinária é, no mínimo, cara e, em geral, leva muito mais tempo que uma consulta normal. Também não tenho tempo para esperar muito mais. Acabei de dizer ao rapaz do sapato que o encontraria em uma hora, e...

Não é um encontro, digo isso a mim mesma, porque Marty não está lá para eu dizer a ele. Não é um encontro de verdade: é um contato profissional. Isso é tudo. Supere isso, Bella. É hora de conhecer o príncipe encantado.

Tomo um banho, roubo a toalha de Marty e percebo que a única roupa que tenho aqui é uma fantasia norueguesa de Frozen. Não é ideal para um primeiro encontro.

Não é um primeiro encontro. É só uma... saída para o café. É...

Paro meus pensamentos. Vamos, posso fazer isso funcionar para mim. Alcanço os armários de Marty. Este menino veste agora as mesmas coisas que usava quando tinha catorze anos. Juro por Deus, enquanto estou movendo os cabides, reconheço todas as camisas que ele tem. Escolho algumas, sentindo o habitual e aconchegante cheiro do sabão em pó de Marty (não sei como toda família mantém esse cheiro nas roupas), antes de perceber que cheirar suas roupas é estranho. Por fim, ganho o jogo de misturar e combinar roupa, com uma camisa xadrez que já roubei dele, muitas vezes.

Não é exatamente um vestido de festa, mas quem se importa? Este não é, exatamente, um encontro de verdade; é apenas um encontro para se conhecer e cumprimentar. É uma devolução de sapato. É uma... não importa.

Ainda estou meio que esperando que Marty volte para casa. Se voltasse, talvez dissesse a ele como isso significa pouco para mim. Talvez dissesse a ele que sua reação não tinha sentido. Talvez escolhesse não ir, afinal. Se ele tivesse feito o mesmo comigo, marcado um encontro com alguém enquanto eu ainda estava nua... não sei como me sentiria... Talvez devesse dispensar esse cara, de qualquer maneira. Talvez devesse...

Caramba, Bella, recomponha-se! Não é como se Marty e eu estivéssemos saindo. Não é como se ele estivesse pronto para me pedir em casamento. Dormimos juntos. Uma vez. Amigos dormem juntos o tempo todo, e isso não significa nada.

Este é o meu livro.

Isto é importante.

Se ele, de fato, se importasse comigo como amigo, entenderia isso. Sem pensar duas vezes, bato a porta da frente de Marty atrás de mim e começo minha caminhada para encontrar meu próprio príncipe encantado.

91

Ele é lindo. Tem um pequeno pedaço de várias pessoas bonitas, todas juntas, remendadas. Tem os olhos de Zac Efron e os lábios de James Franco.

Tem o olhar sedutor de Penn Badgley, mas o sorriso de Chris Pine. O cabelo é todo Kit Harington com Henry Cavill, e ele é musculoso como um Hemsworth.

Ele sorri quando me encontra e me cumprimenta com um beijo nas duas bochechas, como um verdadeiro cavalheiro. Abre a porta para eu entrar e compra para mim um café de uma pequena loja independente, perto do metrô, perguntando exatamente como eu gostaria. Enquanto encontro um lugar para nós, vejo que ele tem uma longa e boa conversa com o barista, rindo, o que é sempre bom sinal.

— Sabe — começa ele enquanto entrega minha bebida —, não quero parecer exagerado cedo demais, mas sinto-me um pouco como se tivesse encontrado ouro.

Ah, meu deus, estou corando. Tenho pele muito pálida e posso sentir o calor de mil fogos queimando em minhas bochechas sardentas.

— Não, é verdade — diz ele. — Quando vi seu número no sapato, pensei que poderia ser divertido nos encontrarmos, mas nunca, em um milhão de anos, imaginaria que você era linda como é.

Ele toma um gole de seu *espresso*. Instantaneamente, penso em George Clooney.

Aqui está um homem bonito. Aqui está um homem completamente lindo de morrer, com quem o destino me uniu, de maneira que faz minha cabeça girar. Aqui está um início perfeito de comédia romântica.

No entanto, tudo em que consigo pensar, tudo o que vejo quando olho em seus lindos olhos azuis, da cor do oceano, é que esse homem diante de mim, meu próprio príncipe encantado moderno, não é Marty.

92

NO FIM DO CAFÉ, TENHO CERTEZA DISSO.

Ele é engraçado, doce, me faz rir e tem interesse ativo na minha vida. Todavia, quanto mais ele fala, e quanto mais escuto, mais ele "não se parece com Marty". Ele tem essa sofisticação que Marty simplesmente não tem. Usa palavras como um escritor, descrevendo sua família e seus amigos em detalhes tão belamente vívidos, enquanto Marty tende a se ater apenas aos fatos. É tudo que tenho procurado na vida, e muito mais. É um típico *cara certo*, mas, o mais importante, não é certo para mim.

— Então, onde você o encontrou?

— Encontrou?

— Meu sapato — digo. — Sabe, naquela noite, procurei por ele por todo o bar e não consegui encontrá-lo em lugar nenhum.

— Perto de algumas lixeiras — responde ele, interrompendo meu pensamento.

— Perto de algumas lixeiras?

— Sim, ao lado de algumas lixeiras.

Estou rindo agora.

— Você passa por um sapato ao lado de algumas lixeiras e decide examiná-lo um pouco mais?

— Bem, tinha um número dentro dele. Isso foi o que me chamou a atenção.

Aceno com a cabeça, rindo, enquanto ele direciona a conversa, e tento não pensar em Marty Mathews.

Conforme saímos do café juntos, ele se vira para olhar o céu. Está quase (mas ainda não está) pronto para cair um temporal.

— O que me diz, antes que o céu desabe sobre nós, de mudar esse encontro de um café para um drinque de verdade? Não conheço a área muito bem, mas talvez aqui embaixo? — diz ele, apontando para a rua lateral.

— Estou... não posso — digo, por fim. O rostinho estúpido de Marty é a única imagem na minha cabeça. — Mas isso foi ótimo. Obrigada pelo café.

— Não! Não podemos terminar aqui! Não desse jeito. Deixe-me levá-la para sair novamente, alguma outra noite. Amanhã?

— Não, acho melhor não...

— Na noite seguinte? Ou mesmo esta noite, mais tarde?

Que droga isso, acalme-se, tigrão! Mantenho-me forte.

— Não acho uma boa ideia — digo, depressa.

— Ah, mas você tem que me ver de novo. Não trouxe seu sapato comigo desta vez! Vamos recriar o momento do príncipe encantado no fim desta semana. Posso encaixar o sapato no seu pé. Será como no conto de fadas.

Isso é... estranho. É que... ele está realmente forçando toda essa coisa de conto de fadas.

— Ah — digo. Percebo que nem me ocorreu que o sapato não estava com ele. Faço uma pausa, olhando ao redor. — Você acabou de dizer que não conhece bem essa área. Então, não mora perto?

— Não — diz ele, timidamente —, mas posso ir para a sua casa, se quiser.

Ah, caramba, isso não foi um convite.

— Não, é que... você encontrou o sapato hoje e agora está dizendo que não está com ele.

— Não o encontrei hoje — diz ele, depressa. — Por acaso estava na região hoje e pensei em tentar a sorte.

— Então você o guardou durante todo esse tempo? Meu número? — Seu sorriso é encantador, mas uma pequena voz está me incomodando. Ele acena com a cabeça. Tem um lindo aceno.

No entanto, não é o aceno de Marty.

A voz de Marty, a vozinha irritante e presunçosa de Marty, está na minha cabeça.

— Você disse "dentro". Você encontrou meu telefone "dentro" do meu sapato, mas eu o escrevi no calcanhar.

— Foi isso que eu quis dizer.

— De que cor ele era?

— Que cor?

— Sim, qual era a cor do sapato?

Ele está rindo, mas não estou mais. Porque a voz de Marty está soando alto no meu ouvido, e percebo que muito sobre esse encontro não está certo. Um príncipe encantado perfeito, encontrado da maneira perfeita, que compartilhava de todos os meus interesses, aparece por acaso, no dia seguinte ao meu destaque no BuzzFeed?

— Preto? — tenta o estranho. Não. Errado. Era vermelho. Está tudo se encaixando agora. A voz de Marty ainda está na minha cabeça, e ele está completa e totalmente certo. Quem encontra um sapato e se esforça para devolvê-lo?

Quem encontra um sapato com um número de telefone e escolhe ligar para ele?

Olho para o Príncipe Encantado, e tudo fica tão claro.

— Você sabe que sou a @B.Enchanted, não é? Leu meus capítulos.

Por um segundo, apenas por um segundo, acho que ele vai mentir.

Então, ele sorri.

— Pego em flagrante! — diz, presunçosamente.

— Como conseguiu meu número?

— Um amigo de um amigo ouviu você falando sobre sua missão de contos de fada, em alguma festa, em casa, no fim de semana passado. Ao que parece, você estava dando seu número a qualquer um que o aceitasse.

Ah, deus! A festa em que Simon me levou. Eu estava realmente bêbada naquela noite. Simon ainda não está falando comigo.

— Então... isso foi... algum tipo de reviravolta? — pergunto, olhando para o café.

— Não, sou... — Ele está sorrindo de verdade, como se tudo isso fosse um jogo, mas estou furiosa. — Sou jornalista. Achei que poderia ser divertido ver até onde ia esse conto de fadas.

— Ah, meu deus! Ah, meu deus! — Abaixo a cabeça, sentindo as palmas se fecharem em punhos. — Como pude ser tão estúpida?! Você estava planejando me usar para escrever sua própria história?

— Ei, ei, olhe aqui! Olhe, não quis dizer nada disso!

— Você é um babaca! Como se atreve a fazer isso com alguém?

— Meio irônico, vindo de você!

— O que isso significa?

— Rumpelstiltskin? Aquele cara, Doutor Olhos Arregalados? Vai me dizer que não tem feito exatamente a mesma coisa? Usando homens para sua própria escrita?

— Não é verdade, eu...

Então, me ocorre.

Isso é exatamente o que tenho feito.

Tenho usado homens para escrever minha história.

Minha mente está em chamas. Marty estava certo. Marty estava certo sobre tudo.

"Essa não é a Bella que conheço."

Essa tampouco é a Bella que eu conheço. Transformei-me em alguém completamente irreconhecível. Esta não é a minha história, porque essa não sou eu.

— Isso não é quem sou — sussurro para mim mesma. Minha cabeça está girando. Estou ignorando a explosão de ruído branco emitida pelo Príncipe Cara de Merda, ao meu lado. De repente, meu telefone vibra.

Marty?

Corro para meu telefone. O que ele tinha dito mesmo?

Talvez devesse parar de procurar por algum final mágico e perceber, na verdade, o que está bem aqui na sua frente.

Ele está bem na minha frente, desde que eu era criança. Sempre esteve lá para mim. É ele. Sempre foi ele.

Preciso dizer a ele. Preciso dizer a ele que idiota fui. Que um homem que pode me ver como sou é exatamente o homem que sempre quis chamar de meu próprio príncipe encantado. Posso contar tudo a ele.

Este é o final feliz da minha história. Este é o clímax perfeito — o *grand finale* perfeito. Estou tão animada quando olho para o telefone que literalmente sinto meu coração pular.

Só que não é Marty.

Papai Marble: 01 Nov 15:06
Acabamos de receber uma oferta pela casa, querida. Bjo

Mamãe Marble: 01 Nov 15:06
A papelada levará algum tempo para ser resolvida, mas queríamos que soubesse, antes que qualquer outra coisa acontecesse

Papai Marble: 01 Nov 15:06
Ligue para nós, se quiser conversar. Bjo

Mamãe Marble: 01 Nov 15:06
A qualquer hora

Paro por um minuto, piscando para a fria realidade.

Merda. Eu nem estava pensando nisso. Mas isso volta para mim, como uma onda: o divórcio; a venda da casa; toda minha infância perfeita desmoronando em mentiras.

É incrível que seus pais ainda se falem.

A voz de Marty, novamente lá. Leio as mensagens de texto outra vez. Ambos os pais juntos, em um bate-papo em grupo. Talvez isso seja incrível. Talvez isso seja mais que incrível.

Você tem sorte...

Sou sortuda. Sou muito sortuda. Porque, quem estava lá para me confortar quando descobri sobre o divórcio, em primeiro lugar? Quem estava lá para me deixar brincar com cachorros e me dar chocolate (que eu mesma comprei)?

Era Marty.

Marty Mathews.

Nem me preocupo em dizer adeus ao cara de dinossauro que me encheu de cafeína. Em vez disso, eu me viro e corro para o meu perfeito "felizes para sempre".

Parte 6

93

Pulo para o fim da rua. Então, de alguma forma, me vejo correndo, quando atravesso os semáforos. Não é do meu feitio correr. Não é do meu feitio participar de qualquer forma de atividade física para falar a verdade.

Só que estou. Para Marty Mathews, estou correndo. Começo na direção da casa dele, antes que meu cérebro comece a funcionar, e me viro para a estação (são, tipo, cinco quilômetros entre Brixton e a casa de Marty. Mesmo animada, não acho que conseguiria sem precisar fazer algumas pausas). Empurro as catracas, correndo na plataforma, frustrada, enquanto espero os três minutos e meio até a chegada do próximo trem. Uma vez nele, ando para cima e para baixo no vagão, como se isso pudesse, de algum modo, ajudar o trem a acelerar. As portas duplas finalmente se abrem, e saio correndo em direção à multidão. Num piscar de olhos, estou correndo escada acima e desço novamente até a saída.

Sigo em frente, ignorando o fato de que sou rapidamente ultrapassada por um corredor com, pelo menos, duas vezes minha idade, até que atravesso a rua (olhando para os dois lados, óbvio) e vou direto para a rua de Marty. Segundos depois, estou batendo na porta feito uma louca.

Ninguém responde, mas algumas pessoas na rua se viram para me olhar com estranheza. Bato de novo.

— Marty? — chamo, como se as batidas não tivessem sido suficientes.

— Ele está no trabalho.

Uma mulher me cumprimenta, parada na porta aberta de Marty, de pijama folgado. Ela é linda, com pele bronzeada gloriosa e cabelos pretos colocados em círculo no topo da cabeça, em um coque alto. É alta, de um jeito que faz meu tamanho pequeno completamente insubstancial.

— Ah. — Olho para ela, como se pudesse entender. — Quem é você?

Percebo que vi o rosto dela antes. Anos atrás, na verdade, saindo do apartamento, na manhã seguinte a uma grande festa em casa. Sinto algo dentro de mim despencar. Ah, merda! Essa é... essa é uma de suas ficantes?

— Está falando sério? — pergunta ela.

— Você é amiga de Marty? — pergunto, sem nem mesmo querer saber a resposta, por medo de que possa me ferir fundo.

— Você está, literalmente, sempre dormindo no nosso sofá quando saio de casa. Tenho certeza de que é a razão pela qual preciso comprar o dobro de lenços de maquiagem, e você não sabe quem sou?

Seus lenços de maquiagem? Não, uso a prateleira de transas de uma noite de Marty no...

Ah, merda! Na verdade... na verdade, isso faz sentido. Por que ele investiria em lenços umedecidos? Não é uma prateleira de uma noite, é?

Meus olhos naturalmente caem enquanto estou pensando, e vejo os tênis nos pés dela. São os mesmos que peguei emprestados para voltar para casa, na noite em que perdi meu sapato, aqueles que devolvi na semana passada. Os sapatos que, estranhamente, me serviram, apesar de os pés de Marty serem quase o dobro do meu tamanho.

Exceto que não era estranho. Porque não eram mesmo os sapatos de Marty.

Este é o colega de apartamento misterioso?

— Ollie?

Não, não pode ser. Ollie é homem. Não é? Sempre pensei que fosse homem. Só que ela está olhando para mim e é muito, muito feminina. Por que não tinha sequer considerado que seu colega de apartamento pudesse sempre ter sido uma mulher?

De repente, começo a rir. Alto.

— Você está bêbada? — pergunta Ollie.

Porra, sou ruim em primeiras impressões.

No entanto, é engraçado. É muito, muito engraçado, pois tudo de que consigo me lembrar são de minhas palavras de todas aquelas semanas atrás: "Tenho tanta chance de encontrar o amor nesta cidade quanto de conhecer esse seu 'colega de apartamento', Marty".

— Precisa que eu ligue para alguém?

Tento parar de rir. Ela ainda está aqui, me encarando, e por um bom motivo. Estou totalmente confusa, agora.

— Não, eu... eu preciso ir — digo, já me afastando dela. — Preciso... é um prazer conhecê-la!

Porém, ela já fechou a porta, e estou a caminho do meu próprio, e muito real, "felizes para sempre".

94

Viro para a estação e, antes mesmo de saber o que estou fazendo, transformo minha corrida molenga em uma digna de medalha olímpica, assim que as primeiras gotas de chuva caem.

Ameaçou o dia todo, mas aqui está ela. A chuva começa a cair, e parece que não pretende parar. As ruas se esvaziaram, porque, em geral, as pessoas preferem não ficar molhadas e com frio, se puderem evitar. Então, chego rapidamente à rua principal. Assim que a clínica veterinária aparece, posso ver Marty trancando o consultório, com um guarda-chuva no alto. Meu coração bate, enquanto meus pés batem dolorosamente em direção a ele, galopando como um cavalo de corrida pelo caos que é a chuva de Londres. Ele tem um olhar completamente confuso, quando se vira e me encontra correndo em direção a ele.

— Bella?

Eu o vejo boquiaberto, confuso, mas é a única coisa que é capaz de fazer antes que eu me lance do chão como um leão pulando na presa. Há um leve terror em nossos olhos enquanto estou pairando no ar, em um verdadeiro salto de fé, que sou incapaz de parar, conforme meus membros voam em direção a ele. Ele deixa cair o guarda-chuva, pronto para minha inevitável descida, e rola para longe, na hora.

Exceto pelo fato de que não precisávamos nos preocupar. Aterrisso um pouco mais longe do que pensava, porque parece que avaliar distância não é o meu forte. Dou mais um passo para a frente, antes mesmo que ele tenha a chance de falar, e agarro seu rosto, como se minha vida dependesse disso. Antes que eu possa recuperar o fôlego, meus lábios estão nos dele.

Ele é lento para reagir, e não posso culpá-lo (meu salto foi muito rápido, o que não é típico meu), mas as mãos dele se encaixam nas minhas costas, para me dar estabilidade, pelo menos.

É isso.

Meu príncipe encantado da vida real.

Tudo para onde meu livro tem me levado.

Tudo para onde minha vida tem me levado, e está aqui, abraçando-me nas ruas chuvosas de Londres, como em um final feliz perfeito.

95

Eu me afasto, olhando direto em seus grandes olhos castanhos, completamente incerta sobre o que ele deve estar pensando. A chuva é tão pesada e dramática quanto em qualquer bom final de filme — é o cenário perfeito para meu final perfeito. Sorrio, olhando para o rosto dele, e meu coração aquece, mas meus nervos são imparáveis. Lá estava ele, meu gesto grandioso, e só posso esperar, e rezar, para que meus sentimentos sejam correspondidos.

É engraçado. Em todos os filmes, a música está sempre tocando para esse tipo de cena. Algo grande e dramático, como *Fireworks*, de Katy Perry, ou qualquer música nova que os garotos descolados estejam ouvindo. Porém, na realidade, não há nada. Não, não há nada. Nada seria melhor — muito legal e atmosférico; mas é pior que nada. Enquanto olho para suas pupilas, sem piscar, e espero por seu veredicto sobre nosso beijo super-romântico, nossa trilha sonora é o som da minha respiração pesada como a de um porco, conforme tento encher os pulmões, desesperadamente.

Marty abre a boca, balançando a cabeça, antes de fechá-la de novo. Preciso que fale. Preciso que faça alguma coisa. Preciso de algo para abafar minha respiração pesada, antes que ela estrague o momento.

E ele faz.

Bem quando estou começando a perder a esperança, ele me ajuda. Um ruído queima o silêncio, só que não é o monólogo sincero pelo qual eu esperava. É a risada sem filtro, sem censura e incrivelmente estúpida de Marty. Ele está tremendo tanto que tropeça um pouco para trás, para se equilibrar.

Balanço a cabeça, confusa, prestes a falar o que penso. Então, vejo meu reflexo na janela da clínica veterinária atrás dele e paro, percebendo quanto isso se tornou ridículo, de repente.

Não pareço uma flor delicada, apanhada no olho da tempestade. Pareço um rato afogado. Nos filmes, é sempre tão romântico na chuva; mas aqui estou com frio e molhada. Meu cabelo ruivo, ainda engrossado por alongamentos caros, está tingido de escuro à medida se aglomera na minha cabeça. Posso sentir o rímel escorrendo dos meus olhos. Pareço quase exatamente o Coringa.

Marty ainda está rindo. É claro que está rindo. É isso que ele faz: ri de mim. Foi o que sempre fez. Em todas as ocasiões, em todas as oportunidades, ele sempre riu de mim.

Não, não de mim. Comigo. Porque, agora, também estou rindo. Estou rindo porque isso é demais, e estou encharcada, e minha aparência está uma merda, e Marty Mathews está me fazendo rir, rindo de mim.

— Marty, eu...

No entanto, não consigo deixar as palavras saírem. Não consigo dizer as palavras porque estou com frio, tremendo e rindo demais para desembaralhá-las. Tinha um discurso inteiro planejado na cabeça:

"Marty, não posso acreditar que demorei tanto para perceber, mas você é o verdadeiro príncipe encantado pelo qual sempre esperei. Você sempre foi o fim do meu conto de fadas...".

Era tudo: engraçado, doce, dramático e romântico, todo o pacote.

Só que agora, aqui, bem diante dele, não faz o menor sentido. Quando a Cinderela corre para os braços do príncipe encantado, ele não ri dela. Ele nem sequer sorri para ela. É incrivelmente sério e sombrio, enquanto canta sua adoração e a enche de elogios. No entanto, eu não gostaria de nada disso — é claro que não gostaria. Isso não seria real. Isso aqui, alguém rindo na minha cara, sobre o filme-catástrofe que foi minha vida, é a coisa mais real que existe.

Novos pensamentos vêm. Eles se expandem quando olho para os olhos arregalados e totalmente confusos de Marty, que estão se enchendo de mais lágrimas de riso.

Claro que ele não me jogou para trás e me beijou de novo. Claro que não começou a cantar, ou a gritar, o quanto isso significa para ele. É Marty. Conheço Marty. Esse não é o tipo de coisa que ele faria por alguém, não importa o quanto o amasse.

— Você não é o meu "felizes para sempre".

Nem sei o que estou dizendo, até que esteja dizendo, mas quase grito as palavras através de minhas gargalhadas erráticas.

— OK... — diz ele, e estou impressionada que possa até mesmo dizer isso.

Ele está rindo tanto de mim que parece sem fôlego.

Assim, minhas risadinhas se transformam em outra coisa, completamente diferente. O sentimento me atinge na cabeça, como uma parede de tijolos. Sinto-me exausta de tudo isso; da raiva que sentia de Mark; da dor que causei a mim mesma ao não responder às mensagens de Ellie; da decepção de mil rejeições; da pressão do romance; da minha atividade física anterior; deste nível ridículo de chuva ao meu redor; e, sobretudo, da lembrança desta manhã. Sem muito aviso, paro de rir, e meus dutos lacrimais se abrem, como o céu acima de mim. De repente, a água que escorre pelo meu rosto é resultado da minha própria produção.

Também não choro bonito. Não consigo chorar bonito. Só consigo berrar, e é isso que faço; com frio, molhada e miserável, jogo a cabeça para trás e abro a boca em um uivo estranho para a lua que ainda não nasceu.

— Uau, acalme-se! O que é tudo isso?

— Eu... não sei mais...

— OK — diz Marty, sem saber como reagir a esse colapso bizarro diante de seus olhos. Ele para de rir, bem rápido. — Tudo bem, entendo. Não tenho que ser seu final feliz ou qualquer outra coisa. Você pode parar de chorar por causa disso.

— Não estou chorando por sua causa. Meu deus, se enxerga! — choro, rindo um pouco mais, o que o tira do sério. Isso também me tira um pouco do sério, para ser honesta. — Não, eu quis dizer... não quero que seja meu final de conto de fadas, porque... — Por apenas um segundo, posso ver meu reflexo nos olhos grandes dele e tenho um momento de pura clareza. Este não é o clímax romântico de um filme; esta é minha vida real, não filtrada. — Porque não estou na porra de um conto de fadas, estou?

Marty não sabe o que fazer com isso. Eu também não. Eu meio que tinha um argumento, mas minha cabeça está um pouco confusa, e estou tremendo mais do que estou falando.

— Não sou Cinderela — digo, derrotada —, nem estou perto. Não perdi tudo o que tenho. Não tenho que trabalhar para imbecis. Não tenho membros da família malvados de merda que me fazem dormir com os porcos.

Marty levanta uma sobrancelha, com um brilho atrevido nos olhos.

— É sério que está chorando porque não está dormindo com porcos?

— Estou chorando porque sei que tudo que estraguei na minha vida foi porque estraguei tudo. Eu. Cinderela, ela merece a porra de um príncipe no fim de sua história, mas sou apenas uma idiota. Uma idiota muito fria.

Como se fosse uma deixa, meu corpo treme involuntariamente. Marty tira o casaco depressa, jogando-o sobre meus ombros e me trazendo para mais perto do peito. Ele está tão quente. Posso sentir, na mesma hora, o cheiro daquele sabão em pó familiar, tão convidativo, flutuando até minhas narinas.

— Pensei, no caminho para cá... pensei que ia dizer que você é tudo para onde meu livro está levando, mas não é. — Posso sentir o batimento cardíaco dele contra meu ouvido, enquanto sou pressionada contra seu peito, e sinto-me tão segura em seus braços. No entanto, preciso ver o rosto dele. Então, recuo, só um pouco. — Mas só porque você estava certo. Então, tudo bem: isso não é sobre o livro. De jeito nenhum. Na verdade, eu disse a mim mesma que não queria mais nada com o livro. Ainda assim, bastou um pequeno e-mail daquela agente, e me joguei cegamente de volta nele, esquecendo, mais uma vez, todos aqueles ao meu redor.

Marty enxuga as lágrimas dos meus olhos. De repente, seu rosto está tão suave e calmo.

— Prometo que não vou cometer esse erro de novo — continuo. — Tratei você feito merda esta manhã, depois de uma noite incrível ontem.

Tudo porque estava tão presa a esse lixo de conto de fadas que não percebi que você não era um homem qualquer. Você é um dos meus melhores amigos. Sinto muito. Realmente sinto muito.

Ele pisca para mim, com força.

— Está tudo bem — diz ele, sério.

Espero um segundo, pensando que poderia haver algo mais, mas não há. Ele realmente me ouviu. E ele aceitou minhas desculpas, de verdade.

Sinto como se um peso tivesse sido tirado dos meus ombros. Sinto-me tão insuportavelmente feliz que poderia chorar de novo. Porém, não choro; já chorei o bastante.

— Bom — digo.

— Ótimo — responde ele.

— Você me perdoa?

— Eu te perdoo.

— Amigos?

— Amigos?

Ah, deus, as desculpas não foram suficientes?

Como para provar que estou errada, ele me puxa para a frente, usando as lapelas do próprio casaco, e me levanta, abraçada com ele, segurando-me sem esforço com seus braços ridiculamente tonificados. Quando planta os lábios nos meus, nós nos beijamos como se não houvesse amanhã. Apenas parecemos nos encaixar, com meu nariz curvando-se tão perfeitamente ao redor do dele, e nossos cílios tremulando como um, enquanto seus lábios aquecem meu corpo inteiro da porra da chuva gelada.

Quando o beijo chega à sua bela conclusão, deixando um sorriso no rosto dele, Marty me coloca no chão, um pé de cada vez.

Acho que nunca percebi como admitir meus próprios erros pode ser bom. Aceitá-los por completo em vez de culpar outra coisa. Pedir perdão.

Um pensamento dispara em minha mente. De repente, sei exatamente o que preciso fazer.

— Tem um lugar aonde preciso ir — digo, depressa.

— Tem?

Marty parece confuso. Depois do que acabou de acontecer, não o culpo.

— Tenho. Mas eu... eu te ligo.

— Me liga?

— Ligo — digo, sorrindo, de forma tranquilizadora. — Aí você poderá me dizer aonde vamos para o nosso primeiro encontro de verdade.

Isso parece acalmá-lo. Ele acena com a cabeça, chicoteando o cabelo de volta no lugar.

— Parece bom para mim. — Marty sorri, e, minha nossa, quero ficar! Quero tanto ficar que quase fico. Contudo, há uma última coisa que preciso fazer; algo que deveria ter feito há muito tempo.

Beijo-o mais uma vez, por via das dúvidas, e devolvo-lhe o casaco. E, assim, estou correndo na chuva de novo.

96

Só QUANDO ESTOU DO LADO DE FORA DA PEQUENA CASA É QUE ME PERGUNTO por que não fui para a minha casa e tirei as roupas molhadas. Tive tempo. Aliás, tive todo o tempo do mundo, porque não é como se eles estivessem me esperando — na realidade, sei que estão tendo uma noite tranquila e não esperam nenhum convidado. Talvez estejam até fazendo sexo.

Eca, nojento. Não quero pensar neles fazendo sexo. Aos meus olhos, eles nunca o fazem. São oito e quarenta e dois da noite. Mesmo que tenham feito sexo algumas vezes, ninguém faz sexo às oito e quarenta e dois da noite. Corro o risco e bato. Durante alguns minutos, pergunto-me se estou cometendo um grande erro. De repente, a porta se abre. Lá, de pé, envolto em um confortável roupão cinza, está o verdadeiro herói dessa história. Porém, como descobri, esta não é, de fato, a minha história.

— Mark, espero que não se importe...

— Ah, meu deus! Bella, entre, você está ensopada! — grita Mark, enquanto me empurra para dentro, depressa. Antes mesmo de chegarmos à porta da frente, ele tirou o roupão (felizmente, revelando uma combinação de samba-canção/camiseta por baixo) e o colocou em volta dos meus ombros, em um esforço para me aquecer. — Entre, vou pegar algumas roupas de Ellie para você vestir. — Como esse homem é perfeito. Amigável, gentil, respeitoso. Acabei de aparecer na porta dele sem avisar, e ele está me fazendo sentir como se morasse aqui.

— Mark — digo, envolvendo o roupão firmemente em volta de mim, para apoio emocional. Está tão quente, como se alguém tivesse acabado de acender uma fogueira ao redor da minha barriga, e estou adorando. — Mark, preciso te contar uma coisa.

— Bem, primeiro deixe-me pegar um suéter. Ellie está lá dentro...

— Não, antes disso. Agora. — Olho para ele, examinando seu rosto, em busca de algo para odiar. Porém, acho o que sempre achei, de verdade... absolutamente nada. — Mark, sinto muito por quase tudo o que já fiz ou disse a você. Não posso me desculpar o suficiente pela maneira como o tratei ao longo dos anos. Desde o dia em que entrou na minha vida, você não foi nada além de legal comigo, e não fui nada além de rude com você, e sinto muito.

Suas sobrancelhas estão levantadas, em surpresa, e acho que ele se parece um pouco com um personagem de desenho animado, mas tento não pensar nisso com muita clareza. Não posso ter distrações. Preciso colocar isso para fora, e tem que ser agora.

— A verdade é que você é perfeito para Ellie. Sei disso. Sei disso desde o primeiro dia que te conheci, e acho que é por isso que tenho sido tão dura com você. Os outros caras com quem Ellie saiu ao longo dos anos, sempre soube que não era tão sério, mas com você era diferente. Diferente significa mudança. E não me dou bem com mudança.

Fecho os olhos, tentando desesperadamente não ver seu rosto, com medo de que isso possa me parar, ou me derrubar, e não posso mais chorar. Já chorei o bastante por causa de garotos, certamente já chorei o suficiente por causa de Mark, e preciso me segurar.

— Você me assustou, porque eu sabia que, com você sendo tão perfeito para ela, ela não precisaria mais de mim, quando eu ainda precisava dela. Porém, agora sei quão errada estava. O que quero é que ela seja feliz. Mais que tudo no mundo, quero que ela seja feliz, e você a faz feliz. Então, sinto muito por tratá-lo tão mal.

— Não há nada para se desculpar.

— Bem, há. Há muito o que lamentar. Para começar, por não dar espaço a vocês. Eu, provavelmente, ficava mais na sua cama que na minha, e vocês dois precisavam de tempo sozinhos. Então, eu não estava respeitando os limites.

Olho para mim mesma, de pé no corredor, em sua noite tranquila em casa.

— Ao que parece, ainda não estou respeitando os limites, mas sinto muito. Isso vai mudar. Vou... Vou ligar com antecedência, e planejarei melhor as coisas, e darei o espaço de que vocês dois precisam, prometo. E naquela noite... sinto muito pelas coisas que disse sobre sua mãe. Foi estúpido, tão estúpido. Não quis dizer aquilo, e você estava apenas tentando ajudar...

— Há culpa para compartilhar, Bella. Eu...

— Não. Pare. Você me levou a uma cafeteria, e comprou pra mim um delicioso cappuccino caro, e se desculpou. E eu apenas me sentei lá e o deixei me fazer sentir a todo-poderosa.

— Eu extrapolei.

— Você não extrapolou. Estava me protegendo. E estava certo; isso foi um erro. Toda essa aventura de contos de fada tem sido um desastre total, um após o outro. Eu deveria tê-lo ouvido, mas fui idiota e não o fiz. Me desculpe. Por tudo o que acabei de dizer e também por deixar seu roupão superquente e adorável tão completamente molhado.

Houve uma pausa.

— Você terminou? — perguntou ele. Sua voz é leve, suave e até bem-humorada.

Na penumbra do corredor, vejo Mark parado diante de mim, com os braços abertos, pronto para um abraço. É a coisa mais legal que já vi. Finalmente, talvez pela primeira vez desde que o conheço, nós nos abraçamos para resolvermos nossos problemas. Ele é um bom abraçador, também. É um pouco parecido com um urso, e seu calor, com o calor reconfortante do roupão, honestamente, me faz esquecer o lance de "estar encharcada". É delicioso.

— Outra coisa — acrescento, ainda apertada nos braços dele. — Onde comprou esse roupão? Porque acho que preciso de um.

— Amazon.

— Eu deveria saber.

— Eles também têm chinelos que combinam.

— É claro que eles têm.

— Agora entre. — Mark se afasta de mim, com um sorriso no rosto. Tem um sorriso bonito. Não sei por que nunca notei como o sorriso dele é bonito. Não tão bonito quanto o de Ellie, mas, ainda assim, bonito. — Parece-me que você poderia tomar uma xícara de chá.

Chá? Ele já está se tornando um Mathews.

97

Quando, por fim, entro no apartamento, posso dizer que Ellie ouviu cada palavra. Em parte, por causa do sorriso em seu rosto, que ela é tão completamente incapaz de esconder. No entanto, a verdadeira revelação é o conjunto de pijamas muito quentes que estão esperando por mim na beirada de sua cama.

— Não preciso ficar. Só estava de passagem — digo, fracamente, tentando colocar em prática toda essa coisa de "limites".

— Fique! — grita Ellie. — Ainda está horrível lá fora. Você poderia muito bem esperar essa tempestade passar.

— Sério. Eu deveria ir.

— Eu insisto — diz Mark. — Estamos na metade de *O Retorno do Rei*. Então, vocês terão que colocar a conversa em dia, rapidamente.

— Edição estendida?

— Óbvio — diz ele, ainda na porta por um último segundo.

Ele vai fazer o chá enquanto me troco, deixando Ellie e a mim durante alguns minutos, para conversar sobre todas as coisas importantes que precisamos discutir, em particular.

— Acho que Merry é o mais subestimado dos *hobbits* — diz ela, olhando para o filme pausado na tela deles, na extremidade da cama. — Ele é inteligente, tem visão de futuro, é divertido. Acho que gosto mais dele.

— Ele é maçante. Pippin tem as melhores falas.

— Pippin é um idiota.

— Um idiota muito bonito. Que pode cantar. Certamente, eu o pegaria.

— Em vez de Legolas?

— Ele não é um *hobbit.*

— Em vez de Legolas, de qualquer forma?

Seco o cabelo com uma toalha pequena que Ellie joga em mim, enquanto pondero sobre essa decisão muito importante.

— Sim, prossiga. Legolas é um pouco bonito demais. Aragorn, por outro lado...

Checo meu cabelo no espelho. Está ressecado, em todas as direções. Duvido que seja páreo para Liv Tyler agora, mas uma garota pode sonhar.

— Deus, há tantos homens nesta história! — diz Ellie, pensativa. — Ei! Depois que seu livro de contos de fada terminar, talvez você devesse tentar, para a sequência, os personagens de Tolkien.

— O quê? Dormir com *orcs* e velhos magos barbudos? Acho que não! — Rio. — Seja como for, acabei com tudo isso, de qualquer maneira.

— Acabou com os magos?

— Acabei com encontros de uma noite. Acabei com as rejeições de homens de quem nem gosto e de tentar encontrar validação de estranhos. A partir de agora, estou de volta à busca *do* cara.

— *O* cara ou nenhum?

— *O* cara ou nenhum.

— Parece um bom plano — diz ela. Seu sorriso dourado aquece meu coração. — Obrigada.

— Obrigada?

— Sim, obrigada. — Ela não está mais falando sobre Tolkien. Está me olhando bem nos olhos e tem o rosto da mãe. Também está sussurrando, com a voz caindo um decibel, para não passar pela porta fechada. — Por dizer tudo aquilo ao Mark. Significa muito para mim.

— Já tinha passado da hora — digo a ela. — Sinto...

— Não. Não mais. Você fez. Você disse. Seguimos em frente.

Concordo com a cabeça. Ela concorda com a cabeça.

Está feito.

— O que quer que eu faça com minhas roupas molhadas? — pergunto, com a voz voltando ao tom normal.

— Essa não é a camisa do Marty?

Olho para a camisa molhada que acabei de tirar. Tento ficar calma, para que minhas bochechas não fiquem vermelhas.

— Sim.

— Basta enfiá-la no cesto de roupa suja. Depois devolvo pra ele.

Bom. Tudo certo, então. Viro para as roupas quentes preparadas para mim e entro direto nelas.

Os pijamas de Ellie são do tipo que você imagina que as vovós usam. No entanto, para ser justa, ela sempre foi vovó, desde o dia em que a conheci. São todos de risca de giz e colarinho, cedendo em alguns lugares, para esconder quaisquer caroços e inchaços que o avanço da idade pode fazer surgir em uma pessoa. Não que ela precise. Ela é a pessoa mais naturalmente tonificada que conheço, para alguém que faz pouco ou nenhum exercício. E ainda come hambúrgueres, na maioria dos dias.

O que estou usando é vermelho e azul, não muito diferente do que ela está vestindo, em azul e branco, que está aparecendo sob o edredom de ovo de pato.

Aquele é como seu antigo quarto, apenas um pouco virado ao contrário. As gavetas, que sempre estiveram à sua esquerda, agora estão à sua direita, mas até os porta-retratos estão na mesma ordem, em cima; os armários embutidos tiram a pressão do pequeno guarda-roupa, que se encaixa perfeitamente no canto do quarto, perto da janela; até as luzes de fadas estão de volta ao teto, na outra metade do quarto. Ela pode ter se mudado para várias paradas de metrô adiante, mas seu quarto não mudou nem um pouco.

Amo isso. Em tão pouco tempo, posso olhar em volta e ver, sem sombra de dúvida, que este é o quarto de Ellie.

Ela espera que eu pendure a toalha na porta antes de dobrar o edredom à sua direita.

— Então Pippin é o seu cara? — pergunta ela, enquanto me aconchego a seu lado.

— Você é o meu cara — respondo, aconchegando-me nela. Porque ela é e sempre será.

Bem na hora, seu outro cara abre a porta, segurando três xícaras de chá e equilibrando, próximo ao peito, uma grande tigela de pipoca recém-estourada. Sinceramente, este me parece um serviço cinco estrelas. Ellie pega a pipoca e um chá, e passa para mim, suavemente, antes de pegar a sua xícara. Enquanto Mark se acomoda do outro lado da cama, finalmente percebo como esse momento é mágico.

— Cuidado, o chá está quente — diz Ellie.

— Sei que o chá está quente. Você não precisa me dizer que o chá está quente.

— Só me preocupo que possa queimar a língua.

— Está preocupada com isso?

— É exatamente o tipo de coisa que você faria!

— Você se preocupa demais — Mark e eu dizemos, em uníssono. Também sorrimos um para o outro. Para ser honesta, é tão brega que, se não estivesse amando cada segundo, provavelmente teria que vomitar um pouco.

Mark pega o controle remoto e faz uma verificação da situação.

— Pronta? — pergunta ele.

— Pronta — respondo.

Quando a brilhante trilha sonora começa, viro o rosto para longe da tela e olho para meus dois companheiros de cama, percebendo como esse momento é perfeito. Aqui estou, aninhada ao lado da minha melhor amiga em todo o mundo e de seu príncipe encantado da vida real. Se alguém era o velho *troll* malvado, sempre fui eu, desde o início, mas não mais. Não vou mais me ressentir de Mark por ser o melhor amigo da minha melhor amiga. Não vou mais fingir dormir, ou bocejar, com suas histórias (talvez ainda sejam um pouco chatas).

Mal posso esperar para que se casem. Mal posso esperar para que tenham filhos. Mal posso esperar para que comecem este próximo capítulo juntos.

— Bella? — pergunta Ellie, assim que Aragorn olha para longe, desamparado.

Depressa, percebo que, como sempre, estamos exatamente na mesma página. Ela vai me dizer exatamente o que eu estava pensando. Vai repetir exatamente o que acabei de pensar.

Casada ou não, ela sempre será a outra metade da minha alma.

— Sim? — pergunto.

— Você não dormiu com meu irmão, dormiu?

Ah.

Merda.

Parte 7

98

— DIEGO! ESTÁ PRONTO PARA A DEIXA?

— Pronto e esperando, princesa! — responde o homem mais *sexy* do mundo, segurando seu violão com mão firme (como se não pudesse parecer mais *sexy*).

A camisa branca segue as curvas de seus músculos ondulantes, com calças de couro elegantes, para completar o brilho de James Dean que ele tem. Está sentado à sombra de um lindo e velho carvalho, bem atrás da crescente congregação, enquanto eles vagam lentamente até seus lugares.

— Fabuloso! — respondo. — Ah, Simon! Quando chegou aqui?

Vou até ele, para cumprimentá-lo. Uau! Simon deu um *up* no estilo, agora. O terno dele ainda pode ser de *tweed*, como eu esperava, mas é azul--marinho e chique pra caramba. Parece um modelo da Chanel. Cheira como um, também.

— Você está bellllla! — responde Simon, com sotaque italiano.

Faço um rodopio em meu vestido de dama de honra, sentindo-me a bela do baile.

— Estou — respondo, timidamente. — A mais Bella de todas.

Meu vestido vai até o chão, é azul-oceano, com brilhos girando em todas as direções. A adorável senhora que faz cabelo e maquiagem, que chegou de manhã, passou cerca de uma hora lutando para fazer uma longa trança em meu cabelo. Ele mal se mantém no lugar com o suprimento de, mais ou menos, um ano de *spray*.

Faz muito tempo que não vejo Simon. Ele foi a próxima pessoa a quem pedi desculpas, já faz… seis meses hoje. Minha pequena travessura na casa do amigo de Diego me deixou tão mal que até enfiei a mão no bolso e gastei o máximo que já havia gastado em uma garrafa de vinho para pedir desculpas. Simon não poderia ter sido mais legal quanto a isso. No entanto, ao se mudar direto para a casa de Diego, ele de repente saiu da minha vida, tristemente. Perceba que os dois foram feitos um para o outro, é sério.

— Ouvi dizer que Annie está se mudando agora — diz Simon.

— Está mesmo! — respondo. — Está se mudando para uma casa, com alguns de seus amigos da academia, acho.

— Você já sabe quem vai ficar no lugar dela?

— Ah! Na verdade, não. Estou me mudando também! Na próxima semana.

— Que excitante! Com quem?

— Bem, ninguém, na verdade. — Dou de ombros, respirando fundo. — Vou tentar viver sozinha, um pouco.

— Que adulta!

— Eu sei, não é mesmo? — respondo. — Hora de começar a me mover na direção certa, pra variar, em vez de tentar puxar todo mundo para trás comigo.

— Bem, provavelmente, você pode pagar agora, hein? Com a promoção e tudo mais — pergunta Simon.

— Por muito pouco! — Rio. — Meu novo cargo não paga muito mais!

— Não sabia que tinha mudado de emprego. Onde está trabalhando agora? — pergunta Diego.

— Bem, não mudei de emprego, exatamente. Ainda estou na Porter Books, mas mudei de departamento. Agora sou olheira. Uma caçadora de talentos.

— Isso parece divertido — Diego entra na conversa.

— E é! E muito mais gratificante que atender telefone, vou te dizer. Não percebi, até começar, o quanto adorava encontrar novos talentos, mas agora estou tão irritada por não ter descoberto isso anos atrás. Na verdade, a primeira escritora que encontrei... Henrietta Lovelace é o nome dela... literalmente acabou de assinar um contrato, na última quinta-feira, para dois livros, e ainda estou abalada.

— Mas e o seu livro? — pergunta Simon. — O guia de contos de fada? Achei que Ellie tivesse me dito algo sobre um acordo, ou um agente, ou...

— Ah — respondo. — Sim, sim, tem isso, também! Estou apenas editando-o novamente, embora tenha mudado um pouco desde a última vez que nos falamos. É menos um guia agora e mais um... nem sei. Um conto triste, de uma garota que se viu farta dos encontros em Londres.

— E ela encontra seu príncipe encantado? — pergunta Diego, timidamente, e rio. Todos rimos.

— Você vai ter que ler para descobrir, acho — digo a eles. De soslaio, vejo o relógio de Diego. Parece *vintage*, o que amo, mas, o mais importante, ele me diz a hora. — Ah, caramba! Preciso voltar para o andar de cima, mas vamos conversar mais, na recepção.

Dou uma piscadela para Simon, da qual me arrependo na mesma hora. Quem pisca nos dias de hoje? Ai, credo! No entanto, viro-me para Diego, de qualquer maneira, esperando que nenhum deles tenha notado.

— Darei o sinal quando estiver saindo. Estejam prontos!

— Estarei de olho em você, linda — diz Diego, da forma mais *sexy* possível.

Corro de volta para dentro, pelas grandes portas duplas, acenando para convidados aleatórios pelos quais passo, mas não paro. Mais tarde, haverá muito tempo para conversar com velhos amigos; agora é hora da ação.

Somente quando volto para as grandes portas duplas abertas da casa é que paro por um momento, repassando a *checklist* em minha mente: música preparada, convidados quase sentados, noivo pronto.

Mark ficou na frente, conversando com Niamh, que já está chorando de alegria. Em um ato que aquece meu coração de verdade, observo, enquanto ele pega o pequeno lenço no bolso do terno e o oferece a ela. Que cavalheiro.

Tão logo estou prestes a me afastar, ele olha em minha direção, e nossos olhos se encontram.

Ele está... bem, bonito, na realidade. Está vestindo um terno elegante, sob medida (agora, com um lenço a menos), com as mangas arregaçadas, por causa do calor. Ele sorri ao me ver. Tão docemente que sinto meus próprios joelhos derreterem.

Mark parece um verdadeiro príncipe. Nenhum nervosismo por trás das pupilas, apenas pura excitação. Posso ver daqui. Posso sentir, também. Ele sorri para mim, e não posso deixar de sorrir de volta. Ele é o homem perfeito para minha melhor amiga. E eu, realmente, de verdade, não poderia estar mais feliz.

Só me resta uma coisa a fazer agora: encontrar a noiva.

99

ELLIE MATHEWS, QUE EM BREVE SERÁ A SENHORA ELLIE MATHEWS (ELA VAI manter o sobrenome), é a noiva mais linda de toda a terra. Seu cabelo está solto, mas levemente enrolado nas pontas. O macacão branco (sim, macacão) é forrado com pequenas flores que combinam perfeitamente com o buquê, colhido no jardim. Com uma camiseta branca de renda e tênis brancos imaculados, para combinar, ela é, segundo todos os relatos, a mais bela de todas.

Estou atrás dela, a amiga mais orgulhosa do mundo todo, percebendo que, literalmente, de forma correta, não poderia estar mais feliz por ela. Ela é uma princesa mágica da vida real, e, quando abre a boca para falar, sei que o doce canto dos pássaros sairá de seus lábios.

— Estou tão nervosa que acho que estou prestes a fazer xixi.

OK, talvez não o canto dos pássaros propriamente dito.

— Você só está nervosa.

— Estou falando sério!

— Então, vou encontrar um copo — respondo, rindo. — Está pronta?

Ela olha de novo para o espelho; está tremendo um pouco. Vira-se para mim e sorri, tensa.

O momento se quebra quando uma batida ecoa contra a porta.

— Ah, deus, o que aconteceu?

— Pare de se preocupar! — digo, depressa. — Talvez sejam apenas as meninas voltando. Vou atender.

Atravesso o quarto de hóspedes no qual nos escondemos da festa do jardim. Nunca vi um casamento mais descontraído em toda vida. Ellie jamais quis um grande casamento tradicional quando era mais jovem. Assim, não fiquei surpresa quando ela me contou seus planos. Queria algo divertido em vez de formal, e o pai de Mark tinha um jardim grande o bastante para sua pequena reunião de amigos próximos e familiares. Então, foi isso. Balões e bandeiras pendiam entre as árvores, lanternas desciam de galhos baixos. Foi o casamento mais caseiro do mundo, a coisa mais Ellie que eu jamais poderia ter imaginado.

Charlotte, prima de Ellie, havia derramado seu drinque no vestido. Então, ela e Hannah, a outra dama de honra, haviam ido ao banheiro encontrar uma forma de disfarçar, assim que cheguei.

Esperando vê-las reaparecer, abro a porta.

— Já está na hora, vocês duas. Pensei… ah!

Pisco duas vezes.

— É você.

— Parece desapontada — responde Marty.

Ele está ali, parado, parecendo um galã, de terno azul combinando com uma gravata-borboleta azul. O cabelo está penteado para trás. No entanto, mesmo penteado, ainda parece um pouco bagunçado.

Ah, como as coisas podem mudar em meio ano.

— Sempre fico desapontada em te ver.

— É o caralho que está.

Assim, ele me agarra e me inclina para trás, com meu vestido azul girando como um carrossel, enquanto caio em seus braços. Já estou rindo antes de seus lábios tocarem os meus.

Rio, quando ele mordisca minha orelha. No que diz respeito à dama de honra, diria que esse comportamento, por certo, não é profissional.

Comecei esta manhã determinada a ser a melhor donzela possível. Pelo menos, até o brinde de champanhe.

Ainda assim, não o vi ontem à noite, enquanto estava na cama de Ellie. Então, senti falta daqueles braços ao meu redor. Dou-lhe um último beijo, sabendo que terei tempo para um retoque no batom, antes de caminhar pelo corredor.

— Como está o patinho feio? — pergunta Marty, acenando com a cabeça, para a porta atrás de mim. Tem aquela faísca nos olhos que nunca parece desaparecer enquanto estou por perto.

— Ostentando, como uma princesa.

— Vou acreditar em você. — Ele checa o relógio. — Vocês estão atrasadas.

— Charlotte teve um problema com o vestido. Vamos descer em um segundo.

Marty concorda com a cabeça. Na verdade, parece nervoso, o que não é normal para o tranquilo e calmo Marty Mathews. Vejo isso tão raramente nele, mas aí está. Claro que está. Sua irmãzinha (ou, pelo menos, sua irmã levemente mais nova) vai se casar, e aqui está ele, pronto para entregá-la.

— Você está elegante — digo, passando as mãos por dentro de seu terno, para tentar acalmá-lo. Ele sorri. Não o sorriso confiante de sempre, mas outra coisa, alguma coisa... algo especial. Estranho, quanto vi pouco esse lado dele antes. É incrível como eu amo isso.

Ele se inclina para mais um beijo. Nossos narizes batem-se levemente enquanto nos separamos. Não demora muito para que nossas amigas damas de honra se juntem a nós, conforme saem juntas do banheiro. Charlotte está com um suéter por cima do vestido de dama de honra. Suponho que o disfarce não tenha sido tão bem-sucedido quanto elas haviam esperado.

Marty se livra de qualquer coisa que estivesse sentindo e sorri, brilhante e ousado. Seu habitual eu convencido.

— Estarei lá embaixo — diz, alisando o cabelo. Como se isso, de fato, tivesse algum efeito.

— Ei! — grito atrás dele, à medida que ele começa a descer as escadas. — Não vai me dizer que estou bonita?

— Não — diz ele, um pouco rápido demais.

Que completo babaca!

— Você está linda! — acrescenta.

Ah, que charme. O menino tem jeito.

— Agora se apresse, Bells. Estamos todos esperando.

100

— ISSO FOI MARTY? — PERGUNTA ELLIE, ENQUANTO AS OUTRAS DUAS DAMAS de honra entram pela porta.

— Ele está lá embaixo agora.

— Está tudo bem?

Ela me olha toda ansiosa, olhos arregalados. Sorrio de volta, para ajudar a acalmá-la.

— Está apenas sendo o convencido de sempre. Nada para se preocupar.

— Ótimo.

— Sinto muito, muito, muito, muito, Ellie! — gritou Charlotte.

— Não me importo! Gosto desse suéter! — Ellie sorri de volta.

— Posso encontrar outro vestido ou... posso pedir...

— Está tudo bem, Charlotte, acalme-se. Ela está de boa.

Esse é o tipo de política sem enrolação que uma dama de honra sempre deve destilar. Charlotte está rindo. Está um pouco bêbada, porque acabou de completar dezoito anos e ainda não aprendeu a beber e continuar sóbria. Vai aprender. Não que alguém aqui se importe. Afinal, isso é uma festa.

— Vocês querem descer? — Ellie pergunta a Charlotte e a Hannah, docemente.

— Você está pronta? — pergunta Hannah.

— Tão pronta quanto sempre estive!

Com uma última rodada de abraços, as duas damas de honra saem primeiro. No entanto, eu e Ellie pairamos por apenas um segundo, absorvendo tudo. Ellie se olha no espelho uma última vez, ajeitando as mangas da camiseta, sem necessidade.

— Nunca a vi assim com ninguém antes — Ellie finalmente diz, pegando o buquê. — Marty é o seu cara?

Olho para ela, toda de macacão branco e flores, e não posso deixar de rir.

— Hoje não é nem um pouco sobre mim, Ellie. Então, nem vou me dar ao trabalho de responder.

— Ah, vamos lá! Preciso de algo para me distrair! Estou prestes a cair de cara na frente de sessenta e cinco pessoas!

— Eu te seguro!

— Apenas me diga! É ele? O cara?

Ando até ela e aperto sua mão como mulher (meio que) solteira, pela última vez.

— Quantas vezes preciso dizer isso? Você é o meu cara — respondo.

Ela joga os braços em volta de mim, e nos abraçamos como se não houvesse amanhã. Quando as lágrimas começam a brotar, afasto-me dela. Minha maquiagem demorou muito, muito tempo, para estragar tudo tão cedo, com lágrimas.

— Agora, vamos. Marty está lá fora, pronto para levá-la até o altar; Diego está com a marcha nupcial pronta; e Mark está pronto no altar... na coisa... do jardim. Está na hora.

Olho para ela, a princesa perfeita dos contos de fada e minha melhor amiga. Isso é exatamente como sempre esperei que fosse, eu ao lado dela, pronta para entregá-la (metaforicamente falando — agora, Marty está esperando lá embaixo, para fazer as honras de verdade). É como se tivéssemos dez anos novamente, na sala de estar, e nossos brinquedos fossem o público que espera. Ellie chora uma lágrima solo, e eu a enxugo com uma pétala de flor que arranco do meu buquê. Ninguém vai notar. Tomara.

— Nada vai mudar depois disso — diz ela, rapidamente. — Você sabe disso, certo?

— Ah, sim, vai — respondo, enquanto ouço a banda começar. Eu a abraço, uma última vez. — Mas vamos dar a este capítulo um final grandioso, antes que o próximo comece, hein?

Estendo o braço para ela. Ela o pega, e caminhamos de mãos dadas em direção ao pôr do sol (metafórico).

É o nosso próprio final elegante, para nossa própria história clássica.

E agora sei, com absoluta certeza, que é melhor que qualquer conto de fadas por aí.

Leia também

Lucinda Berry
O MELHOR DA AMIZADE
Um thriller hipnotizante que explora como os sentimentos são postos à prova em momentos extremos.
FARO EDITORIAL

CHRISTINA
LAUREN
Armadilhas
do
amor
5m
FARO
EDITORIAL

Amanda Glaze
A SEGUNDA MORTE das IRMÃS BOND
FARO EDITORIAL

www.faroeditorial.com.br

Campanha

Há um grande número de pessoas vivendo com HIV e hepatites virais que não se trata. Gratuito e sigiloso, fazer o teste de HIV e hepatite é mais rápido do que ler um livro.

Faça o teste. Não fique na dúvida!

ESTA OBRA FOI IMPRESSA
EM ABRIL DE 2023